H. Dieter Neumann

Drakon – Tod unter Segeln

Spannungsroman

PIPER

Mehr über unsere Autoren und Bücher:
www.piper.de

Wenn Ihnen dieser Spannungsroman gefallen hat, schreiben Sie uns unter Nennung des Titels »Drakon – Tod unter Segeln« an empfehlungen@piper.de, und wir empfehlen Ihnen gerne vergleichbare Bücher.

ISBN 978-3-492-50396-9

Redaktion: Christine Geldmacher
Covergestaltung: Emily Bähr, www.emilybaehr.de
Covermotiv: Dudarev Mikhail/Shutterstockcom
rawpixel.com/via freepik
Printed in Germany

Für mein Bärchen

Prolog

Der Duft.

Er hebt den Kopf und zieht tief die Luft ein, während er den jungen Mann ansieht, der gerade zur Tür hereingekommen ist und nun zwei Meter neben ihm am Tresen steht.

Endlich. So lange liegt das letzte Mal zurück, dass er alle Hoffnung auf diese Verheißung fast schon aufgegeben hatte, ohne die er viel zu oft nur fade Befriedigung erlebte. Wirkliche Lust, den unvergleichlichen Flug, gab es für ihn nur auf den Schwingen dieses Geruches.

Diesmal stimmt alles, das weiß er sofort. Die Erregung überfällt ihn wie ein köstlicher Schauer, packt ihn unerbittlich, fordernd. Nichts sonst zählt mehr, nichts weiter existiert noch. Der Duft füllt ihn vollständig aus; er folgt ihm wie ein Tier, hingerissen von der lockenden Witterung.

Vor über zwanzig Jahren ist es das erste Mal passiert. In der Schule. Jochen hieß der Junge. Mitten im Schuljahr kam er in die Klasse. Und der Lehrer wies Jochen den einzigen noch freien Platz zu. Direkt neben ihm.

Damals hatte er Angst. Vor dem, was er in sich entdeckt hatte, vor den Eltern, den Lehrern, den Mitschülern. Vor Jochen. Nie hätte er sich gestattet, zu nah an ihn heranzurücken, um den betörenden Duft noch besser einzufangen, sich an ihm berauschen zu können. Aber am Ende der Pausen, wenn alle Schüler schon in den Klassenräumen verschwunden waren, blieb er oft noch allein im Flur stehen, neben den Kleiderhaken, vergrub sein Gesicht in Jochens Anorak, tief einatmend. Die ganze Welt versank in dieser Geruchsexplosion. Und doch konnte er den Duft, der das Blut heiß in die Lenden schießen ließ, nie sorglos auskosten. Stets musste er auf der Hut sein, immer aufpassen, ob jemand ihn beobachtete, ob gar der Lehrer um die Ecke bog. Nur selten wagte er es damals, eine Hand auf die harte Stelle in seinen Jeans zu pressen.

Aber es gab auch die seltenen Augenblicke höchsten Glücks. Wenn Sport auf dem Stundenplan stand, konnte er sich manchmal unbemerkt aus der Turnhalle stehlen. Im Umkleideraum, verborgen zwischen den Spinden, das Gesicht tief in Jochens Hemd vergraben, erschauerte er in allzu kurzem Entzücken, musste die Lippen fest zusammenpressen, um die Lust nicht herauszuschreien.

Jochen erfuhr nie etwas davon. Er war der Schwarm aller Mädchen, prahlte damit und inszenierte sich eifrig in dieser Rolle.

Und dann war Jochens Platz plötzlich leer geblieben. Bevor er wieder sitzengeblieben wäre, hatte man ihm den Wechsel auf die Realschule nahegelegt.

Heute ist er sich sicher, dass Jochen gelogen hat. Die Prahlerei mit den Mädchen, das Rollenspiel als Don Juan waren klassische Täuschungsmanöver, die man bald zu durchschauen lernte, wenn man sich selbst ein Leben lang verstecken musste. Nein, seine Duftmoleküle hatten Jochen verraten. Nicht jeder kann sie riechen, nur wenige Männer senden sie überhaupt aus – und sowieso nur junge. Jetzt, mit der Erfahrung aus vielen Jahren, weiß er, dass der Geruch niemals täuscht. Ihn jedenfalls nicht. Es ist etwas Tierhaftes an diesen Pheromonen, ohne aber streng zu sein, scharf oder gar schmutzig. Im Gegenteil: Es ist ganz frisch. Eine unwiderstehlich sinnliche Reinheit. Wie bei dem dunkelhaarigen Mittzwanziger, der da an der Theke steht und gerade sein Bierglas an den Mund führt. Mehr als sein Aussehen, seine Gestalt, seine Bewegungen, lockt dieser Duft. Und verlangt nach Initiative.

Eine halbe Stunde später sitzt der junge Mann – er heißt Angelo, sagt er – im Auto neben ihm, und sie fahren zu dem Hotel, in dem er immer wohnt, wenn er einen seiner Ausflüge in die große Stadt macht.

Es ist kurz nach Mitternacht, als sie das geräumige Zimmer betreten, von dem aus man durch ein Panoramafenster über die vielen bunten Lichter des Hafens blicken kann.

Er fährt hoch und kneift die Augen zusammen, geblendet von einem Sonnenstrahl, der grell durch das geöffnete Fenster aufs Bett fällt. Fassungslos starrt er auf seine Armbanduhr. Zehn Minuten nach zwei. Nachmittag – ganz offensichtlich.

Straßenlärm, durchsetzt mit vielstimmigem Tuten aus Schiffshörnern, dringt von unten herauf. Sofort weiß er, wo er ist. Und auch, wo er gestern war.

Aber warum steht das Fenster offen? Und was ist das für ein sonderbarer Geruch nach Reinigungsmitteln, der im Raum hängt, schwach nur noch, scharf und chemisch?

Angelo. Wo ist der Junge?

Die andere Hälfte des großen Doppelbetts ist unberührt. Frisch bezogen, straff gespannt die Decke, sogar ein kleines Stück Schokolade liegt auf dem glatten unbenutzten Kopfkissen.

Wie kann das sein? Angelo hat in diesem Bett gelegen, er erinnert sich an sein Gesicht, die langen schwarzen Haare auf dem Kissen.

Zuvor haben sie dort am Fenster gestanden, auf die Lichter geschaut, bis der Zimmerservice den Champagner gebracht hat. Ein, zwei Gläser konnten sie noch trinken, bevor sie es nicht mehr ausgehalten haben. Jetzt ist der Tisch neben dem Fenster leer. Keine Obstschale, keine Flasche, keine Sektkelche.

Angst kriecht in ihm hoch. Er schließt die Augen, sieht den Jungen auf dem Bett liegen, sieht sein Lächeln, fühlt seinen warmen Körper.

Doch sonst ist da nichts als dicke graue Watte, undurchdringlich. Was, zum Teufel, ist passiert? Und wieso hat er so lang geschlafen?

Ein eisiger Hauch weht ihn unvermittelt an. Er presst seine Fäuste gegen die Stirn. Verdammt, da ist etwas in seinem Kopf – eine Farbe. Rot. Sein nackter Körper zuckt zusammen, als die Watte kurz aufreißt und einen Schrei durchlässt, laut erst, dann in ein lang gezogenes Stöhnen übergehend. Das Herz klopft ihm bis zum Hals, Schweiß tritt ihm aus allen Poren, kühlt auf der Haut sofort aus und lässt ihn hemmungslos zittern.

Plötzlich erinnert er sich an Blut. Viel Blut. Da, direkt neben ihm auf der anderen Hälfte des Bettes.

Hektisch reißt er die sauberen Decken und das Kissen herunter. Das Laken strahlt weiß und fleckenlos.

Schlagartig wird ihm schlecht. Er springt hoch, rennt ins Badezimmer, übergibt sich krampfartig in die Toilette. Keuchend richtet er sich auf, dreht den Wasserhahn am Waschtisch auf.

Sein Kulturbeutel steht auf dem Bord unter dem Spiegel.

Als er aus dem Bad kommt, fällt sein Blick auf einen der Sessel neben dem Tisch. Die Jeans hängt über der Lehne, darüber sein Hemd. Seine neuen dunkelblauen Sneakers stehen unter dem Tisch, säuberlich nebeneinander.

So hat er das doch nicht …

Er geht noch einmal durch den Raum, sucht nach seinen Socken, nach der Unterwäsche. Auch seine Reisetasche kann er nirgends entdecken. Er weiß genau, dass er sie gestern Nacht nicht mehr ausgepackt, sondern hastig hinter die Tür gestellt hat, unfähig, an etwas anderes zu denken als an Angelo.

Der Kulturbeutel, durchfährt es ihn. Wer hat den ins Bad gestellt?

Verdammt, was ist hier los?

Fühlt es sich so an, wenn man verrückt wird?

Vor dem deckenhohen Einbauschrank bleibt er stehen, zieht widerwillig die Schiebetür auf. Auf einem Kleiderbügel hängt seine Jacke. Hektisch greift er in die Innentasche, zieht die Brieftasche heraus. Alles da: Ausweis, Führerschein, alle Kreditkarten, etwa dreihundert Euro in bar. Die leer geräumte Reisetasche steht unten im Schrank, und die frische Unterwäsche, die er für heute eingepackt hat, liegt im Regal.

Noch einmal sucht er das Zimmer ab, bis er Gewissheit hat: Die Wäsche, die er gestern getragen hat, ist nicht auffindbar.

›Rezeption: 212‹ steht auf dem Telefon. Mit bebenden Fingern schafft er es beim dritten Mal endlich, die Tasten in der richtigen Reihenfolge zu drücken.

Nein, selbstverständlich sei das Zimmer nicht gereinigt worden, während der Herr noch geschlafen habe, erwidert die Stimme pikiert. Schließlich habe der Herr ja das ›Bitte nicht stören‹-Schild außen über die Klinke gehängt. Ob es dem Herrn denn gut gehe?

»Danke«, sagt er matt. »Tut mir leid. Ich habe mich wohl geirrt.«

»Kann ich Ihnen irgendwie behilflich sein?« Die Stimme des Rezeptionisten klingt besorgt.

»Nein, nein, alles in Ordnung«, sagt er hastig, legt auf, schüttelt den Kopf, geht grübelnd ins Badezimmer und dreht in der Duschkabine das Wasser auf. Fast zehn Minuten lang lässt er abwechselnd eiskalt und unerträglich heiß den Strahl auf sich niederprasseln.

Es hilft nichts.

Nachdem er sich wie in Trance angekleidet hat, starrt er hinunter auf das Gewimmel im Hafen, ohne etwas davon wahrzunehmen, tastet sich durch die Leere in seinem Kopf, versucht, ein Bild zu sehen, eine Stimme zu hören, irgendetwas zu fassen, zu begreifen.

Es funktioniert nicht. Nur das Blut und der schreckliche Schrei. Mehr ist da nicht.

Er dreht sich um und lässt den Blick noch einmal langsam durch den Raum gehen. Nirgends auch nur die geringste Spur, dass er nicht allein in diesem Zimmer übernachtet hat. Seine Augen füllen sich mit Tränen. Trotzig ballt er die Fäuste, atmet tief ein und aus.

Wie ein tückisches Raubtier schleicht sich die Verzweiflung an, unaufhaltsam, er spürt es, fühlt seine Hilflosigkeit körperlich – und kann nichts dagegen tun. Noch nie in seinem Leben hat er sich so ohnmächtig gefühlt.

Und doch – eines ist gewiss: Was immer geschehen sein mag, der Junge, der sich Angelo genannt hat, ist gestern Nacht hier gewesen.

Die Desinfektionsmittel haben seinen Duft nicht gänzlich auslöschen können.

1

»Sie sieht wirklich fantastisch aus!«, schallte es vom Hof herauf.

»Moin, Karsten!«, rief Malte Janssen von der Aussichtsplattform im Obergeschoss des Werftgebäudes hinunter, als er seinen Freund erkannte, der zwischen den aufgebockten Bootsrümpfen hindurch über den Platz lief. »Ich hoffe, der Eigner sieht das genauso.«

»Ich komm mal hoch zu dir«, rief Karsten Hauser.

»Tu das. Gibt sowieso noch einiges zu besprechen.«

Während Hauser begann, die Außentreppe hochzusteigen, ging Maltes Blick wieder zurück zu der schneeweißen Segelyacht, die – noch ohne ihren Mast – seit zwei Tagen im Wasser lag, festgemacht am Kai von *Janssen & Söhne Yachtbau.* Fünf Mitarbeiter, alle in türkisfarbenen Overalls mit dem Werftlogo auf dem Rücken, wieselten in der ersten Morgensonne auf dem Schiff herum, um die Vorbereitungen für das Stellen des Masts zu treffen. Der lag bereits in seiner ganzen imposanten Länge nebenan am Kai, bereit, vom Kran an Deck gehoben zu werden.

Tief atmete Malte Janssen die frische Luft ein. Ein paar faserige weiße Zirruswolken hoch oben am hellblauen Himmel versprachen einen weiteren sonnigen Tag, und zu dieser frühen Stunde war es fast windstill. Ideale Bedingungen für die Montage des mächtigen, sechsundzwanzig Meter hohen

Mastes. Nur kurz sah Malte einem Fischerboot nach, das gerade hinter der Hafenmole hinaus auf die glatte Ostsee tuckerte, dann kehrte sein Blick sofort wieder zurück zu dem Bild, das sich ihm da unten am Kai bot.

Wahrhaft eine eindrucksvolle Schönheit, die *Weiße Möwe*, wie sie nach ihrer Taufe in Sankt Petersburg heißen würde – natürlich auf Russisch: *Belaya Chayka*. Von hier oben sah man erst richtig, wie groß dieses Segelschiff war. Mit seinen dreiundzwanzig Metern das längste, das jemals bei *Janssen* gebaut worden war. Das Projekt hatte die Werft mehr als einmal an ihre Grenzen geführt und Malte manche schlaflose Nacht bereitet.

»Ihr stellt wohl gleich den Mast?«, fragte Karsten, als er auf die Plattform trat. »Hoffe, ich störe nicht, aber mich hat es nicht mehr zu Hause gehalten. War einfach zu neugierig.«

»Kann ich verstehen. Außerdem sind ja Sommerferien. Das Leben als Pauker hat schon seine Vorteile.«

»Nur kein Neid!«

»Ich doch nicht. Ich bin ja froh, dass du auf dem Überführungstörn dabei sein wirst.«

»Auf der Jungfernfahrt sozusagen.«

»Stimmt.« Malte grinste. Er wusste, wie sehr sich sein Freund, den er schon seit der Schulzeit kannte, auf den Törn nach Sankt Petersburg freute. Karsten war Lehrer für Mathematik und Physik am Gymnasium in der Nachbarstadt und ein passionierter Segler. Schon seit ihrer Jugend waren die beiden Freunde oft zusammen gesegelt und hatten so manche Regatta gewonnen.

Ganz uneigennützig war es allerdings nicht gewesen, Karsten zur Überführungsfahrt einzuladen. Wenn er an Bord war, musste man sich um Navigation und gute Seemannschaft keine Sorgen machen. Auf der bevorstehenden

Reise würden sich bestimmt noch ein paar Probleme am Schiff zeigen, und Malte würde sich mit seinen Technikern um die eine oder andere Nachbesserung kümmern müssen.

»Unser Ziel liegt ja nicht gerade um die Ecke. Eine Woche werden wir schon unterwegs sein – und auch das nur, wenn wir nonstop durchfahren.«

»Achthundert Seemeilen etwa«, sagte Karsten und nickte.

»Eben. Deshalb gibt es da noch ein paar Dinge, die wir vorbereiten müssen. Können wir gleich besprechen, wenn das hier …«

»Chef, wir wären dann so weit«, unterbrach ihn ein Ruf von unten.

Malte sah, dass der Ausleger des Werftkranes bereits sauber über dem Mast positioniert war. »Dann mal los«, rief er und gab dem Mann an den Bedienhebeln des Kranes ein Zeichen. Der schwere Motor dröhnte laut auf und langsam senkte sich der Haken mit den Drahtseilen hinunter.

»Okay, gehen wir runter und helfen ihnen, den Spargel an Deck zu stellen«, sagte Malte und lief zur Treppe.

Zwei Stunden später stand der eindrucksvolle Karbonmast auf der *Weißen Möwe* und ragte stolz in den Himmel. Es würde aber sicher Abend werden, bis endlich die vielen elektrischen Leitungen verbunden und alle Wanten gespannt wären. Während die Arbeiten am Schiff weitergingen, hatte Malte sich mit Karsten in sein Büro zurückgezogen, eine chaotisch unaufgeräumte Bude oben im Werftgebäude, an deren Wänden eine Menge technische Zeichnungen und Bootsrisse neben Bauplänen in unterschiedlichen Maßstäben hingen. Auch der riesige alte Konferenztisch war über und über mit Plänen, Zeichnungen und Akten bedeckt.

»Hier sieht's aus wie auf einem Handgranatenwurfplatz«, murmelte Karsten und schob energisch ein paar Blätter auf der Tischplatte zusammen, um Platz für seinen Kaffeebecher zu schaffen. »Kann mich nicht erinnern, dass hier früher so eine Unordnung ...« Er verstummte, als er den eisigen Blick seines Freundes auffing. »Ich meine ja nur ...«

Peinliche Stille breitete sich zwischen ihnen aus und hing bedrohlich im Zimmer.

»Entschuldige, das war dumm von mir«, sagte Karsten. »Wollte nichts aufrühren ... äh, du weißt schon.« Hastig nahm er einen Schluck von seinem Kaffee.

»Ach, lass gut sein«, stieß Malte hervor und ließ sich in einen der alten, rissigen Ledersessel fallen. »Ich weiß ja, dass ich mich am Riemen reißen müsste. Büroorganisation ist eben nicht mein Begabungsschwerpunkt. Und wenn jemand anders hier Ordnung schafft, finde ich nichts mehr wieder.« Er verzog das Gesicht zu einem gequälten Lächeln und machte eine vage Handbewegung in den Raum hinein. »Hat früher ja alles ... *sie* gemacht«, setzte er leise hinzu und verfluchte sich sofort für seine Feigheit. ›Sie‹ – verdammt, er schaffte es immer noch nicht, wenigstens ihren Namen einmal laut auszusprechen.

›Regina‹, ›Regina‹, ›Regina‹, brüllte er sich innerlich zu. ›Sie hieß Regina, du Idiot!‹ Sofort stiegen wieder die Bilder vor ihm auf, die Geräusche kamen zurück, ihre Schreie. Er presste krampfhaft seine Fäuste zusammen, bis die Knöchel weiß wurden. Sein Atem ging schwer.

»Scheiße, ich wollte nicht ...«, hörte er Karsten wie aus weiter Ferne sagen. Er atmete ein paarmal tief ein und aus und murmelte: »Schon gut. Ist allein mein Problem.«

»Nein, ist es eben nicht«, erwiderte Karsten trotzig. »Ich kann es kaum noch mit ansehen, wie du kaputtgehst. Kann ich dir denn wirklich kein bisschen helfen, darüber hinwegzukommen?«

»Am besten, wir reden nicht mehr darüber«, sagte Malte lahm. »Es gibt Wichtigeres.«

»Glaub ich eigentlich nicht. Äh … sag mal, gehst du denn noch regelmäßig zu deinen … Terminen?«

Freudlos lachte Malte auf. »Du lieber Himmel, sei nicht so zimperlich. Ob ich noch beim Irrenarzt in Behandlung bin, willst du wissen, oder?«

»Wenn du es so ausdrücken willst, von mir aus.«

Malte sprang auf und schenkte sich noch einen Kaffee ein. »Ja, ich kann dich beruhigen. Bin ganz brav. Jede Woche bin ich bei der Psychotante. Nur bringen tut's nichts.«

»Bist du dir da sicher?«

»Sie sagt zwar, ich mache Fortschritte. Fragt sich bloß, in welche Richtung.« Malte stieß ein verächtliches Schnaufen aus. »So, das reicht jetzt. Lass uns über die wichtigen Sachen reden.«

»Malte, du bist ein blöder Hund, das sage ich dir als dein Freund.« Auch Karsten war jetzt aufgesprungen. »Regina ist tot, und das seit mehr als einem Jahr. Das ist hart, das ist furchtbar für dich, für uns alle, aber du musst endlich lernen, damit umzugehen.«

»Wenn das so einfach wäre«, murmelte Malte. »Schließlich war ich selbst …«

»Verdammt, das haben wir doch schon hundertmal durchgekaut, und außerdem gibt es ein eindeutiges Gerichtsurteil: Es war ein *Unfall*«, schrie Karsten heraus, »an dem du keine Schuld hast. *Keine Schuld*! Kriegst du das nicht in deinen blöden Schädel? Ich bin mir nicht sicher, ob ich deine Selbstvorwürfe noch lange ertrage.«

»Du kannst gern abhauen, wenn ich dir auf die Nerven

gehe«, schnappte Malte. »Musst nicht die Glucke für mich spielen.«

»Idiot«, fluchte Karsten. »Mach nicht alles kaputt, was noch …« Er brach ab und schüttelte den Kopf. »Ist das vielleicht deine verquaste Art, mit der Sache umzugehen?«

»Mit der ›Sache‹? Was für ein Ausdruck.«

»Na gut, dann eben mit dem Schicksalsschlag, auch wenn mir das zu theatralisch klingt.«

»Ach, lass mich doch in Ruhe.« Malte setzte sich wieder und nahm eine lange Liste vom Tisch. »Schluss damit. Hier stehen die Sachen drauf, die noch erledigt werden müssen, bevor wir das Schiff nach Sankt Petersburg bringen können. Übermorgen werfen wir die Leinen los – nicht mehr viel Zeit also.«

»Sturer Kerl!« Mit einem resignierten Brummeln ging Karsten um den Tisch herum und blickte auf das Papier. »Also los, was gibt's zu tun?«

Als Malte gegen Mitternacht auf den Hof hinaustrat, lag das Werftgelände längst verlassen da, erleuchtet von mehreren Bogenlampen, deren gelbliches Licht die Schattenrisse der aufgepallten Boote gespenstisch verzerrt an die hohen Hallenwände warf.

Wie magisch angezogen, ging er hinüber zum Ausrüstungskai, an dem die *Weiße Möwe* fest vertäut im Wasser lag. Stille rundum. Nur sachte blies ein leichter Wind salzige Luft vom Meer herein. Die Oberfläche des schwarzen Wassers bewegte sich träge, und irisierend spiegelten sich darin die Lichter der Hafenbeleuchtung.

Oben am Werftkran war ein Halogenstrahler befestigt, der das neueste Produkt von *Janssen & Söhne Yachtbau* in seiner ganzen Schönheit aus dem nächtlichen Dunkel hervorhob. Honigfarben schimmerte das kunstvoll verlegte Teakdeck im Licht, der Mast strahlte gleißend weiß und reckte sich hoch in den Sternenhimmel.

Welch ein Bild!

Natürlich gehörte die teure Festbeleuchtung zum Sicherheitskonzept der Werft – gegen Einbrecher gab es nun einmal kein besseres Mittel als Helligkeit – und war nur aus diesem Grund installiert worden. Aber der Nebeneffekt war auch nicht zu verachten, dachte Malte und lächelte flüchtig. Er kletterte auf die Rampe vor dem Kran und zog sein Smartphone aus der Jackentasche. Nun hatte er die volle Pracht im Bild, präsentiert wie auf einer Bootsmesse. Rasch schoss er ein paar Fotos, suchte sich das Beste heraus und sandte es an eine E-Mail-Adresse, die auf *.ru* endete.

Timur Stepanowitsch Krylow würde sich freuen. Fast an jedem Tag der letzten vier Monate hatte Malte dem Eigner der *Weißen Möwe* ein Foto nach Sankt Petersburg geschickt, um den Fortgang der Arbeit an seinem Schiff zu dokumentieren. Dreimal während der Bauzeit hatte Krylow der Werft sogar höchstpersönlich einen Besuch abgestattet. An diesen Tagen hatte sich dann auf der Werft alles um den wichtigsten Kunden gedreht, den sie jemals gehabt hatten. Viele Fragen und Änderungswünsche später war der Unternehmer dann schon wieder mit seiner *Gulfstream G650* in den Wolken über dem Flugplatz Lübeck-Blankensee verschwunden. Nicht aber, ohne jedes Mal einen erfreulich fetten Scheck zu hinterlassen.

Die *Weiße Möwe* war nur eines von drei Schiffen, die Krylow besaß – und keineswegs das größte. Eine Vier-Mann-Crew wartete an Bord seiner Neunzig-Meter-Motoryacht das ganze Jahr über im Hafen von Monaco auf den Anruf des Eigners, sich zum Auslaufen bereitzuhalten. Und dann gab es noch die wunderschöne Segelyacht einer finnischen Nobelwerft, die Krylow mitsamt Crew im Hafen von Nassau, Bahamas, jederzeit zur Verfügung stand.

›Die *Belaya Chayka* brauche ich für ein paar Törns direkt vor meiner Haustür‹, hatte ihm der Russe bei seinem ersten Werftbesuch in seinem harten Englisch erläutert. Malte war innerlich zusammengezuckt. Das Schiff kostete den Oligarchen über vier Millionen Euro. Unfassbar viel Geld für ein Spielzeug. Malte kannte zwar durchaus ein paar ›normale‹ Segler, die sich neben ihrem Zwölf-Meter-Fahrtenboot manchmal noch eine kleine wendige Jolle für den kurzen Feierabendtörn leisteten, meistens eine preiswerte gebrauchte. In Timur Stepanowitsch Krylows Leben jedoch spielte sich alles in ganz anderen Dimensionen ab.

Malte warf noch einen letzten Blick auf das Schiff, bevor er sich umwandte und über den Hof hinüber zum Wohnhaus ging.

Mochte dieser geradezu unanständig reiche Russe doch tun, was er wollte. Er zahlte gut und pünktlich. Mein Gott, welch ein Auftrag, welch warmer Regen für die Werft! Und was für ein unwahrscheinliches Glück, dass *Janssen & Söhne Yachtbau* den Zuschlag erhalten hatte. ›You have excellent references, but above all you have the most original ideas‹, war die Erklärung des Russen gewesen, als er den Vertrag unterschrieben hatte.

Wenn nur der Alte sehen könnte, was wir inzwischen hier machen, schoss es Malte durch den Kopf, während er das Werftgelände überquerte.

Der Alte. Henry Janssen, der den Betrieb gegründet hatte, war vor vier Jahren plötzlich gestorben. Herzinfarkt. Sein erster. Und sein einziger. Ausgerechnet auf der Feier zum dreißigjährigen Betriebsjubiläum, auf die er sowieso keine rechte Lust mehr gehabt hatte. Seit seine Frau, Maltes und Felix' Mutter, zwei Jahre zuvor am Krebs gestorben war, hatte dem Alten nichts mehr Freude gemacht. Immer unnahbarer war er geworden, nichts konnte man ihm recht machen.

Seit seinem Tod führte Malte die Werft. Er allein, auch wenn sie *Janssen & Söhne* hieß. Sein acht Jahre älterer Bruder Felix war zwar Miteigentümer, hatte sich jedoch – im Gegensatz zu Malte – für den Bootsbau nie wirklich begeistern können. »Aus der Art geschlagen«, hatte der alte Henry geschimpft, den Intelligenz nicht allzu sehr beeindrucken konnte, als sein erster Sohn ihm eröffnet hatte, er wolle nicht in den Betrieb einsteigen. Und natürlich hatte der alte Sturkopf es strikt abgelehnt, den Plural im Firmennamen zu ändern. Als Malte nach einer Bootsbauerlehre noch studiert und schließlich sein Diplom als Wirtschaftsingenieur gemacht hatte, war Felix längst promovierter Physik-Informatiker und erfolgreich in der Industrie unterwegs.

Malte erreichte das Tor im Zaun. Dahinter erstreckte sich der Garten, in dem das Wohnhaus der Janssens stand, ein ehemaliges Gutshaus. Es stammte aus dem vorletzten Jahrhundert, als auf den Ländereien rundum noch Landwirtschaft betrieben worden war. In diesem Haus waren Felix und er aufgewachsen.

Nach dem Tod des Alten hatten sie den altehrwürdigen Kasten gründlich umgebaut und renoviert. Felix, der in Kiel wohnte, hatte sich das Dachgeschoss als Feriendomizil mit einem separaten Eingang ausgebaut. Im ersten Stock gab es zwei Wohnungen, die Malte vermietet hatte, die großen Räume im Erdgeschoss mit ihren hohen Decken und dem imposanten Kachelofen im Wohnzimmer bewohnte er selbst.

Seit bald einem Jahr nun schon allein.

Regina – ein Stich wie mit einem Messer. Himmel, wann würde es endlich aufhören, so furchtbar wehzutun?

Er fuhr zusammen, als ihn plötzlich ein Lichtstrahl traf.

»So spät noch auf den Beinen, Chef?«, ertönte eine Stimme neben ihm, begleitet von einem kurzen, tiefen Bellen, das in bedrohliches Knurren überging. Doch der Wachmann leuchtete sofort sich und seinen Hund an und befahl scharf: »Still, Argo!«

Malte entspannte sich. »Mensch, Heini, was laufen Sie denn hier im Dunklen herum? Hab mich richtig erschrocken.«

»Dem Hund ist es sowieso egal, und ich brauch kein Licht. Ich kenn jede Ecke«, gab der alte Mann zurück. »Muss ja nicht jeder gleich merken, dass hier einer aufpasst, oder?«

»Da haben Sie recht. Alles in Ordnung heute?«

»Keine besonderen Vorkommnisse!«, kam in militärischem Tonfall zurück.

»Na, dann ist es ja gut«, erwiderte Malte. »Passen Sie vor allem auf unser Schmuckstück da vorn am Kai auf. Gute Wache!«

»Danke, mach ich. Gute Nacht, Chef.«

Malte drehte sich wieder um und warf einen Blick auf das Haus, das da, von ein paar Außenlaternen beleuchtet, zwischen Bäumen und Büschen stand und geduldig auf ihn zu warten schien.

Er hasste es, diesen Weg hochzugehen, die Haustür aufzuschließen, in die Räume zu treten. Hasste vor allem den Gedanken, bald ins Bett steigen zu müssen, die leere Hälfte neben sich, schob diesen Moment jeden Abend lange hinaus. Am liebsten wäre er ausgezogen, weg von alldem, was sein Leben mit Regina gewesen war.

Flucht. Täglich überkam ihn der Drang, wegzulaufen. Von allem.

Aber er blieb. Zu feige, zu seiner Feigheit zu stehen.

2

Als er die Wohnung aufschließt, bemerkt er den Geruch sofort. Mit ein paar schnellen Schritten geht er durch den Flur zum Wohnzimmer und erstarrt.

Der Fremde sitzt in seinem Sessel und raucht eine Zigarette. »Entschuldigung, Herr Dr. Janssen«, sagt er freundlich. »Dies scheint ja eine Nichtraucherwohnung zu sein. Aber ich habe mir eine Untertasse aus der Küche geholt.«

Felix ist viel zu fassungslos, um Angst zu spüren. Flach geht sein Atem, entgeistert kneift er die Augen zusammen, als müsste er ein Trugbild verscheuchen. Vergeblich versucht er, etwas zu sagen, starrt den Mann im grauen Anzug ungläubig an, als wäre er eine närrische Erscheinung, räuspert sich, hebt fragend die Hände.

»Ich warte schon über zwei Stunden auf Sie«, sagt der Fremde vorwurfsvoll.

Mit rauer Kehle stößt Felix hervor: »Wer sind ... was machen ... wie sind Sie hier hereingekommen?« An der Tür waren keinerlei Einbruchsspuren, keine Beschädigungen.

»Machen Sie sich darüber keine Gedanken. Wir kommen überall rein. Ich habe einen Schlüssel.«

»Sie haben einen ...? Woher, ich meine – sind Sie von der Hausverwaltung? Sie dürfen doch nicht ...«

Der Mann drückt seine filterlose Zigarette auf dem kleinen Teller aus, auf dem schon ein paar andere Stummel liegen. »Ich habe mit Ihnen zu reden, Herr Dr. Janssen. Setzen Sie sich bitte zu mir.«

Jetzt erwacht so etwas wie Wut in Felix. »Ich denke nicht daran, mich zu setzen«, schreit er den Mann an. »Wer sind Sie, zum Teufel? Los, reden Sie!«

Gelassen lehnt sich der Mann zurück, fährt kurz mit den Fingern einer Hand über seine glänzenden, glatt am Kopf anliegenden schwarzen Haare, rückt mit einer flüchtigen Bewegung den Knoten seiner taubenblauen Krawatte zurecht, zeigt auf den Tisch und sagt leise: »Ich habe Ihnen etwas mitgebracht.«

»Verlassen Sie sofort meine Wohnung! Das ist doch wohl ...« Erst jetzt sieht Felix die dünne Aktenmappe, die neben dem Teller mit den Kippen liegt. »Das wird mir zu dumm«, sagt er und zieht sein Handy aus der Jackentasche. »Ich rufe auf der Stelle die Polizei.«

Der Fremde lächelt. »Nur zu. Die wird sich sicher auch für die Fotos interessieren.«

Egal, wie der Kerl hier hereingekommen ist, egal, wie er gekleidet ist – er ist ein Einbrecher, nichts anderes. Offenbar ein besonders dreister. »Ich pfeife auf Ihre Fotos! Sie dringen hier ein, um mich mit irgendwelchen Bildern zu belästigen? Sie spinnen doch! Machen Sie, dass Sie rauskommen, aber ein bisschen plötzlich, sonst ...«

»Sonst was?«, hakt der Mann höhnisch nach. »Sonst werfen Sie mich raus? Seien Sie nicht albern, Mensch! Und stecken Sie das Handy weg, aber sofort!« Wie beiläufig fasst er unter sein Jackett, zieht eine Pistole hervor und legt sie neben sich auf die breite Armlehne des Sessels. Mattschwarz schimmert die Waffe im Licht der Abendsonne, die durch das Fenster hereinscheint.

Unvermittelt weicht Felix Janssens Empörung blanker

Angst. Sein Herz schlägt ihm bis zum Hals. Leise fragt er: »Was wollen Sie von mir, um Himmels willen?«

»Setzen Sie sich!« Ein Befehl. Hart und knallend wie ein Peitschenhieb.

Zögernd tritt Felix an den Tisch. Seine Augen wandern zwischen dem blassen, ausdruckslosen Gesicht des Fremden und der Pistole hin und her. Vorsichtig lässt er sich auf der Sitzkante eines Sessels nieder. »Wer sind Sie?«, flüstert er und hört selbst die Panik in seiner Stimme.

»Spielt keine Rolle«, antwortet der Graue Anzug. »Viel interessanter ist, wer *Sie* sind. Ich meine, wer Sie *wirklich* sind.« Ein schmales Lächeln läuft kurz über das kantige Gesicht. »Lassen Sie mich einmal zusammenfassen: Sie sind ein sehr begabter Physik-Informatiker, haben summa cum laude promoviert, arbeiten bei *German Defence Electronics* als Projektleiter an einem streng geheimen militärischen Programm, haben eine Freundin ...« Er bricht ab, grinst verschlagen und zeigt auf ein gerahmtes Foto auf dem Schreibtisch unter dem Fenster. »Das ist sie doch, nicht wahr? Carina Hoffmann, dreiunddreißig Jahre alt, Angestellte im öffentlichen Dienst. Ihre Alibifreundin.«

»Was wollen Sie damit ...«

»Sie sind schwul, Herr Doktor«, sagt der Mann und Janssen zuckt bei diesem Wort zusammen. »Ich könnte mir vorstellen, dass Sie, wenn überhaupt, den Begriff ›bisexuell‹ vorziehen würden, aber damit täuschen Sie sich nur selbst. Nein, Sie sind schwul. Eigentlich kein großes Thema, wären Sie Künstler oder Politiker oder auch nur ein ganz normaler Angestellter – heutzutage nicht mehr. Jedenfalls nicht in diesem Land. Aber für jemanden, der in leitender Funktion an einem hochsensiblen militärtechnischen Projekt arbeitet, ist es doch ein Problem, nicht wahr?«

»Sie müssen verrückt sein«, stößt Felix hervor. »Auch wenn es Sie überhaupt nichts angeht: Ich bin nicht …«

»Ach, hören Sie doch auf!«, unterbricht ihn die scharfe Stimme. »Glauben Sie mir, wir kennen Sie. Besser, als Sie ahnen. Viel besser.«

»Wollen Sie mich etwa mit diesem Unsinn unter Druck setzen?«, fragt Felix trotzig. »Lächerlich. Selbst wenn es wahr wäre, hätte das keinerlei Auswirkungen auf meinen Job.«

Der Mann lacht kalt. »Sie langweilen mich. Glauben Sie, wir wissen nicht, dass Sie Geheimnisträger sind, dass Sie die Ü3-Sicherheitsüberprüfung des Verfassungsschutzes durchlaufen haben und an einem streng geheimen militärischen Projekt arbeiten? Was meinen Sie wohl, warum ich hier sitze?« Der Kopf mit den glatten glänzenden Haaren schießt plötzlich nach vorn. »Und die Leute, die über die Geheimhaltung Ihres Projektes wachen, haben ganz eigene Vorstellungen von der Sicherheitsempfindlichkeit gewisser sexueller Präferenzen, vor allem, wenn sie im Verborgenen ausgelebt werden. Wer ein Doppelleben führt, ist erpressbar.«

Felix schwitzt plötzlich. »Was wollen Sie von mir?« Seine Stimme ist dünn.

»Wir möchten eine Vereinbarung mit Ihnen schließen.«

»Sie … sie sprechen von Spionage, richtig? Und wer ist ›wir‹?«

»Zu eins: Ich ziehe es vor, von Informationsaustausch zu sprechen. Zu zwei: Sollte Sie besser nicht interessieren.«

Felix Janssen steht ruckartig auf. Der Fremde bleibt ungerührt sitzen, während sich seine Hand wie zufällig auf die Pistole legt. »Machen Sie keinen Unsinn«, sagt er.

»Sie müssen verrückt sein, so etwas von mir zu verlangen«, sagt Felix, und tatsächlich kehrt ein wenig Zuversicht zu ihm zurück. Die ganze Szene hier kommt ihm auf einmal surreal vor – ein übler Scherz oder so etwas. Ihm gelingt sogar ein verächtliches Schnauben. »Meine angebliche sexuelle Veranlagung ist kein Druckmittel, um mich zur Spionage zu zwingen.«

»Mag am Anfang Ihrer Karriere vielleicht so gewesen sein. Sie hätten es ja mit einem Outing versuchen können.« Ein ätzendes Auflachen. »Aber dafür ist es jetzt zu spät. Der Name Julius van Teek sagt Ihnen etwas?«

»Julius van … nein, keine Ahnung, wer das sein soll. Was wollen Sie eigentlich von mir?«

Der Mann schlägt mit einer Hand – die andere ruht auf der Pistole – die Dokumentenmappe auf, entnimmt ihr ein paar großformatige Fotos und legt sie nebeneinander auf den Tisch. »Schauen Sie hin, los!«

Und Felix schaut hin. Sieht das Hotelzimmer, das Bett, das Blut. Sieht sich selbst, sieht das scharfe Obstmesser mit dem Holzgriff. Und den Jungen.

Angelo.

Grauen packt ihn. »Das kann nicht …«, stößt er hervor. Seine Knie knicken ein, und er fällt in den Sessel zurück. Alles Blut weicht aus seinem Kopf. Ihm wird schwarz vor Augen.

»Sein Name war Julius van Teek. Hübscher Bursche, nicht wahr, Herr Doktor?«, feixt der Fremde lüstern. »Ein Niederländer. Aus Groningen, um genau zu sein. Dreiundzwanzig Jahre alt.« Geradezu heiter klingt die Stimme jetzt. »Student war er. Hat einen Wochenendtrip nach Hamburg gemacht und ist genau in der Kneipe gelandet, in der Sie immer mal wieder aufkreuzen und ein neues Abenteuer suchen. Das war sein Verhängnis. Erstochen wurde er, der arme Kerl. Seine Leiche wurde im Parkhaus eines Einkaufszentrums am Stadtrand gefunden, ziemlich weit entfernt von dem Hotel, in dem Sie beide waren. Schrecklich zugerichtet übrigens. Sie müssen ja völlig durchgedreht sein, dass Sie ihn so …«

Fassungslos hört Felix die Worte. »Nein, hören Sie auf! Alles Lüge! Das haben Sie …«

»Die Zeitungen haben Sie doch bestimmt gelesen, oder? ›Mysteriöser Mord an einem Studenten‹ war zum Beispiel eine der Schlagzeilen. Wissen Sie sicher.«

»Das ist doch alles …«

»Es gab einen anonymen Anruf in der Notrufzentrale«, fährt der Mann im Plauderton fort. »So hat man den Holländer schnell gefunden. Der Körper muss noch warm gewesen sein. Das Einzige, was der Polizei fehlt, ist der Täter.«

»Sie haben das alles … Mein Gott, ich habe ihm doch nichts getan!«

»Wissen Sie das genau? Ich glaube, das werden Sie nie wissen können. Ist übrigens auch völlig egal. Die Beweise sind eindeutig. Und das hier sind nur die Fotos, Herr Doktor. DNA-Spuren und Fingerabdrücke von Ihnen gibt's auch. Aber wir verwahren die Asservate absolut sicher, da seien Sie ganz unbesorgt. Allerdings könnte man sie bei Bedarf natürlich der Polizei anonym zuspielen.«

Das Ende, denkt Felix Janssen, während er verzweifelt darum kämpft, nicht das Bewusstsein zu verlieren. Wenn dieses Material bei der Polizei landete, konnte er reden, was er wollte, so viel ist ihm klar.

Das war's. Kein Ausweg.

»Bevor ich es vergesse: Lassen Sie es sich nicht einfallen, etwa Ihr Türschloss auszutauschen. Ich möchte Sie weiterhin ohne Schwierigkeiten besuchen können«, sagt der Graue Anzug und lehnt sich vor. »So, und nun können wir wohl endlich zur Sache kommen.«

3

Die schweren schwarzen Limousinen kamen aus einer Seitenstraße und passierten in hohem Tempo das Tor in der drei Meter hohen Mauer. Ohne anzuhalten, fuhren sie über die asphaltierte Auffahrt an das Haus heran, bis Felix Janssen sie nicht mehr sehen konnte, weil sie unter dem vorgezogenen Dach des Hintereingangs direkt unter seinem Fenster verschwanden.

Die Bundesministerin für Verteidigung war eingetroffen. Und mit ihr der Generalinspekteur der Bundeswehr. Auf die Minute pünktlich, wie Felix mit einem Blick auf die Uhr feststellte. Aus dem Fenster seines Büros konnte er sehen, wie zwei Beamte der Bundespolizei das Nebentor in der Mauer schlossen und davor Posten bezogen. Dann lag die frei einsehbare Rasenfläche hinter dem zweistöckigen Gebäude im Süden der Landeshauptstadt wieder still da, als wäre nichts geschehen. Die vielen Lüftungsrohre für die unterirdischen Anlagen waren vor neugierigen Blicken unter Sträuchern und Büschen versteckt.

Hier, im ländlichen Kieler Stadtteil Meimersdorf, hatte sich vor wenigen Jahren die Firma niedergelassen, in der Felix arbeitete.

Keine gewöhnliche Firma.

Es gab keinen Schriftzug auf dem Dach, keine repräsentativen Leuchtschilder. Nicht einmal vor dem Haupteingang. Und fröhlich flatternde Fahnen vor der Gebäudefront schon gar nicht, dafür aber jede Menge gut getarnter Überwachungskameras auf dem gesamten Gelände. Auf dem Panzerglas der stets verschlossenen Eingangstür waren dezent die Buchstaben *GDE* aufgebracht, und darunter stand: *German Defence Electronics.*

Mehr nicht.

Die rote Lampe der Gegensprechanlage auf dem Schreibtisch begann hektisch zu blinken. Janssen trat an den Tisch, drückte eine Taste. »Ja, Marita?«

»Ich höre, unsere Besucher sind jetzt im Hause. Hier unten wären wir so weit, Felix. Wann kommen die denn zu uns runter?«, kam die Stimme seiner Kollegin aus dem Lautsprecher.

»Zuerst bekommen sie vom Chef eine Präsentation. Du weißt schon: aktueller Stand der Entwicklungen und so weiter.«

»Und daran nimmst du nicht teil?«

Felix schluckte trocken. Genau darüber hatte er sich schon unablässig den Kopf zerbrochen, nachdem er vor drei Tagen das Besuchsprogramm zu Gesicht bekommen hatte. Was mochte dahinterstecken, dass man ihn nicht von Anfang an dabei haben wollte? Zwar war ihm klar, dass man den Kreis der Teilnehmer an diesem Briefing klein halten musste. Schließlich konnte nicht jeder der über zweihundert Spezialisten, die am *Scout*-Projekt arbeiteten, seinen Senf dazugeben. Aber dass man auch auf ihn verzichtete, gab ihm zu denken.

War das womöglich ein Hinweis darauf, dass man ihm nicht mehr hundertprozentig vertraute? Natürlich hatte er den Chef unmöglich fragen können, das wäre allzu auffällig gewesen. Er musste allein mit seinen Befürchtungen fertig werden.

Leichthin sagte er: »Man will wohl erst mal ganz unter sich bleiben. In einer halben Stunde soll ich dazustoßen und die Ministerin und den General ins Labor begleiten. Aber ich mach mich jetzt schon mal auf den Weg nach unten.«

Das Konferenzzimmer lag im zweiten Untergeschoss. Abhörsicher und mit modernster Technik ausgestattet. Alles, was die Firma *GDE* ausmachte, spielte sich in den drei Geschossen unter der Erde ab, von deren Existenz nur wenige Leute etwas wussten.

»Dr. Janssen, Leiter unserer Abteilung SDA und einer der Köpfe des *Scout*-Projektes«, stellte der Chef Felix vor. »Die Abkürzung SDA steht für Steuerung, Datenerfassung und Auswertung. Als Spezialist für Nanostrukturphysik optimiert Dr. Janssen mit seinen Mitarbeitern die hochkomplexen computergestützten Verfahren, die für *Scout* benötigt werden.«

»Ich hoffe, ich muss mir das nicht alles merken, um am Ende des Tages die Informationen zu haben, die ich brauche.« Ein Anflug von Gereiztheit klang in den Worten der Ministerin mit.

Der Chef lachte nervös. »Nein, Frau Ministerin, ich möchte Ihnen nur einen Eindruck vom gesamten Projekt vermitteln. Im Stockwerk unter uns befindet sich der große Simulationsraum. Eigentlich eine unterirdische Halle, wie Sie sehen werden. Dort haben wir ein paar Modellversuche vorbereitet. Danach kommen wir wieder hierher und werden Ihnen einen Film zeigen, eine Animation, die den Einsatz von *Scout* realistisch demonstriert. Für alle Ihre Fragen steht Ihnen ab sofort auch Dr. Janssen zur Verfügung. Man könnte sagen, er ist das Gehirn des Projektes – zumindest ein wichtiger Teil davon.«

Das klang nicht nach Misstrauen, dachte Felix. Obwohl …

Er spürte, wie sie ihn nach und nach zerstörten, diese quälenden Zweifel, die Angstattacken, die ihn nicht mehr losließen. Den immer wieder neuen Ärzten, die er aufsuchte, tischte er das Märchen vom plötzlichen Tod eines nahen Verwandten auf, über den er nicht hinwegkäme. So erhielt er ziemlich problemlos seine Rezepte für die Tranquilizer. Immer öfter warf er sich inzwischen eine Pille ein. Bald würde er sich die Benzodiazepine wohl illegal im Internet besorgen müssen, denn ohne das Zeug konnte er die überwältigende Panik nicht mehr unter Kontrolle halten.

Über zwei Stunden lang quälte er sich lächelnd und stets auskunftsbereit durch das Besuchsprogramm. Schließlich ging das Licht in dem abhörsicheren Konferenzraum wieder an. Der abschließende Demonstrationsfilm war zu Ende, und die Verteidigungsministerin nickte dem Viersternegeneral zu, der neben ihr saß. »Ich bin beeindruckt«, sagte sie. Dann schenkte sie Felix ein geschäftsmäßiges Lächeln und fragte: »Habe ich es richtig verstanden, dass das Programm bald aus der Erprobungsphase heraus sein wird?«

»Soweit es die Halbleitertechnik betrifft, für die wir im Rahmen des *Scout*-Projektes verantwortlich sind, kann ich Ihnen sagen, dass sie voraussichtlich in einem Jahr einsatzfähig sein wird«, antwortete Felix. »Wir führen derzeit noch wichtige Feinabstimmungen durch, die einige Zeit in Anspruch nehmen. Aber es gehören natürlich noch weitere Komponenten zu diesem System, vor allem die Geräte zur praktischen Anwendung des Ganzen, die woanders hergestellt werden.«

»Und was heißt das?«

Der General antwortete schnell: »Wie Sie wissen, Frau Ministerin, wurde *Scout* von *EADS* in Zusammenarbeit mit *German Defence Electronics*, kurz *GDE*, entwickelt. Die Halbleitertechnik und vor allem die Software, für die man in diesem Hause verantwortlich zeichnet, kommen in völlig neuartigen Radargeräten zum Einsatz, die bei *EADS* entwickelt und gebaut werden.«

Die Ministerin legte ihre Stirn in Falten. »Sie wollen mir schonend beibringen, dass man dort wieder einmal Probleme damit hat, die Verträge zeitgerecht zu erfüllen, nicht wahr? So wie schon beim A-400, unserem Transportflieger.«

»Das ist erfreulicherweise nicht der Fall«, sagte der General und räusperte sich. »Obwohl das Projekt unter der höchsten Geheimhaltungsstufe gelaufen ist, was die Abläufe natürlich verkompliziert, liegen alle Firmen und auch die militärischen Dienststellen, die an *Scout* beteiligt sind, gut in der Zeit.«

»Das bedeutet?«

»Dass die Bundeswehr in etwa zwei Jahren das System einsatzbereit zur Verfügung haben wird«, erklärte der General. »Zumindest, wenn keine unerwarteten Probleme auftreten.«

»Das darf nicht passieren«, sagte die Ministerin sichtlich gereizt. »In der gegenwärtigen Lage der NATO, gerade im Hinblick auf die Schwierigkeiten mit unserem amerikanischen Bündnispartner, ist das ein ganz wichtiges Zeichen, nicht nur militärisch. Bedenken Sie bitte, welchen gewaltigen finanziellen Aufwand wir für dieses deutsche Passivradarsystem getrieben haben. War schwierig genug, die Kosten über mehrere Jahre im Haushalt … nun, nennen wir es ›geschützt‹, unterzubringen.«

»Tarnung sozusagen. Ein durchaus passender Begriff in diesem Zusammenhang«, scherzte der Generalinspekteur. »Aber im Ernst: Die Amis rücken uns schon ziemlich auf den Pelz.«

»Wie darf ich das verstehen?«

»Die ahnen, dass wir auf diesem Gebiet etwas revolutionär Neues entwickeln. Langsam werden sie nervös. Das Pentagon möchte unbedingt genauer wissen, was wir da tun.«

»Sie haben mir doch gesagt, Herr General, dass die Amerikaner selbst an einem solchen Projekt arbeiten. Unter strengster Geheimhaltung.«

»Wie immer. Sie wollen alles wissen, was ihre Verbündeten tun, aber selbst geben sie kein einziges Geheimnis preis. Nie.«

Die Ministerin lächelte vielsagend. »Nachdem in den USA nun mal dieser … bemerkenswerte Präsident regiert, werden auch wir mit unseren Geheimnissen vorsichtiger umgehen als bisher.« Unvermittelt bekam ihre Stimme einen Befehlston. »Also: auf keinen Fall irgendwelche Informationen an die Amerikaner, auch keine kameradschaftlich-vertraulichen Andeutungen unter den alliierten Kommandeuren! Dafür tragen Sie persönlich die Verantwortung!«

»Jawohl, Frau Ministerin«, kam es militärisch knapp und nicht ohne Genugtuung vom Generalinspekteur.

»Natürlich arbeiten auch die Russen mit Hochdruck auf diesem Gebiet«, schaltete sich Felix' Chef ein. »Wir hatten unlängst hier im Hause ein Briefing des BND zu diesem Thema. Man weiß aber nicht, wie weit sie sind. Nur, dass sie angeblich schon Praxistests durchführen – auf ihrem ultra-geheimen Stützpunkt bei Serov im östlichen Ural und auch im Ochotskischen Meer vor Kamtschatka. Viel mehr war allerdings nicht zu erfahren.«

Die Verteidigungsministerin nickte. »Ich wurde darüber unterrichtet, wie Sie sich denken können. Und amerikanische Aufklärungssatelliten haben auch Tests der Chinesen dokumentiert, bei denen es wahrscheinlich um ein Passivradarsystem ging. Irgendwo im Ostchinesischen Meer.« Sie schüttelte unwirsch den Kopf. »Alles aber sehr vage, obwohl das Pentagon sicher mehr weiß. Man hält sich bei diesem Thema auffallend bedeckt – noch deutlich mehr als sonst.«

Felix Janssen räusperte sich. »Das passt durchaus dazu, dass China offensichtlich mit Nachdruck versucht, an Daten von *Scout* zu kommen. Bis vor wenigen Wochen haben wir nur Hackerangriffe der USA und der Russen auf unser System identifizieren können, aber seit Neuestem ist klar, dass die Chinesen ebenfalls aufs Spielfeld gekommen sind. Und ihre Kniffe werden immer intelligenter. Wir informieren selbstverständlich den BND laufend darüber.«

»Tja, also alles eigentlich wie immer«, sagte die Ministerin lakonisch und zuckte mit ihren schmalen Schultern. »Es wird darauf ankommen, wer den Durchbruch als Erster erzielt. Hier geht es diesmal nicht nur ums Militär, wie Sie wissen, sondern um einen verteidigungspolitischen Quantensprung, aber eben auch um ein großes, sehr zukunftssicheres Geschäft. Und zwar eines, gegen das nicht einmal die eingeschworenen Gegner von Waffengeschäften etwas haben können.« Sie stand auf. »Danke, meine Herren. Wenn Sie«, sie deutete auf Felix und schenkte ihm ein knappes Lächeln, »weiter so gut vorankommen, werden wir bald etwas in der Hand haben, das wir dann auf der politischen Ebene nutzen können. Wenn wir es gescheit anfangen, sogar äußerst vorteilhaft.« Sie gab Felix die Hand und ging, gefolgt vom General, zur Tür. Dort wandte sie sich noch einmal um. »Dies ist eines der wichtigsten Themen der letzten Jahre für unser Land, Herr Dr. Janssen. Mir liegt sehr viel daran, dass daraus eine Erfolgsgeschichte wird. Wenn Sie Hilfe brauchen, dürfen Sie sich direkt an mich wenden.« Damit verließ sie den Raum.

Bevor der Chef sich anschickte, eilig hinterher zu hasten, raunte er seinem Mitarbeiter zu: »Das war ein Ritterschlag, Felix, das weißt du hoffentlich!«

Für Felix war es eher ein Schlag in die Magengrube. Der Schweiß auf seiner Haut fühlte sich kalt an.

4

Die Anweisungen sind unmissverständlich.

Erst wundert sich Felix Janssen über einen dicken, gepolsterten Umschlag – ordnungsgemäß abgestempelt und mit der Post zugestellt –, den er am Mittwoch in seinem Briefkasten findet. Er kennt keinen Immanuel Schmalfeldt. Als er sieht, was man ihm da geschickt hat, ist ihm sofort klar, dass es diesen Absender ganz sicher nicht gibt. Weder in Celle noch sonst wo auf der Welt.

Zuerst zieht er ein schmales, flaches Etui aus dem Umschlag. Als er den Deckel aufschnappen lässt, findet er zwei USB-Sticks darin, eingebettet in ein sonderbares gallertartiges Material, das aber nicht klebrig ist, wie er mit einem Fingerdruck feststellt.

Kopfschüttelnd hält er die gefütterte Versandtasche schräg, und ein Foto segelt heraus. Es ist nur lose in eine gefaltete weiße Karte eingelegt gewesen, liegt plötzlich vor ihm auf dem Esstisch, lässt ihn zurückfahren. Wie ein Blitz trifft ihn das Bild.

Sie haben ihm eine Bombe in die Wohnung geschickt.

Keuchend lehnt er sich vor, beugt sich über die Szene, bis sie sein ganzes Blickfeld ausfüllt. Ein unkontrollierbares Zittern überkommt ihn. Voller Ekel vor sich selbst stellt er fest, dass er weint. Vorsichtig, um das Foto nicht zu berühren, tastet er nach der Briefkarte, schlägt sie auf.

Da steht alles. In wenigen Sätzen. Vor allem Hinweise zur Verwendung der beiden USB-Sticks. Alles in Druckbuchstaben, keine Anrede, natürlich auch keine Unterschrift. Überhaupt keine Namen, keine Orte. Die Instruktionen aber sind detailliert. Er weiß sofort, was von ihm verlangt wird. Und dass er natürlich tun wird, was man fordert. Was bleibt ihm sonst übrig?

›Man‹. Dämliches Wort.

Verdammt, wer ist ›man‹?, fragt Felix sich. Ist der Graue Anzug, sind die Leute, die hinter ihm stehen, Agenten einer fremden Macht, eines Staates, der sich auf diese Weise hochgeheimes Wissen beschafft?

Die Russen? Vielleicht die Chinesen oder gar …

Felix' Gedanken überschlagen sich.

Was, wenn es überhaupt nicht um ›klassische‹ Spionage geht? Denkbar auch, dass gar kein Staat dahinter steckt, sondern eine verbrecherische Organisation, die mit den erpressten Informationen Geschäfte machen will. Doch mit wem? Wer könnte überhaupt Interesse an der *Scout*-Technik haben, wenn nicht diejenigen, die schon mehr als einmal versucht haben, von außen in das IT-System von *German Defence Electronics* einzudringen?

Felix weiß, dass er keine Antwort auf diese Fragen bekommen wird. Dennoch jagen sie wie irre durch seinen gequälten Kopf.

Noch lange bleibt er sitzen, bis er die Kraft findet, das Foto mit spitzen Fingern in einen Blumen-Übertopf zu werfen, anzuzünden, zuzusehen, zu riechen, wie es stinkend verbrennt. Zu warten, bis nur noch ein winziges qualmendes Häufchen Asche übrig ist.

Was für eine lächerliche Aktion! Die Bombe tickt dennoch weiter.

Er ahnt, dass er sie niemals wird entschärfen können.

Niemand wundert sich, als er am folgenden Tag wieder einmal der Letzte in der Firma ist. Das ist durchaus nichts Ungewöhnliches. Dr. Felix Janssen ist bekannt als das Arbeitstier im Hause. Als er jedoch diesmal gegen Mitternacht aus dem Sicherheitssystem auscheckt und das Gebäude verlässt, ist er schweißgebadet. Und bebt vor Angst. Er hat zwei sehr spezielle 256 Gigabite-USB-Sticks in der Hosentasche. Eingeschlossen in dem Etui aus einem Material, das selbst den hochsensiblen Security-Scanner der Sicherheitsschleuse am Ausgang überlistet. So hat es wenigstens in dem Brief des angeblichen Immanuel Schmalfeldt geheißen.

Und es hat geklappt.

Felix hat alle Anweisungen befolgt. Es ist viel leichter gewesen, als er befürchtet hat. Niemand hat ihn beobachtet, niemand hat überhaupt bemerkt, was er da tat. Sein einziges Problem ist das unkontrollierbare Zittern gewesen. Kaum hat er die Sticks in die Slots gesteckt bekommen, den ersten, um das System zu überlisten, und danach den zweiten für den eigentlichen Download. Seine fliegenden Finger spielten ihm mehrmals hintereinander Streiche bei der Eingabe der erforderlichen Befehle auf der Tastatur.

Zu Hause angekommen, nimmt er sofort eine starke Tablette und legt sich ins Bett. Doch erst gegen Morgen fällt er in einen unruhigen Schlaf. Träumt das, was er seit vier Monaten träumt. Sieht wie in einer Endlosschleife die Bilder, wacht immer wieder auf, flüstert »Ich habe das nicht getan« in die Dunkelheit, schläft wieder ein, steht schließlich resigniert auf, nimmt noch eine seiner Psychopillen.

Und erkennt abermals glasklar, dass es keinen Ausweg für ihn gibt.

Am Freitag geht er schon am Mittag zum Chef. Er habe sich einen Virus eingefangen – Magen-Darm – und müsse nach Hause, um sich auszukurieren. Übernächtigt und blass, wie er ist, sieht er krank genug aus, um absolut glaubhaft zu wirken.

Rasch wirft er zu Hause ein paar Sachen für das Wochenende in die Reisetasche, steigt in seinen Wagen und fährt los.

Er muss auf das Schiff.

5

Nur ein leises Zischen in der Luft, von unten ein stetiges Rauschen und kaum eine Bewegung des mächtigen Rumpfs – die *Weiße Möwe* schnitt in der Abenddämmerung mit guter Fahrt unter vollen Segeln durch das gründunkle Wasser des Finnischen Meerbusens.

»Noch etwa zwanzig Seemeilen, dann haben wir die erste russische Insel querab«, sagte Karsten Hauser mit einem Blick auf den Bildschirm des elektronischen Seekartenplotters, der direkt vor ihm in der breiten Backbord-Rudersäule installiert war.

Malte Janssen nickte. »Also kommen wir gleich in russische Hoheitsgewässer. Und von dieser Insel … äh, wie heißt die noch mal?«

»›Hogland‹ in den deutschen Karten. Aber der russische Name lautet Gogland.«

»Jedenfalls sind es von dort nur noch einhundert Seemeilen bis Sankt Petersburg.«

»Yep, stimmt«, erwiderte Karsten, der am Ruder stand und es offensichtlich in vollen Zügen genoss, das große Segelschiff zu steuern. »Nicht mehr weit. Schade eigentlich.«

Malte lächelte und warf einen prüfenden Blick hoch in den Mast. Die Segel standen optimal, weit ausgestellt bei dem schwachen raumen Westwind. »Was laufen wir?«

»Neun Knoten«, gab Karsten zurück. »Unglaublich bei dem lauen Lüftchen.«

»Tja – sie ist eben eine *Janssen.*« Malte grinste, denn das war nur die halbe Wahrheit, wie natürlich auch Karsten wusste.

Wieder einmal erwies sich die Idee des alten Henry Janssen als genial, erlesene Sonderanfertigungen zu bauen, ohne den Rumpf und andere besonders aufwendige und damit kostenintensive Bauteile selbst herzustellen. Dazu verwendete *Janssen & Söhne Yachtbau* immer Rohbauten namhafter Hersteller, die dann für eine Kundschaft, die es sich leisten konnte, keine Serienschiffe zu segeln, individuell ausgebaut und ausgestattet wurden. So kamen die Rumpf- und die Deckschale der *Weißen Möwe* aus einem Spezialbetrieb in Dänemark, ihr hochmoderner Karbonmast stammte von einem weltbekannten schwedischen Zulieferer, und die Mylar-Laminatsegel waren in Bremen hergestellt worden.

Bei *Janssen* entstanden auf diese Weise Schiffe, die so originell waren wie Einzelbauten, aber dennoch – auf einem hohen Niveau – vergleichsweise preisgünstig. Es gab fast keinen Sonderwunsch eines künftigen Eigners, den man nicht erfüllte, mochte er auch noch so verrückt sein. So segelte gerade irgendwo im Mittelmeer eine *Janssen*-Yacht mit einem Whirlpool in der Eignerkajüte herum, und in Palma de Mallorca lag das Schiff eines bekannten englischen Filmregisseurs, dessen Salon wie ein kleiner Kinosaal gestaltet war.

Karsten aktivierte die automatische Steuerung, warf noch einen Blick in die Takelage und setzte sich neben Malte auf die ledergepolsterte Cockpitbank. Schweigend genossen die Freunde diese magische Stunde. Allmählich brach die Dunkelheit herein, die Segel wurden zu schwachen Schemen, bis sie schließlich nicht mehr zu erkennen waren. Nur das helle Topplicht hoch oben in der Mastspitze strahlte um die Wette mit den vielen Sternen, die plötzlich am Nachthimmel ihren Auftritt bekamen.

Malte drückte auf den Knopf der Intercom-Anlage an der Rudersäule. »Ja, was gibt's?«, meldete sich kurz darauf eine Stimme aus der Kombüse.

»Habt ihr noch Kaffee?«

»Gerade frisch gekocht, Skipper.«

»Prima, dann bring mal bitte zwei Pötte hoch – schwarz, ohne alles.« Malte sah zu Karsten hinüber. »Du willst doch sicher auch einen.«

Karsten nickte. »Immer.«

Fünf Tage und Nächte waren sie nun unterwegs. Eine höchst zufriedenstellende Überführungsfahrt. Keine ernsthaften Probleme am Schiff. Sie hätten die russischen Hoheitsgewässer sogar noch früher erreichen können, aber Malte hatte jeden Tag Testmanöver gefahren, das Schiff auf allen denkbaren Kursen zum Wind hart rangenommen, immer wieder das Rigg und die Segel nachgetrimmt. Vorgestern, auf der Höhe der großen schwedischen Insel Gotland, hatte der Wind noch mit sechs Beaufort geweht, und die *Weiße Möwe* war auf Halbwindkurs mit über vierzehn Knoten dahingerauscht.

Auch den Motor hatte Malte natürlich mehrmals auf Herz und Nieren getestet, ihn längere Zeit in allen Drehzahlen gefahren, während die Techniker Geräuschmessungen im gesamten Schiff vorgenommen und die Vibrationen im Antrieb geprüft hatten.

Auf Höhe der estnischen Küste war dann eine der elektrischen Winschen ausgefallen, mit denen die gewaltigen Tücher der *Weißen Möwe* bedient wurden. Für ein Schiff dieser Größe, das vom Eigner selbst mit kleiner Crew gesegelt werden sollte, waren leistungsstarke Elektrowinschen unverzichtbar. Völlig undenkbar, das Schiff mit solch einem Defekt zu übergeben! Malte hatte seine Leute ordentlich unter Druck gesetzt, und vorhin war Jan, Bootsbauingenieur und Cheftechniker der Firma, an Deck gekommen und hatte berichtet, dass die Elektriker den Grund für die Störung – ein schadhaftes Kabel – entdeckt hätten. Er war sich sicher, dass die Winsch in zwei Stunden wieder einwandfrei funktionieren würde.

Timur Stepanowitsch Krylow würde ein makelloses Schiff bekommen – fertig vorbereitet für die Taufe. Mit Abdeckfolie überklebt, stand bereits in großen kyrillischen Buchstaben *Belaya Chayka* auf beiden Seiten des Bugs und am Heckspiegel. Prunkvoll in goldenen Lettern, wie vom Eigner ausdrücklich verlangt.

Goldene Buchstaben! Malte schüttelte sich, wenn er nur daran dachte. Dabei hatte er während der Bauzeit wahrlich genug Gelegenheit bekommen, die geschmacklichen Vorlieben des russischen Milliardärs kennenzulernen. Der Salon der Yacht war zu einer Miniatur des opulenten Goldsaals im Kreml geraten, in dem Wladimir Putin seine Auftritte vor der Presse zu inszenieren pflegte. In Maltes Augen ein geradezu peinlicher – und peinlich teurer – Kitsch aus den erlesensten Materialien. Karsten meinte dazu, es sehe im Inneren der *Weißen Möwe* aus wie im Wohnzimmer des fünfundvierzigsten US-Präsidenten im Trump Tower, oder vielleicht habe auch der Innenarchitekt von Erdoğans osmanischem Sultanspalast seine Hand im Spiel gehabt …

»Wer zahlt, bestellt die Musik«, murmelte Malte vor sich hin.

»Was sagst du?«, fragte Karsten und nahm einen Schluck

aus dem Kaffeebecher, den ihm einer der Werftleute in die Hand gedrückt hatte.

»Nichts, hab nur laut gedacht.« Auch Malte trank von seinem Kaffee und sah hinüber zum Horizont, wo gerade die Positionslichter eines großen Schiffes in der Dunkelheit auftauchten. »Hast du den gesehen?«

Karsten war dem Blick des Freundes gefolgt. »Bestimmt wieder eine der Fähren«, sagte er. »Hab sie im Blick.«

Malte nickte. »Dann machen wir also morgen Nachmittag in Sankt Petersburg fest. Das will ich Krylow gleich mal schreiben. Wie sieht denn die Wacheinteilung für die Nacht aus?«

»Ich bleib noch bis Mitternacht am Ruder. Dann übergebe ich an Jan. Und ab vier Uhr morgens wärst du dann wieder an der Reihe.«

»In Ordnung. Aber achte bitte darauf, dass außer dem Rudergänger immer noch ein zweiter Mann hier oben mit Wache geht.«

»Klar. Ist alles eingeteilt. Wenn du jetzt runtergehst, schick mir bitte Kalle hoch. Er hält sich bereit.«

Malte nickte. »Mach ich. Wir können übrigens damit rechnen, dass wir irgendwann heute Nacht gestoppt werden.«

»Besuch von der russischen Küstenwache, meinst du?«

»Bestimmt. Die haben uns todsicher schon auf ihrem Radar.« Malte stand auf und trank den letzten Schluck aus seinem Kaffeebecher. »Was soll's – wir haben nichts zu befürchten. Alle nötigen Papiere sind an Bord.«

»Gültige Reisepässe und Visa für die Mitarbeiter auch?«

»Hat Jan alles gecheckt, bevor wir abgelegt haben. Ich geh jetzt runter, schicke Krylow noch eine SMS, wann wir ankommen, und dann hau ich mich aufs Ohr. Du hast hier alles im Griff?«

Karsten grinste. »Mit Mühe und Not.«

Malte hob die Hand. »Sorry, war ’ne doofe Frage. Na dann: Gute Wache!«

6

Das plötzliche Geräusch ließ Felix Janssen zusammenfahren.

Ein fröhlicher Jingle.

Widerwillig drehte er sich um und ging zum Wohnzimmertisch, auf dem sein Smartphone lag.

Lange hatte er gedankenversunken der *Weißen Möwe* hinterhergeschaut. Aus dem Fenster seiner Ferienwohnung im Dachgeschoss der alten Familienvilla bot sich ihm ein großartiger Blick über das Werftgelände und die Mole hinaus aufs freie Wasser. Direkt hinter der Hafeneinfahrt hatte sein Bruder bereits die Segel setzen lassen. Selbst von hier oben hatte Felix dann gesehen, wie bereitwillig die große Yacht lospreschte und immer mehr Fahrt aufnahm. Bald war sie nur noch ein weißer Punkt unter der aufgehenden Sonne gewesen.

Auf ihrem langen Weg nach Sankt Petersburg.

Er nahm das Handy hoch. Eine WhatsApp-Nachricht. Carina.

Guten Morgen! Musst du am Wochenende arbeiten oder unternehmen wir was zusammen? Ich vermisse dich!

Felix fiel kraftlos in den Sessel und starrte auf das Display.

Was für eine beschissene Situation. Tiefer und tiefer verstrickte er sich in ein widerlich klebriges Geflecht aus Lüge, Täuschung und Betrug. Doch wie sollte er ihr beibringen, dass er ihr unmöglich in die Augen sehen konnte? Er ertrug ja selbst kaum noch sein eigenes Gesicht im Spiegel. Seit Wochen vertröstete er sie ständig. ›Wir sind jetzt in der entscheidenden Entwicklungsphase‹, sagte er immer, wenn sie darauf drängte, ihn zu sehen. ›Privatleben muss im Moment zurückstehen, sorry.‹

Arme Carina. Er hatte ihr auch verschwiegen, dass er schon gestern hierher gefahren war. Sie glaubte, er wäre in Kiel – Tag und Nacht eingespannt in sein wichtiges Projekt.

Natürlich wusste sie nicht, was das für eine Firma war, in der er arbeitete. Und schon gar nicht, was genau er da tat. Tatsächlich hatte sie keine Ahnung, mit wem sie da eigentlich befreundet war.

Sie kennt mich überhaupt nicht, schoss es ihm wieder einmal durch den Kopf, und sein Magen krampfte sich zusammen. Wie immer, wenn er sich diese Einsicht gestattete.

Weder weiß sie, wer ich bin, noch was ich tue.

Von seinen gelegentlichen Ausflügen nach Hamburg sowieso ganz zu schweigen. Bis zu jenem Tag vor vier Monaten, an dem der Graue Anzug plötzlich in seiner Wohnung gesessen hatte – »Hübscher Bursche, nicht wahr, Herr Doktor?« –, hätte Felix darauf gewettet, dass überhaupt niemand von diesem Teil seines Lebens etwas wusste.

Ein Leben mit lauter Lügen. Sein Scheißleben.

Mutlos starrte Felix auf das Smartphone. Wie könnte Carina das alles verstehen? Wie könnte irgendeine Frau ihn überhaupt verstehen?

Zögernd tippte er ein paar Wörter ein.

Tut mir so leid. Komme nicht raus aus der Tretmühle. Aber bald sind wir damit durch. Ich ruf dich heute Abend mal an.

Verfluchte Lügen. Wie lange mochte das noch gut gehen?

Er mochte Carina sehr, war gern mit ihr zusammen. Sie war intelligent, humorvoll und hübsch. Und ja, auch der sporadische Sex mit ihr erregte ihn gerade genug, um überhaupt zu gelingen. Sie schien damit völlig zufrieden zu sein. Für ihn freilich war keine einzige Minute dabei auch nur annähernd vergleichbar mit der wilden, maßlosen Geilheit eines Fluges auf den Schwingen jenes Duftes, den er allzu selten genießen durfte.

›Alibifreundin‹ hatte der Graue Anzug Carina genannt. Felix zuckte zusammen, als er sich an diesen Ausdruck erinnerte, legte das Handy zurück auf den Tisch, trat wieder ans Fenster, blickte nach Osten. Dorthin, wo im Frühdunst das Hellblau des Himmels und das Dunkelblau der See ineinanderflossen.

Das Segelschiff war längst hinter dem Horizont verschwunden.

Malte hatte sich gestern sichtlich gefreut, ihm das Prachtstück von *Janssen & Söhne Yachtbau* zeigen zu können. Während rundum alle möglichen Leute mit Vorbereitungen für den langen Überführungstörn beschäftigt waren, hatten die beiden Brüder das Schiff ausgiebig besichtigt.

Eine Tortur für Felix. Ungeduldig musste er feststellen, dass Malte seinen Stolz nicht verbergen konnte. Wie selbstverständlich schien er davon auszugehen, dass sein Bruder diese Begeisterung teilte, ließ kaum ein Detail der außergewöhnlichen Ausstattung aus und führte enthusiastisch die vielen technischen Raffinessen des Bootes vor.

»Die Einrichtung ist natürlich Geschmackssache«, sagte er lachend. »Aber das Boot gehört ansonsten zum Modernsten, was auf dem Wasser herumfährt.«

»Großartig, ja. Ganz bestimmt. Das habt ihr fantastisch hingekriegt«, stimmte Felix angestrengt in die Begeisterung ein. Er konnte seine Nervosität kaum noch kontrollieren.

Die Leidenschaft seines Bruders für den Bootsbau hatte er – zum Leidwesen des Vaters – nie geteilt, dennoch ließen ihn schöne Segelschiffe nicht völlig kalt. Er hatte seine gesamte Jugend mit ihnen verbracht, war auch hin und wieder einmal auf Maltes *Jason* mitgesegelt, einem hübschen alten Schärenkreuzer, der nun seit Reginas Tod irgendwo ungenutzt auf dem Werftgelände herumstand.

Die Besichtigung wurde zu einer einzigen Qual für ihn. Für das, was er tun musste, weswegen er überhaupt nur darum gebeten hatte, sich die *Weiße Möwe* vor ihrer Reise nach Russland einmal ansehen zu dürfen, würde er höchstens zwei Minuten brauchen.

Aber dazu musste er allein sein.

Die Zeit schien sich endlos hinzuziehen. Endlich aber kam die erhoffte Gelegenheit. Einer der Werftleute rief Malte an Deck, weil es irgendein Problem mit den Wantenspannern gab.

Und Felix tat, was er tun musste. Er brauchte sogar nur eine Minute dafür.

Später saß er noch kurz mit seinem Bruder bei einem Bier an Deck.

»Hast du Sorgen?«, fragte Malte. »Du wirkst irgendwie … ich weiß nicht recht.«

»Ach was«, wehrte Felix ab. »Ich habe mir wohl was eingefangen, nichts Schlimmes. Die letzten Tage war's aber echt unangenehm. Deshalb geh ich jetzt auch rüber und leg mich ins Bett.« Er trank sein Bier aus und stand auf. »Wann willst du morgen früh ablegen?«

»Punkt fünf.«

»Oha. Das ist mir aber zu früh zum Aufstehen. Oder brauchst du meine Hilfe an den Leinen?«

»Nee, bleib du mal liegen. Wir haben hier morgen genügend Leute. Da kommen reichlich Menschen, um uns zu verabschieden. Schlaf dich ruhig aus. Scheinst es nötig zu haben.«

»Ich stelle mir auf jeden Fall den Wecker und sehe mir das Ablegemanöver von meinem Fenster aus an. Von da oben hat man ja einen tollen Blick. Also: Guten Wind und gute Reise! Feines Schiff, Malte, wirklich großartig. Hast du prima hingekriegt.« Er klopfte seinem Bruder auf die Schulter, sprang an Land, winkte noch einmal und ging.

Für ihn begann jetzt das Warten.

7

Schüsse.

Malte fuhr hoch. Plötzlich setzte das unverkennbare Rattern einer Maschinenwaffe ein. Geschrei. Wieder zwei Feuerstöße. Trampeln oben an Deck.

Mit einem Satz sprang er aus der Koje, fuhr in seine Jeans. Noch bevor er die Kabinentür erreichte, flog diese auf und krachte an das mahagonivertäfelte Schott.

Malte erstarrte, als seine Augen unvermittelt von einem stechenden Lichtstrahl geblendet wurden. Schemenhaft erkannte er eine dunkle Gestalt in der Tür. »You captain?«, fragte eine barsche Stimme.

Malte brachte kein Wort heraus, hielt sich die Hand vor die Augen.

Der Mann nahm seine Lampe herunter und stieß einen Befehl aus, unverständlich für Malte. Eine kräftige Hand packte ihn am T-Shirt und riss ihn nach vorn. Er stolperte in den hell erleuchteten Salon, sah, dass der Mann einen schwarzen Overall trug. Sein Kopf steckte unter einer bis zum Hals heruntergezogenen Strickmütze. Aus einem schmalen Spalt schauten nur die Augen heraus.

Wieder rief der Mann etwas in dieser sonderbaren Sprache in den Raum. Laut, fordernd. Russisch war das jedenfalls nicht. Malte zuckte mit den Schultern, wagte einen kurzen Blick durch den prächtigen Salon, dessen goldene Deckenverzierung im Licht der vielen Leuchten funkelte, erkannte eine weitere schwarze Gestalt, die mit einem Sturmgewehr AK-74 im Hüftanschlag vor dem Zugang zu den Gästekajüten stand. Der Lauf seiner Kalaschnikow schimmerte matt.

Plötzlich wurde ihm bewusst, dass das Schiff in Bewegung war. Die *Weiße Möwe* segelte nach wie vor, als wäre nichts geschehen. Diese Leute, wer immer sie auch waren, mussten die Yacht in voller Fahrt geentert haben.

Wer, zum Teufel, waren diese Vermummten?

Mit der Küstenwache jedenfalls hatten sie nichts zu tun, so viel stand fest. Die nämlich hatte die *Weiße Möwe* bereits ein paar Stunden zuvor kontrolliert. Kaum hatten sie die Insel Gogland passiert, hatte sich ihnen von Backbord ein großes Schiff genähert, sich auf Englisch per Funk als russische Küstenwache identifiziert und sie zum Beidrehen aufgefordert. Jan hatte Malte wecken lassen, und als der an Deck kam, sah er, wie sich der schnittige dunkelblaue Rumpf gerade von achtern längsseits heranschob. Gut waren darauf in großen weißen Lettern zwei Wörter in kyrillischer Schrift zu erkennen. Was die bedeuteten, war schon seit dem Funkspruch klar, doch las man es auch in Großbuchstaben weiter oben an den weißen Aufbauten: *COAST GUARD.*

Die Überprüfung selbst hatte nur eine halbe Stunde gedauert. Die beiden Uniformierten, die an Bord gekommen waren, hatten die Pässe kontrolliert und sich vergewissert, dass alle Papiere für die Yacht vorlagen und vorschriftsmäßig ausgefüllt waren. Malte war nicht entgangen, dass die beiden einen schnellen Blick wechselten, als sie den Namen des Eigners dieses maritimen Prachtstücks in den Dokumenten entdeckten. Rasch hatten sie alles abgestempelt, den angebotenen Cognac mit erlesener Höflichkeit angenommen und sogar einen russischen Trinkspruch ausgebracht. Bevor sie freundlich winkend über eine Strickleiter wieder an Deck ihres Schiffes geklettert waren, hatten sie noch eine kurze Führung durch die *Weiße Möwe* bekommen, die sie sichtlich beeindruckt hatte.

Kurz darauf war die Yacht wieder auf Kurs gegangen. Malte hatte sich für die wenigen Stunden, die ihm noch bis zur Übernahme der Wache verblieben waren, in seiner Koje zusammengerollt und war sofort wieder in tiefen Schlaf gefallen.

Tief, aber allzu kurz.

Verdammt, was mochte da oben an Deck los sein, fragte er sich, während sein Gehirn mühsam versuchte, alles zu verarbeiten, was hier gerade passierte. Zwang man Jan vielleicht dazu, auf einen anderen Kurs zu gehen? Wollten diese Leute das Schiff entführen – und wer waren sie überhaupt?

Plötzlich lautes Schreien. Wütend. Unverkennbar Karsten.

Malte sah hinüber. Nur mit seinen zerknitterten Shorts bekleidet, stand sein Freund, die Haare noch wirr vom Schlaf, im Durchgang zu den Gästekajüten und brüllte den Vermummten an, der ihm den Weg mit vorgehaltener Waffe versperrte. »Lass mich gefälligst vorbei!« Ohne auf die Kalaschnikow zu achten, stieß er den Mann hart vor die Brust, sodass dieser ins Taumeln geriet, einen lauten, unverständlichen Fluch ausstieß und einen Schritt nach hinten machte. Karsten wand sich blitzschnell an ihm vorbei, sprang vor und blieb wie angewurzelt stehen, als er die Situation erfasste. »Scheiße, was ist hier denn los?«

»Wir sind überfallen worden«, sagte Malte und wunderte sich über seine krächzende Stimme.

»Shut up!«, rief der Kerl, der Malte geweckt hatte, hob seine Kalaschnikow und ließ ihren Lauf drohend hin und her wandern. »Money, Skipper! We want all money!« Er trat an Malte heran, stieß ihm den Lauf der Waffe in den Bauch und schob ihn rückwärts unerbittlich durch den Raum hinüber zur Navigationsecke – auf der *Weißen Möwe* ein geräumiger Arbeitsplatz hinter einer holzvertäfelten Trennwand. »Money!«, sagte der Mann noch einmal. »I kill you!«

Malte wagte einen Blick auf das Funksprechgerät, das über dem Tisch am Schott befestigt war. Das Schiff der Küstenwache konnte noch nicht allzu weit entfernt sein. Vielleicht – wenn es gelänge, rasch einen Notruf abzusetzen …

Die Augen des Vermummten waren Maltes Blick aus dem Schlitz in der Strickmütze heraus gefolgt. Er griff hoch, riss mit einzigen heftigen Bewegung das Spiralkabel mit dem Mikrofon aus dem Gerät und warf es hinter sich auf den Boden. »Give money!«, knurrte er.

Malte öffnete resigniert eine Schublade des Schrankes neben dem Kartentisch, holte eine Stahlkassette heraus und stellte sie vor sich hin.

»Open! I want see!«

Nur mühsam gelang es Malte, den Mann davon zu überzeugen, dass er den Schlüssel zur Bordkasse in seiner Kajüte aufbewahrte. Unter wachsamer Begleitung durch den Vermummten holte er ihn von dort und schloss die Kassette auf. Etwa fünftausend Euro in bar, einen Teil davon in russischer Währung, hatte er auf die Reise mitgenommen. Der Kerl in Schwarz griff sich die Scheine und ließ sie blitzartig in der Brusttasche seines Overalls verschwinden.

»Elende Räuberbande!«, schrie Karsten und stieß sofort darauf einen Schmerzenslaut aus. Malte sah aus den Augenwinkeln, dass der andere Eindringling mit dem Kolben seiner Kalaschnikow ausholte und dem Freund einen Schlag auf die Gurgel versetzte. Karsten ging röchelnd in die Knie.

»Reiß dich zusammen!«, rief Malte. »Die bringen uns um, verdammt. Spiel hier nicht den Helden!«

Er machte sich Sorgen. Zu gut kannte er Karsten. Der hatte sich noch nie zurückhalten können, wenn er Ungerechtigkeit, vor allem rohe Gewalt, erlebte. Oder auch nur mit ansehen musste. Als die beiden Freunde vor vielen Jahren einmal nachts aus einer Kneipe gekommen waren und zufällig sahen, wie eine Gruppe Jugendlicher einen Obdachlosen quälten, der sich an der Hauswand in seinem Lumpenschlafsack zur Ruhe gelegt hatte, war Karsten nicht mehr zu halten gewesen. Ohne Rücksicht auf Verluste hatte er die vier kräftigen Jungen attackiert. Malte war ihm zur Hilfe geeilt, und als die Schläger endlich humpelnd und fluchend das Weite gesucht hatten, waren Karsten und Malte reif für einen Abstecher in der Notaufnahme des Krankenhauses gewesen.

»Und noch Geld von Mannschaft!«, forderte der Anführer in seinem gebrochenen, harten Englisch. »Du da …«, er zeigte auf den immer noch nach Luft ringenden Karsten, »… zu alle Männer gehen, Geld holen!«

»Er hat Schmerzen. Ich mach das für ihn«, bot sich Malte auf Englisch an.

»Du hier bei mir. Er gehen. Du ihm sagen, Skipper! Alle Besatzung Geld geben!«

»Den Teufel werde ich tun«, stieß Karsten keuchend aus, und Malte sah entsetzt, wie sein Freund die Finger seiner Hände ineinander verschränkte, mit den Unterarmen weit ausholte und dann seinen Ellenbogen mit einem gewaltigen Schlag von unten in die Weichteile des über ihm stehenden Bewachers krachen ließ.

Stöhnend knickte der Mann ein, riss sein Gewehr hoch und schoss Karsten mitten in die Brust.

Ohne nachzudenken, ohne das wilde Geschrei der beiden Vermummten auch nur zu hören, sprang Malte mit zwei Sätzen dorthin, wo sein Freund zu Boden gegangen war, und kniete neben dem zuckenden Körper nieder. Karstens Augen waren weit aufgerissen.

»Er hat …«, nur ein schwaches Röcheln, »mich getroff…« Die rechte Hand fuhr wie reflexhaft hoch an die Brust, doch der Arm fiel sofort wieder kraftlos herab und die Finger verkrampften sich zitternd.

»Ich weiß, aber du bist ein zäher Hund! Du schaffst das!«, presste Malte hervor. »Mach nicht schlapp!«

Karsten öffnete den Mund, um zu sprechen, doch ein Schwall Blut schoss heraus, floss über das wachsbleiche Gesicht, bis es in obszön fettem Rot von den Wangen auf das seidig schimmernde Parkett tropfte. Die Augen immer noch weit aufgerissen, versuchte er, etwas zu sagen, brachte jedoch nur ein dumpfes Gurgeln heraus. Dann bäumte sich sein Oberkörper auf, als wäre er vom Blitz getroffen, und das unkontrollierte Zucken war schlagartig vorüber.

»Verdammt, bleib hier!«, rief Malte verzweifelt und legte seine Finger auf Karstens Halsschlagader.

Doch er hatte es schon vorher in den Augen gesehen.

Karsten war tot.

Du blöder Kerl, du tapferer, hitziger, dummer Junge, konnte Malte nur noch denken. In wilder Wut sah er hoch zu dem Mann mit der Kalaschnikow. Eine schrille Folge irrer Schreie brach aus ihm hervor, Laute ohne Sinn, qualvoll und anklagend. Gerade wollte er hochspringen und sich auf den Mörder stürzen, da packte ihn eine stahlharte Hand am Arm, riss ihn zurück, und der Anführer sagte in seinem englischem Kauderwelsch: »Er tot. Nicht mehr helfen. Du holen Geld! Sofort!«

Wie in Trance machte sich Malte auf den Weg, taumelte in dumpfer Apathie durch das Schiff, ließ sich von jedem seiner Mitarbeiter, die man in ihre Kajüten eingeschlossen hatte, ihr Bargeld aushändigen und gab es dem groß gewachsenen Mann, der ihn nicht eine Sekunde aus den Augen ließ, in die Hand. Noch einmal etwa zweitausend Euro mochten es sein.

Lächerliche zweitausend Euro.

Ein leises, irres Kichern bohrte sich in Maltes Ohren, ein ekelhaftes Geräusch. Es kam aus seiner eigenen Kehle. Zitternd blickte er aus zusammengekniffenen Augen zu dem leblosen Bündel Mensch auf dem Salonboden. Wollte es nicht glauben. Konnte nicht.

Oh, verflucht, Karsten, du dämlicher Kerl!

Tiefschwarze Traurigkeit übermannte ihn. Ohne es zu bemerken, sank er auf den luxuriösen Ledersessel vor dem Navigationstisch. Von Ferne drang wieder die verhasste Stimme durch die bleierne Finsternis, die ihn umgab: »Distress signals? Where is box with distress signals? Red box you have. You give me!« Dreimal, viermal wiederholte der Mann diese lächerlichen Sätze. Immer lauter wurde er, immer fordernder.

Malte verstand ihn nicht. Das Boot, die Mannschaft, die ganze Welt – urplötzlich weit weg, bedeutungslos. Auf einmal nur ein Bild noch: Regina.

Die auch tot war.

Ein stechender Schmerz schreckte ihn auf. Der Anführer hatte sein linkes Ohr gepackt und riss unbarmherzig daran, wiederholte seine unbegreifliche Forderung: »Give me box with distress signals!«

Malte starrte ungläubig in die Augen hinter den Löchern in der Maske. »Sie wollen … äh … unseren Koffer mit den … Notfallraketen, richtig?«, fragte er auf Englisch. Seltsam, fiel ihm auf, diese Stimme schien gar nicht die seine zu sein. Ein unbekanntes Stammeln. Völlig fremdes Geräusch.

»Yes, emergency box!«, sagte der Schwarzgekleidete und nickte heftig.

Von Deck schallte schwach ein Ruf herunter, und der große Mann zuckte zusammen. Er stieß Malte in den Rücken und schrie laut: »The red box! Hurry up!«

Malte bückte sich, öffnete den Schrank unter dem Kartentisch und zog den kleinen orangefarbenen Plastikkoffer hervor, auf dem *Marine Distress Pack* stand.

Was mochten diese Verbrecher mit Handfackeln, Rauchsignalen und Leuchtraketen anfangen wollen? Unbegreiflich.

Wieder kamen unverständliche Satzfetzen von oben. Der Vermummte riss Malte ungeduldig den Kasten aus der Hand, rief seinem Kumpan etwas zu und hastete zur Niedergangstreppe. Offenbar hatten sie es auf einmal eilig, sich davon zu machen.

Malte wunderte sich, dass sie sich nicht einmal mehr die Mühe machten, ihn k.o. zu schlagen. Der zweite Mann rief ihm etwas zu, was er nicht verstand, und fuchtelte wild mit seiner Kalaschnikow herum. Dann aber stieg er über Karstens Leiche und folgte dem Anführer fast fluchtartig hinauf an Deck.

Ohne zu überlegen, taumelte auch Malte zu der breiten Treppe, die elegant im Glanz der vielen kleinen Lämpchen unter den Stufen strahlte. Blank und hell, als läge nicht drei Meter entfernt ein Toter auf dem edlen Parkett. Er griff an den Handlauf, setzte seine bleischweren Füße nacheinander auf die Stufen und stieg wankend wie ein betrunkener Zombie hoch.

Was mochten sie mit Jan gemacht haben?

Kraftlos zog er sich am Geländer nach oben. Stufe für

Stufe. Kaum hatte er den Kopf im Freien, wehte ihm der sanfte Nachtwind ins Gesicht. Sein trüber Blick klarte ein wenig auf, und im Schein der Deckbeleuchtung sah er Jan am Ruder stehen. Er schien unversehrt zu sein, aber der zweite Mann der Wache war nirgendwo zu sehen. An der Reling kauerte eine untersetzte Gestalt – ebenfalls ganz in Schwarz und mit einer übers Gesicht gezogenen Mütze mit ausgeschnittenen Augenlöchern – und hielt den Lauf seiner Maschinenpistole auf Jan gerichtet. Neben ihm erkannte Malte die beiden Metallbügel einer Strickleiter, die über dem Teakholz-Handlauf der Seereling hingen. Gerade schwang sich dort ein Mann über Bord, trat auf die Strickleiter und verschwand nach unten. Malte fuhr zusammen: Karstens Mörder. Die Tatwaffe trug er am Gurt auf dem Rücken.

Von irgendwo her kam ein lauter Ruf. Jans Bewacher rief etwas zurück, warf sich ebenfalls seine Waffe über und sprang an die Reling. Sekunden später war auch er aus dem Blickfeld verschwunden.

Das Boot der Piraten musste sehr flach sein, lag vermutlich neben dem Rumpf der *Weißen Möwe* und war vom Niedergang aus nicht zu sehen. Hastig nahm Malte die letzten Stufen, trat an Deck und lief hinüber zum Steuerstand. Mit einem schnellen Blick in die Segel stellte er fest, dass die Yacht offenbar ihren Kurs nicht geändert hatte. Noch im Lauf rief er: »Wer war mit dir auf Wache, Jan? Was ist mit ihm passiert?«

Eine Antwort erhielt er nicht, denn Jan hatte inzwischen den Autopiloten eingeschaltet und sich neben der Cockpitbank auf den Boden gekniet. Als Malte herantrat, bemerkte er, dass da ein Mensch auf der Teakholzgräting lag. Jan hob den Kopf und sah zu seinem Chef hoch. »Uwe. Unser Hydraulik-Spezialist, du weißt schon, Uwe Schramm.«

»Ja, ja, natürlich«, sagte Malte ungeduldig und bückte

sich zu dem leblosen Körper hinunter. »Was ist mit ihm? Was haben sie mit ihm gemacht?«

»Der Kerl hat ihm den Kolben des Gewehrs auf den Hinterkopf geschlagen. Und als Uwe zu Boden ging und vor Schmerzen geschrien hat, hat das Schwein den Gewehrkolben noch zwei Mal auf seinen Kopf gestoßen. Grauenvolles Geräusch, wie von einer Nuss, die geknackt wird. Aber er atmet noch, allerdings sehr flach.«

Plötzlich ertönte ein lautes Motorgeräusch seitlich neben dem Schiff. Der Lärm steigerte sich zu einem Brüllen, und im Licht der Deckscheinwerfer tauchte ein großes graues *Zodiac*-Schlauchboot auf, dass sich rasend schnell entfernte, angetrieben von zwei mächtigen Außenbordmotoren. Gewaltige weiße Schaumschleppen hinter sich herziehend, verschwand das Boot mit infernalischem Lärm immer tiefer in der Dunkelheit, bis nur noch die Blasen der aufgewühlten Hecksee auf dem Wasser brodelten.

»Mindestens 250 PS«, murmelte Jan, der Ingenieur. »Und zwar jeder der beiden Außenborder.«

Malte sah ihn konsterniert an. Auch eine Art, mit dem Grauen umzugehen, dachte er.

Jan rief: »Ich konnte nichts machen, gar nichts. Plötzlich stand einer der Kerle hier neben mir und hat mir die Mündung seiner Knarre vors Gesicht gehalten.«

»Du hast gar nicht mitgekriegt, dass sie längsseits gekommen sind? Und diese Strickleiter ... verdammt noch mal, die musst du doch bemerkt ...«

»Stopp, Chef!«, unterbrach Jan aufgebracht. »Die Leiter hat der Kerl erst an die Reling gehängt, nachdem er schon hier oben an Deck war.«

»Was willst du mir damit sagen? Etwa, dass er unbemerkt an Deck ...«

»Plötzlich hab ich Motorenlärm direkt hinter dem Schiff gehört. Hab mich furchtbar erschrocken, denn vorher war da nichts gewesen, kein Geräusch, kein Licht, gar nichts. Hab mich umgedreht, aber da sprang der Kerl auch schon an Deck. Hat uns völlig überrumpelt. Keine Zeit, euch da unten zu warnen«, erklärte Jan und zeigte hinter sich auf die Heckreling.

Da erst entdeckte Malte den vierzinkigen Enterhaken, der sich in einem der Relingsdrähte eingehakt hatte. »Die haben hier auf uns gelauert«, sagte er nachdenklich. »Einfach auf dem Wasser gelegen, Motoren aus – und die Lichter sowieso. Haben unsere Positionslampen beobachtet und gewartet, bis wir nahe genug herangekommen waren, und schon hatten sie uns am Wickel. Wir sind ihnen geradezu in die Arme gelaufen. Dann brauchten sie nur noch die Motoren zu starten, ran an das Schiff und aufentern. Profis.«

»So sieht es aus.« Jan nickte.

Wie in Trance trat Malte an die Reling und blickte hinaus in Dunkelheit, in die Richtung, in die das Überfallkommando verschwunden war. Er konnte keinen klaren Gedanken fassen. Das trockene Rattern der Kalaschnikow tönte noch in seinen Ohren, und wie Blitze jagten die schrecklichen Bilder unablässig durch seinen Kopf.

Innerhalb weniger Minuten war die Hölle über die *Weiße Möwe* hereingebrochen.

8

Das Schiff der russischen Küstenwache wich ihnen nicht von der Seite. Eine knappe Stunde nach Maltes Notruf – gerade zog die Morgendämmerung herauf – war es am Horizont aufgetaucht und mit einer beeindruckenden Bugwelle in Höchstfahrt herangerauscht. An der Nummer *028* vorn am Bug erkannte Malte, dass es dasselbe Schiff war, das sie vor wenigen Stunden kontrolliert hatte.

Sie hatten beidrehen müssen, dann waren vier Uniformierte auf die *Weiße Möwe* übergestiegen, darunter eine Frau, die sich in recht gutem Englisch als Ärztin vorstellte. Malte führte sie und zwei ihrer Kollegen unter Deck. Der vierte wollte offenbar oben bleiben. Er stellte sich an die Reling und rief den Leuten auf dem Küstenwachschiff etwas hoch, das Malte nicht verstand.

Im hinteren Teil des Salons, an der Stelle, wo Karsten Hauser von den Kugeln aus der Kalaschnikow getötet worden war, lag, nun mit einem Laken bedeckt, seine Leiche. Die russische Ärztin ging in die Hocke, hob mit beiden Händen das Tuch an und ließ es kurz darauf wieder auf die blutverschmierte Brust des Toten sinken.

»Es ist gut, dass Sie noch nichts verändert haben, Captain«, sagte der Offizier – die Sterne auf seinen Schulterklappen sahen nach einem höheren Dienstgrad aus –, während er sich aufmerksam im Raum umsah. Auf Russisch gab er ein paar knappe Anweisungen an den anderen Mann – weniger Sterne, stellte Malte fest –, wies auf die rostrote Lache, die sich um Karsten Hausers Leiche herum gebildet hatte, und fuhr auf Englisch fort: »Man wird das gleich fotografieren, danach werden wir ihn bergen und nach Sankt Petersburg bringen.«

Malte stutzte. »Wieso das denn?«

»Sie befinden sich in den Hoheitsgewässern der Russischen Föderation, Captain«, erklärte der Offizier in strengem Ton. »Die Leiche ist hiermit behördlich beschlagnahmt.«

»Aber …«

»Hier liegt ein Verbrechen vor, wenn ich Ihren Funkspruch richtig verstanden habe. Also wird sich die Staatsanwaltschaft einschalten. Und Sie müssen damit rechnen, dass man eine Obduktion anordnen wird.«

»Verstehe.« Malte nickte resigniert.

»Ich habe allerdings noch ein paar Fragen an Sie.«

»Selbstverständlich, aber … Einen Augenblick bitte.« Malte wandte sich an die Ärztin. »Bei dem Überfall hat es einen Verletzten gegeben. Ein Mann meiner Besatzung wurde mit einem Gewehrkolben bewusstlos geschlagen. Ich mache mir Sorgen um ihn, es geht ihm nicht gut. Würden Sie mal nach ihm sehen? Er liegt in seiner Koje.«

»Natürlich.« Die Frau nahm ihren Koffer in die Hand. Jan, der herangetreten war, nickte ihr zu, und sie folgte ihm zum Durchgang zu den Kajüten.

Malte sah den russischen Offizier an. »Ich stehe Ihnen zur Verfügung. Wollen wir uns setzen?« Er zeigte auf die üppig mit weinrotem Leder bezogene Sitzgruppe an Backbord.

Nachdem sie Platz genommen hatten, legte der Offizier einen Notizblock auf die Mahagoniplatte des Salontisches und holte einen Kugelschreiber aus der Hemdtasche. »Sie haben da ein paar unglaubliche Sachen in Ihrem Funkspruch erwähnt. Ich möchte …«

»Unglaubliche Sachen?«, fuhr Malte auf. »Was wollen Sie damit sagen? Dass ich mir den Überfall eingebildet habe?« Sein Zeigefinger wies anklagend auf Karstens Leiche, die gerade von dem anderen Uniformierten aus verschiedenen Positionen fotografiert wurde. Immer wieder zuckten Lichtblitze durch den Salon. »Es ist tatsächlich unglaublich, dass mein Freund dort liegt, aber …«

»Bitte regen Sie sich nicht auf«, sagte der Russe und sah Malte mit einem undurchdringlichen Blick an. »Sie müssen verstehen, dass …« Er räusperte sich und fuhr fort: »Erzählen Sie doch einfach der Reihe nach, was hier passiert ist.«

Das tat Malte, nachdem er tief Luft geholt hatte. Von dem Moment an, als er unsanft geweckt worden war, bis zum Ablegen des Motorbootes.

Der russische Offizier blickte kaum einmal von seinem Blatt hoch und schrieb mehrere Seiten in kyrillischer Schrift voll. Nur wenn Malte in seinem Bericht stockte, forderte ihn eine ungeduldige Handbewegung zum Fortfahren auf.

»Das war's«, sagte Malte schließlich und lehnte sich erschöpft zurück.

Der Russe legte seinen Stift zur Seite und blätterte in dem Block vor und zurück. Nach einer Weile hob er den Blick. »Also drei oder vier Personen, richtig?«

Malte nickte. »Zwei waren hier unten. Der Mann, den ich für den Anführer halte, und der, der meinen Freund erschossen hat. Und mindestens einer oben an Deck.« Ihm fiel etwas ein. »Den Enterhaken an der Heckreling haben Sie gesehen?«

»Ja, als ich an Bord kam«, sagte der Offizier. »Und auch das Kletterseil mit den Knoten, das dranhängt. Wurde alles fotografiert und dokumentiert.«

»Mein Steuermann hat mir gesagt, dass einer von denen daran aufgeentert ist und …«

»Unbemerkt?«, hakte der Russe nach und hob ungläubig die Augenbrauen.

Malte erklärte ihm seine Theorie, nach der das *Zodiak* unbeleuchtet im Dunkeln auf dem Kurs der *Weißen Möwe* gelegen und dann innerhalb von Sekunden an ihr Heck herangefahren war.

Der Russe setzte eine skeptische Miene auf. »Ich bitte Sie, Captain! Wie sollen denn drei oder vier Leute an so einem Tau hochklettern, während das Boot in voller Fahrt ist?«

»Ein einziger Mann hat aufgeentert, sagt mein Steuermann, und eine Strickleiter, die er wohl bei sich hatte, für seine Kumpane heruntergelassen. Die brauchten dann nur ein paar Stufen zu nehmen, um an Deck zu kommen. Wir haben ja mittschiffs nicht einmal zwei Meter Freibord.«

»Hm. Können Sie die Männer beschreiben?«

Komplett schwarz gekleidet seien sie gewesen, erklärte Malte, Gesichter habe er aber keine sehen können. »Sie hatten sich Strickmützen ins Gesicht gezogen. Mit Löchern für die Augen. Haben wenig gesprochen, und wenn, in einer mir unbekannten Sprache. Kein Russisch jedenfalls.«

»Sie sprechen Russisch?«

»Nein, aber ich erkenne die Sprache, wenn ich sie höre.«

»Und wie haben die Leute Ihnen klargemacht, was sie wollten?«

»Der Anführer konnte ein bisschen Englisch. Aber schlecht.«

Der Offizier blätterte in seinem Block. »Sie sagen, außer dem Geld hätten die Leute auch den Koffer mit den Notsignalen mitgenommen?« Er schüttelte ungläubig den Kopf.

Malte reichte es langsam. Sein Blick ging unwillkürlich

zu dem Toten hinüber, der dort immer noch in seinem Blut lag, und eine dumpfe Leere breitete sich in ihm aus, die sich nach und nach mit einem einzigen Gefühl füllte: Trauer. Er spürte, dass er die Tränen nicht mehr lange würde zurückhalten können. »So ist es«, sagte er knapp. »Haben Sie noch weitere Fragen?«

Der Russe schüttelte den Kopf, griff nach Block und Kugelschreiber und stand auf. »Ich denke, wir setzen unser Gespräch fort, wenn Sie in Sankt Petersburg angelegt haben. Auch die Kriminalpolizei wird noch mit Ihnen reden wollen. Wir müssen diesen ... Vorfall aufklären, vor allem in Ihrem Interesse.«

»Ich weiß nicht, was Sie damit ...«, setzte Malte an, wurde aber von der Ärztin unterbrochen, die wieder in den Salon kam.

»Der Mann ist schwer verletzt«, sagte sie. »Das ist mehr als nur eine Gehirnerschütterung. Sieht nach einem Schädelbruch aus. Ich möchte den Patienten auf meiner Krankenstation an Bord behandeln, während wir ihn so schnell wie möglich an Land bringen.«

Malte schätzte, dass sie im Augenblick etwa sechzig Meilen vor Sankt Petersburg standen. Das schnelle Schiff der Küstenwache würde kaum zwei Stunden für diese Strecke benötigen, weniger als ein Drittel der Zeit, die die *Weiße Möwe* brauchen würde.

Er nickte. »Einverstanden, vielen Dank! Was sollen wir tun?«

Die Ärztin wechselte mit dem Offizier ein paar Worte in Russisch, dann sagte sie zu Malte: »Sorgen Sie bitte dafür, dass der Mann seine persönlichen Sachen mitbekommt. Gleich kommen zwei Sanitäter mit einer Trage und Anschnallgurten herüber. Wir werden den Patienten dann zu uns an Bord hieven.« Sie eilte zum Niedergang, gefolgt von dem Offizier und dem Mann mit dem Fotoapparat, und fügte hinzu: »Wir dürfen keine Zeit verlieren.«

»Ist es so ernst?«, fragte Malte, als sie die Treppe hochstiegen.

»Akute Lebensgefahr besteht im Moment eher nicht, aber ...« Sie ließ den Satz unbeendet.

»Der arme Kerl ...«, murmelte Malte und zischte gepresst: »Verfluchtes Piratenpack!«

Der Offizier blieb abrupt auf der Treppenstufe stehen und sah Malte scharf an. »Wie kommen Sie darauf, dass es Piraten waren?«

»Was denn sonst?«, fragte Malte.

»Das wird die Untersuchung ergeben, Captain. Bitte keine voreiligen Schlüsse!«

Malte passte das herrische Auftreten des Sternenträgers nicht. »Ich hätte ja auch nicht vermutet, dass sich hier sozusagen vor der Haustür Russlands solches Gesindel herumtreibt wie in der Karibik oder im Golf von Oman«, erklärte er spitz, »aber da habe ich mich wohl getäuscht. Was meinen *Sie* denn? Wenn das keine Piraten waren – was für Leute sollten es sonst gewesen sein?«

Er erhielt keine Antwort. Die Miene des Russen bekam einen eisigen Ausdruck, ruckartig wandte er den Kopf ab und stieg hastig die letzten Stufen hoch.

»Eine Bitte habe ich noch«, rief Malte hinter ihm her. »Ich würde gern zu Ihnen an Bord kommen, um den Eigner der *Weißen Möwe* davon zu benachrichtigen, was hier geschehen ist.«

Der Offizier fuhr herum. »Herrn Krylow? Nicht nötig.«

»Da bin ich anderer Meinung«, schnappte Malte konsterniert.

»Gehen Sie davon aus, dass er von den zuständigen Behörden informiert wird.«

»Aha.« Maltes Gedanken überschlugen sich. »Woher wissen Sie eigentlich, wem das Boot gehört?«

Für einen Augenblick stutzte der Russe, dann verzog er die Mundwinkel zu einem schmalen Lächeln, das seine Augen nicht erreichte. »Sie haben meinen Leuten die Schiffspapiere gezeigt, als sie vor ein paar Stunden hier an Bord waren, nicht wahr?«

Malte beschlich das Gefühl, dass das nur die halbe Wahrheit war. Schon bei der Kontrolle in der Nacht hatte er den Eindruck gehabt, dass die Russen nicht wirklich überrascht gewesen waren, Krylows Namen in den Dokumenten zu lesen.

»Natürlich«, sagte er leichthin. »Das hatte ich ganz vergessen. Dennoch möchte ich ihn anrufen. Er plant nämlich eine große Welcome-Party für sein neues Boot. Ich will ihn nicht im Unklaren darüber lassen, dass es wohl keinen Anlass für eine ausgelassene Feier gibt. Nicht nach dem, was passiert ist.«

»Haben Sie denn hier an Bord keine Möglichkeit, mit dem Eigner in Verbindung zu treten?«, fragte der Offizier ungläubig.

»Wie denn? Hier draußen gibt es kein Mobilfunknetz und …«

»Wollen Sie mir sagen, diese Luxusyacht hätte kein Satellitentelefon?«

»Ach, ich bitte Sie!«, rief Malte verärgert. »Sie haben sicher längst gesehen, dass wir keine solche Anlage an Bord haben, oder? Der Eigner hat ausdrücklich gewünscht, eine Sat-Anlage erst in Russland einbauen zu lassen, nachdem er das Schiff übernommen hat.« Er zuckte die Achseln. »Warum auch immer«, fügte er hinzu, denn der Grund dafür war ihm selbst schleierhaft.

»Wie dem auch sei«, sagte der Russe knapp. »Wir werden Herrn Krylow über alles informieren, was er wissen muss, während wir nach Sankt Petersburg zurücklaufen.«

»Dafür bin ich Ihnen natürlich dankbar, aber könnte ich nicht doch kurz selbst mit ihm telefonieren?«

Die Ärztin warf Malte einen warnenden Blick zu und sagte forsch: »Dazu bleibt keine Zeit, fürchte ich. Ihr Crewmitglied muss so schnell wie möglich in ein Krankenhaus!«

»Okay«, erwiderte Malte, »das geht natürlich vor.«

Was, zum Teufel, spielte sich hier eigentlich ab?

»Wie gesagt: Herr Krylow wird über alles informiert sein, wenn Sie ankommen«, sagte der Offizier. »Außerdem werden Sie bald schon persönlich mit ihm sprechen können. In wenigen Stunden kommen Sie in Küstennähe. Dort haben Sie wieder ein stabiles Mobilfunknetz.«

Damit packte er mit einer Hand die Saling, trat über die Reling, schwang sich hinüber zur Leiter und stieg hoch auf sein Schiff.

Kaum eine Viertelstunde später hatte das Küstenwachschiff den Verletzten mithilfe seines Krans an Bord gehievt, wo er sofort unter Deck geschafft wurde. Die Ärztin, die die Aktion auf der *Weißen Möwe* beaufsichtigt hatte, gab Malte eine Telefonnummer, unter der er sie erreichen konnte, um sich nach Uwe Schramms Befinden zu erkundigen. »Ich sage Ihnen dann auch, in welches Hospital er gebracht wurde«, versprach sie ihm und stieg ebenfalls über.

Als man direkt danach den toten Karsten Hauser von Bord der *Weißen Möwe* holte, war es um Maltes Fassung geschehen. Abseits von seiner Crew, die sich schweigend an Deck versammelt hatte, stieg er auf das Kajütdach der Yacht, lehnte sich mit dem Rücken an den mächtigen Großbaum und starrte aus brennenden Augen dem fest auf einer Bahre verschnürten grauen Leichensack hinterher, bis der Kranausleger seine Last hinter dem stählernen Schanzkleid abgelegt hatte.

Karsten Hauser war von Bord gegangen.

Die Verbindungsleinen zur *Weißen Möwe* wurden losgeworfen, das große Schiff nahm Fahrt auf und entfernte sich kurz darauf mit einer gewaltig aufschäumenden Hecksee. Lange schaute Malte hinterher, bis es nur noch als winziger Fleck auf dem Wasser auszumachen war.

Tief sog er die frische Seeluft in seine Lungen, wischte sich mit dem Handrücken über die Augen und warf einen Blick zu seiner Crew hinüber. Sofort sah er, dass die Männer immer noch schweigend herumstanden und offenbar angespannt auf Anweisungen warteten.

»Jan, du übernimmst«, rief er viel zu laut in die Morgenstille und sprang hinunter an Deck. »Kurs wie vor dem Beidrehen. Ich mache die Eintragungen ins Logbuch. Bin gleich wieder oben.«

»Aye, Skipper«, rief Jan. »Okay, Leute, dann mal fertigmachen zum Setzen der Segel!«

Während er nach unten stieg, schossen Malte plötzlich zwei Erkenntnisse nacheinander durch den Kopf, und er spürte, dass ihm kalter Schweiß auf die Stirn trat: Der russische Offizier hatte nicht einmal eine Telefonnummer von Timur Stepanowitsch Krylow erbeten. Also schien er ohnedies zu wissen, welchen Anschluss er zu wählen hatte. So bemerkenswert das auch sein mochte – die zweite Erkenntnis war weitaus schlimmer: Ihm stand nach dem Anruf beim Eigner der *Weißen Möwe* sehr bald noch ein Telefongespräch bevor.

Das schrecklichste, das er sich vorstellen konnte.

Das mit Liah Hauser.

9

Am frühen Nachmittag passierte die *Weiße Möwe* im Süden der Insel Kotlin den breiten Schiffsdurchlass im Petersburger Damm, ein beeindruckendes, fünfundzwanzig Kilometer langes Bauwerk quer durch die Newabucht, das erst vor etwa zehn Jahren fertig geworden war und die Millionenstadt vor Sturmhochwasser schützen sollte. Jahrhunderte lang war es dort immer wieder zu verheerenden Überflutungen gekommen, wenn starker Westwind Wasser in den Finnischen Meerbusen gedrückt und so den Abfluss der Newa ins Meer verhindert hatte.

Malte nahm das Fernglas vor die Augen und erkannte an Backbord die weitläufigen militärischen Anlagen des Stützpunkts von Kotlin-Kronstadt, wo ein großer Teil der russischen U-Boot-Flotte stationiert war.

Kurz hinter der Insel kamen die beiden großen Pontons in Sicht, auf denen früher Grenzschutz- und Zollbeamte stationiert waren, die die einlaufenden Schiffe kontrolliert hatten. Inzwischen waren die Gebäude dort nicht mehr besetzt, denn man hatte die Einklarierung in den Hafen verlegt. Sie fand jetzt auf dem Passagierkai statt, wo auch die großen Kreuzfahrtschiffe festmachten. Ursprünglich hatte Malte geplant, mit der *Weißen Möwe* zunächst dorthin zu fahren, aber Krylow hatte ihm noch vor Antritt der Reise gesagt, er solle vom Seekanal aus direkt Kurs auf den Hafen des *Yacht*

Club of Saint Petersburg nehmen. Er werde sich darum kümmern, dass die Einklarierung dort erfolgte.

Ob dies aber auch nach dem Überfall in der Nacht noch galt?, fragte sich Malte. Ihm fiel ein, was der Eigner der *Weißen Möwe* vorhin gesagt hatte, als er mit ihm, kaum dass sein Handy wieder ein Netz anzeigte, ein kurzes Telefonat geführt hatte.

»Die Behörden haben mich bereits informiert«, hatte Timur Stepanowitsch Krylow knapp erklärt. »Über die Einzelheiten des Vorfalls möchte ich nicht am Telefon mit Ihnen sprechen, Gospodin Janssen. Sie können mir nachher alles erzählen. Aber rechnen Sie damit, dass man Sie erwarten und das Schiff untersuchen wird.«

»Meinen Sie, man wird uns irgendwo stundenlang festhalten? Was machen wir, wenn man uns nicht zum vorgesehenen Liegeplatz fahren lässt?«

Krylow hatte kurz aufgelacht und ein paar unverständliche Worte auf Russisch ausgestoßen. Doch sofort war seine Stimme wieder kühl und sachlich geworden. »Gehen Sie davon aus, dass ich über alle Schritte auf dem Laufenden bin. Man wird Sie in Empfang nehmen. Aber man weiß nie, welche Leute gerade vor Ort Dienst tun. Sagen Sie denen klar und deutlich, wo Sie festmachen wollen.«

»Wenn man uns aber genau das nicht erlaubt«, hatte Malte insistiert, »sondern uns an einen anderen Platz beordert?«

»Das wird nicht passieren, machen Sie sich keine Gedanken. Leisten Sie einfach den Anweisungen Folge, die Sie erhalten. Ich will keinen Ärger! Sobald es sinnvoll ist, komme ich zu Ihnen an Bord.«

›Sobald es sinnvoll ist‹ – diese Floskel war Malte im Gedächtnis hängen geblieben. Was mochte das wohl bedeuten?, fragte er sich wieder, ohne dass ihm eine befriedigende Antwort einfallen wollte.

Er blickte angestrengt über das Wasser. Immer noch konnte er nirgends ein Behördenfahrzeug entdecken. Wenn er nun einfach vom vorgeschriebenen Verfahren abwich und, wie Krylow es wünschte, direkt zum Liegeplatz lief, könnte er womöglich erhebliche Schwierigkeiten mit den Russen heraufbeschwören. Am besten, er setzte sich über Funk mit der *St. Petersburg Port Authority* in Verbindung. Die würde ihm schon sagen, wohin er fahren sollte. Die richtige Frequenz hatte er bereits eingestellt.

Gerade wollte er zum Mikrofon greifen, da drang das sonore Brummen eines starken Schiffsdiesels an seine Ohren, und ein paar hundert Meter vor dem Bug der *Weißen Möwe* tauchte ein Motorboot auf und hielt in schneller Fahrt auf sie zu.

Malte startete die Maschine und wies die Crew an, die Segel zu bergen.

Als die Fock aufgerollt war und das gewaltige Großsegel gerade im Mast verschwand, rauschte das Motorboot mit schäumender Bugwelle heran, fuhr eine Wende um hundertachtzig Grad und stoppte längsseits der Yacht. Am dunkelgrünen Rumpf erkannte Malte unter zwei Wörtern in den für ihn unlesbaren kyrillischen Buchstaben die Aufschrift *Harbour Police.*

Ein Mann in Uniform trat aus dem Ruderhaus, hob ein Megafon und erteilte in hartem Englisch eine knappe Anweisung: »Folgen Sie uns! Wir bringen Sie in den Hafen!«

Was war damit gemeint? Der Hafen war groß, sehr groß sogar, das zeigte die Karte. Er umfasste das gesamte weitverzweigte Mündungsdelta der Newa. Der Liegeplatz der *Weißen Möwe* befand sich aber eben nicht dort, sondern vorgelagert im Norden der Newabucht, die von der Millionenstadt umschlossen wurde. Der größte Teil des Sankt Petersburger Hafengebiets – einem der bedeutendsten Container-Umschlagplätze Europas – lag hinter den beiden Brücken, die über die Mündungsarme der Newa führten. Auch die Kreuzfahrtschiffe, die hier ständig in großer Zahl herkamen, mussten unter der imposanten südlichen Autobahnbrücke hindurch, um ihre Liegeplätze am Passagierkai im Neuen Hafen anzulaufen.

Krylow jedoch hatte offenbar keine Lust, sich mit seinem neuen Spielzeug unter die Boote in einer Marina oder an einem der vielen Anleger in den Flussarmen und Kanälen des Flussdeltas zu mischen. Für die *Weiße Möwe* mit ihrem extrem hohen Mast wären auch all die Brücken dort ein lästiges Hindernis gewesen, denn stets hätte man die Öffnungszeiten abpassen müssen. Die Wahl des Eigners war deshalb auf einen Liegeplatz außerhalb des Hafengebietes gefallen, den er jederzeit ungehindert anlaufen konnte.

Und genau das wollte Malte jetzt auch tun. Er erinnerte sich an das, was Krylow ihm aufgetragen hatte, und rief laut zu dem Marineboot hinüber: »Für uns ist ein Platz im *Yacht Club of Saint Petersburg* reserviert.«

»Wissen wir. Wir bringen Sie hin«, war die kurze Antwort. »Folgen Sie uns!«

Jan war herangetreten und murmelte: »Sie wollen uns offenbar nicht allein lassen.«

»So sieht es aus. Man will wohl verhindern, dass wir irgendwo hinfahren, ohne dass sie uns unter Kontrolle haben«, gab Malte zurück. »Immerhin scheint Krylow schon mit den Behörden gesprochen zu haben. Wir müssen also nicht erst an irgendeinem Steg der Polizei festmachen.«

»Anscheinend hat der Mann … nun ja, einen gewissen Einfluss«, bemerkte Jan süffisant.

Malte schwieg. Seit dem Besuch der Küstenwache in der Nacht und erst recht nach seinem Telefonat mit Krylow machte auch er sich so seine Gedanken über den Eigner der *Weißen Möwe.*

Das russische Motorboot setzte sich vor sie und drehte in langsamer Fahrt nach Norden. Malte gab ein wenig Gas und folgte in kurzem Abstand. Ein Blick auf den Kartenplotter am Ruderstand zeigte ihm, dass sie genau Kurs auf die Ansteuerungstonne des *Yacht Club of Saint Petersburg* hielten.

Allerdings wäre dieser Liegeplatz auch ohne Seekarte problemlos anzusteuern gewesen. Kaum hatten sie nämlich vorhin den Schiffsdurchlass im Petersburger Damm durchfahren und das historische Kronstadt mit seinen Festungen an Backbord passiert, war bereits gut sichtbar am Horizont der futuristische, nach oben spitz zulaufende Turm des Lakhta Centers aufgetaucht. Mit seinen 462 Metern das höchste Gebäude Europas, stand es direkt neben der Einfahrt in den Yachthafen, zu dem das Boot der Hafenpolizei sie jetzt geleitete. Die Abendsonne spiegelte sich in den riesigen Glas- und Aluminiumflächen des Wolkenkratzers und ließ ihn wie eine glühende Rakete rotgolden erstrahlen.

»Überwältigend«, sagte Jan und starrte fasziniert auf das Spektakel.

»Das ist vermutlich genau die Absicht der Bauherren gewesen«, erwiderte Malte. »Ich sage nur: *Gazprom.* Deren neue Konzernzentrale bildet den Kern des Gebäudes, aber es gibt noch viel Platz für andere Sachen, zum Beispiel für ein Geschäftszentrum und sogar für ein Planetarium. Als ich vor einem Vierteljahr bei Krylow war, um noch ein paar Details für das Boot durchzusprechen, habe ich mir den Komplex mal aus der Nähe angesehen. Einfach irre. Noch ist nicht alles fertig, aber bald will auch Krylow dort mit seiner Firma einziehen. Ich glaube, er hat vom achtundsechzigsten Stockwerk gesprochen.«

Jan schüttelte in stummer Bewunderung den Kopf, hielt aber seinen Blick wie gebannt auf das trotz seiner gewaltigen Ausmaße schnittige Ungetüm gerichtet, das direkt aus dem Wasser in den Himmel zu wachsen schien.

Malte räusperte sich. »Wir hätten uns das unter … normalen Umständen sicher mal ansehen können, aber …« Er brach ab und zuckte mit den Schultern.

Jan warf ihm einen scheuen Blick zu. »Schon gut.« Nach einer verlegenen Pause fragte er: »Äh … hast du schon mit seiner Frau … ich meine, hast du Liah angerufen?«

Malte presste die Lippen aufeinander. Nach einer gefühlten Ewigkeit rang er sich zu einer Antwort durch: »Dafür brauche ich Ruhe. Und selbst dann …« Ein Kloß stieg ihm im Hals hoch.

Jan trat verlegen von einem Bein auf das andere.

»Karsten und Liah waren sehr …«, versuchte es Malte noch einmal. Er holte tief Luft, räusperte sich und sagte: »Natürlich rufe ich sie noch heute an. Mir graut davor, und die Ruhe dazu werde ich bestimmt erst finden, nachdem das Theater vorbei ist.«

»Welches Theater?«

»Was glaubst du wohl, was gleich auf uns zukommt?«, stieß Malte hervor, und seiner Stimme war die Verzweiflung anzuhören. »Jedenfalls keine rauschende Welcome-Party. Wir werden von der Staatsanwaltschaft erwartet, und dann wird sich erst mal die Polizei mit der Spurensicherung an Bord austoben. Außerdem werden wir die ganze Geschichte noch ein paarmal erzählen müssen, fürchte ich. Mach dich auf eine lange Nacht gefasst!«

10

Was dann tatsächlich über sie hereinbrach, kaum dass die Leinen am Liegeplatz fest waren, konnte man nur als Heimsuchung bezeichnen.

Schon als Malte die *Weiße Möwe* mit der Backbordseite an den Schwimmsteg manövrierte, sah er auf dem Kai die Autos stehen, vor allem Polizeiwagen der Marke *Lada*, aber auch einen schwarzen 5er-BMW und einen silbergrauen Mercedes E-Klasse.

Die schmale Gangway wurde ausgebracht, und sofort stiegen nacheinander, angeführt von einem mittelgroßen, blassen Schnauzbartträger in einer hellen Uniform mit drei goldenen Sternen auf den Schulterklappen, etwa sieben oder acht Männer und eine Frau an Bord. Bis auf die hochgewachsene Frau trugen sie alle Uniformen der unterschiedlichsten Arten und Farben. Soweit Malte es beurteilen konnte, waren sowohl Polizei und Zoll vertreten, die anderen sahen nach Militär aus.

Der Schnauzbärtige erteilte den anderen Uniformierten irgendwelche Anweisungen, dann trat er mit unbewegter Miene auf Malte zu und deutete eine kurze Verbeugung an. »You are Mister Janssen, the Skipper of this vessel?« Seine Stimme klang flach und blechern.

Malte nickte und setzte zu einer höflichen Erwiderung an, da sagte die Frau, die inzwischen neben den Blassen getreten war, in tadellosem Deutsch: »Justizrat Jegorow hält es für sinnvoll, die Vernehm… das Gespräch mit Ihnen auf Deutsch zu führen, damit später keine Missverständnisse aufkommen. Ich wurde beauftragt, alles zu übersetzen.«

»Justizrat?«, konnte Malte sich nicht verkneifen und betrachtete versonnen die prächtige Uniform des Schnauzbärtigen. »Ich dachte erst, der Herr wäre ein leibhaftiger General.«

Falls die Dolmetscherin die Ironie bemerkte, ließ sie es sich nicht anmerken, sondern gab völlig ernst zurück: »Da liegen Sie auch gar nicht falsch, was den Rang angeht. Justizrat Jegorow ist der Leiter der Staatsanwaltschaft in der Stadt Sankt Petersburg.«

Sie drehte sich zu ihrem Chef hin und sah ihn erwartungsvoll an. Der sagte ein paar Sätze auf Russisch zu ihr, und sie wandte sich wieder an Malte: »Die Beamten von Zoll, Polizei und Küstenwache«, sie wies auf die Männer in den verschiedenen Uniformen, »werden nun das Schiff kontrollieren, alles dokumentieren und die Mannschaft befragen. Bitte informieren Sie Ihre Leute entsprechend.«

»Keiner von uns kann Russisch, befürchte ich.«

»Seien Sie unbesorgt«, erwiderte die Frau und lächelte spröde. »Wir haben Beamte ausgewählt, die gut Englisch sprechen. Damit dürfte die Verständigung kein Problem sein, denke ich.«

»Nein, sicher nicht. Aber was wollen die Herrschaften denn eigentlich erfahren? Ich habe doch bereits alles zu Protokoll gegeben.«

»Nun, Herr Janssen, es gibt da noch einige Fragen zu klären. Außerdem müssen die Kriminaltechniker von der Spurensicherung ihre Arbeit tun.« Die Frau lächelte kurz, dann sagte sie: »Darf ich Sie also bitten, Ihre Besatzung zusammenzurufen?«

Inzwischen war Jan herangetreten. Er legte Malte flüchtig eine Hand auf den Arm und sagte: »Schon gut, ich kümmere mich um die Leute – und sonst alles.«

»Danke«, murmelte Malte, und die Russin sagte zu ihm: »Dann stehen Sie ja nun Herrn Justizrat Jegorow zur Verfügung, denke ich. Er leitet die Ermittlungen. Vielleicht wird es sogar erforderlich sein, dass Sie uns anschließend noch zu unserer Dienststelle begleiten.«

»Wozu soll das gut sein?«, fuhr Malte auf. »Ich habe vor Stunden bereits dem Offizier Ihrer Küstenwache alles gesagt, was passiert ist. Und der hat ein ausführliches Protokoll angefertigt. Ich bin sicher, dass es der Staatsanwaltschaft längst vorliegt.« Ärgerlich stellte er fest, dass er laut geworden war. Er atmete tief durch. »Ich bitte Sie: Der Ermordete war mein Freund! Ich muss vor allem wissen, wo man seinen Leichnam hingebracht hat und wann Ihre Behörden ihn freigeben. Seine Überführung nach Deutschland muss organisiert werden. Darum werde ich mich kümmern müssen, nachdem ich mit seiner Frau …« Er brach ab und räusperte sich, bekam aber den Kloß nicht aus dem Hals. »Ich habe ja noch nicht einmal Gelegenheit gefunden, die Ehefrau vom Tod ihres Mannes in Kenntnis zu setzen!«

»Eine furchtbare Aufgabe.« Die Dolmetscherin nickte mitfühlend. »Ich kann mir vorstellen, wie schlimm das alles für Sie ist. Wir werden Sie sofort benachrichtigen, wenn die Gerichtsmediziner …« Sie zuckte zusammen, als der Schnauzbärtige neben ihr in barschem Ton eine Bemerkung machte, dann sagte sie forsch: »Wie dem auch sei, zunächst müssen wir die Ermittlungen …«

»Eigentlich hätte ich auch erwartet, dass Sie mir etwas über mein verletztes Crewmitglied sagen würden«, fiel Malte ihr ins Wort. »Wie geht es ihm? In welchem Krankenhaus liegt er?«

Wortlos starrte der schmucke Staatsanwaltsgeneral ihn aus kalten Augen an, und seine Dolmetscherin antwortete scheinbar unbeeindruckt: »Ihre Besorgnis ist verständlich, Herr Janssen. Der Mann ist tatsächlich schwer verletzt. Sein Zustand ist kritisch, muss ich Ihnen sagen. Sie dürfen aber später zu ihm ins Krankenhaus fahren, wenn Sie wollen.«

»Ach, darf ich das?«, gab Malte höhnisch zurück. »Danke, das ist sehr freundlich von Ihnen. Aber was heißt später?«

»Nun, wie ich schon sagte: Justizrat Jegorow möchte noch einige Fragen mit Ihnen abklären, die das Protokoll der Küstenwache aufwirft. Es ist bestimmt auch in Ihrem Sinn, dass der Zwischenfall schnell und gründlich aufgeklärt wird.«

»Zwischenfall nennen Sie das? Ich würde es eher als Raubüberfall bezeichnen«, erwiderte Malte. »Oder auch als mörderische Piraterie.« Er hob in einer fatalistischen Geste die Hände, dann zeigte er auf den Niedergang in den Salon. »Aber gut – bringen wir es hinter uns.«

Der Justizrat, seine Dolmetscherin und Malte nahmen am Salontisch Platz, nachdem die Spurensicherer, zwei Männer in weißen Plastikanzügen über ihren Uniformen, wieder verschwunden waren. Über zwei Stunden lang wurden Malte dann Fragen gestellt, die er alle schon mehrmals beantwortet hatte. Schnell kam ihm der Verdacht, dass es darum ging, ihn zu verunsichern, ihm Ungereimtheiten in seiner Aussage nachzuweisen oder gar seine Glaubwürdigkeit zu erschüttern.

Doch warum eigentlich? Was, zum Teufel, ging hier vor? Hatte man überhaupt ein ernsthaftes Interesse daran, den Piratenüberfall aufzuklären?

Monoton, als spräche er zu sich selbst, stellte der Justizrat seine Fragen auf Russisch, ohne Malte auch nur anzublicken, blätterte dabei in einem mehrseitigen Schriftstück hin und her – vermutlich eine Reinschrift dessen, was der Offizier der Küstenwache vor einigen Stunden hier an Bord aufgeschrieben hatte – und machte sich immer wieder Notizen. Die Übersetzerin jedoch war weiterhin von einer geradezu entnervenden Freundlichkeit, auch wenn sie sicher bemerkte, dass Malte langsam die Geduld verlor.

Als sie schließlich auf Geheiß ihres Vorgesetzten zum wiederholten Male eine Beschreibung des Bootes der Piraten von Malte hören wollte, platzte diesem der Kragen. »Wissen Sie was?« Er sah dem blassen Mann direkt in die Augen. »Ich habe genug von dieser Inquisition! Wie oft soll ich noch sagen, dass es ein großes Schlauchboot mit zwei starken Außenbordern gewesen ist? Grau war es, und es stand kein Name dran, auch keine Nummer oder so etwas. Und nun reicht es mir!«

»Bitte, Herr Janssen, beruhigen Sie sich«, sagte die Übersetzerin alarmiert und wechselte ein paar Worte mit ihrem Chef.

Bevor sie weiterreden konnte, rief Malte: »Für mich ist diese Farce hier beendet! Ich will jetzt mein Besatzungsmitglied im Krankenhaus besuchen und Frau Hauser anrufen. Auf keinen Fall darf sie irgendwie vom Tod ihres Mannes erfahren, bevor ich mit ihr gesprochen habe.« Er fuhr zusammen, als der Staatsanwalt plötzlich den Kopf hochriss und losbellte.

Sofort erschienen zwei Polizisten auf der Niedergangstreppe, und Malte hörte die Dolmetscherin mit leiser Stimme sagen: »Sie werden jetzt zur Hafenpolizei gebracht, Herr Janssen. Leider müssen Sie dort bleiben, bis alles geklärt ist. Tut mir leid.«

»Das ist doch wohl ... das hört sich ja an, als wollten Sie mich einsperren«, rief Malte fassungslos. »Das werde ich mir nicht gefallen lassen. Ich möchte sofort ...« Irritiert blickte er zum Niedergang, wo Unruhe entstanden war.

»Tut mir leid, wenn ich störe«, hörte er eine sonore Stimme auf Englisch, die er sofort erkannte, und kurz darauf stand Timur Stepanowitsch Krylow im Salon, ein groß gewachsener Mann Anfang sechzig mit vollem grauen Haar und auffallend hellblauen Augen, gekleidet in einen erstklassigen dunklen Maßanzug. Mit ernster Miene trat er auf Malte zu, streckte ihm die Hand hin und sagte: »Mein Beileid zum Tod Ihres Freundes. Es ist einfach entsetzlich, was da passiert ist – ausgerechnet auf der Überführungsfahrt meines neuen Bootes.«

Damit drehte er sich um, nickte der Dolmetscherin zu und begann ein Gespräch mit dem Justizrat, dem die Verblüffung über den offensichtlich unerwarteten Besuch ins Gesicht geschrieben stand. Malte verstand kein Wort, spürte jedoch von Anfang an eine knisternde Spannung zwischen den Russen.

Nach ein paar Sätzen versteinerte sich Jegorows Miene, er nickte unwirsch, und die beiden Männer gingen zur Treppe.

Krylow wandte sich an Malte und wechselte wieder ins Englische: »Ich habe der Staatsanwaltschaft meine Hilfe bei den Ermittlungen angeboten. Vorhin habe ich nämlich eine Information erhalten, die möglicherweise Licht in diese schreckliche Sache bringen könnte. Herr Jegorow möchte aber zunächst unter vier Augen mit mir darüber sprechen. Auch wird er wohl noch ein Telefonat führen wollen. Warten Sie bitte ein paar Minuten.«

Malte sah die Dolmetscherin an, während die beiden Männer nach oben stiegen. »Haben Sie mitbekommen, worum es bei dieser Information geht?«

Sie schüttelte den Kopf. »Nicht genau. Herr Krylow hat

wohl gerade vom Polizeipräsidenten gehört, dass es eine Spur zu den Personen gibt, die Sie überfallen haben.«

»*Das* hat der Polizeipräsident Herrn Krylow gesagt?«, hakte Malte überrascht nach. »Kennen die Herren sich denn?«

»Da dürfen Sie sicher sein«, gab die Frau trocken zurück. Sie griff zum Glas mit dem Mineralwasser und trank es aus.

Interessant, dachte Malte, ahnte aber, dass es keinen Sinn machte, weitere Fragen in diese Richtung zu stellen. Also schwieg auch er, bis kurz darauf Jan herunterkam.

»Die Herrschaften gehen jetzt alle von Bord«, berichtete er.

Malte sagte: »Ich nehme an, sie haben jeden Einzelnen von euch ausgiebig vernommen.«

»Kann man wohl sagen. Und fotografiert haben sie und Skizzen gezeichnet. Angeblich werden jetzt Protokolle angefertigt und ins Deutsche übersetzt. Die müssen wir dann noch unterschreiben.«

»Gründliche Leute, die Russen«, stellte Malte fest. »Hoffentlich kommen sie vor lauter Bürokratie noch dazu, Karstens Mörder zu jagen.«

»Darauf können Sie sich verlassen, Gospodin Janssen«, kam Krylows kräftige Stimme vom Niedergang. Er trat neben Jan und sagte: »Die Fahndung läuft auf Hochtouren. Gerade ist Justizrat Jegorow in die Operationszentrale der Polizei gefahren.«

»Hat er mich vergessen, oder muss ich nun doch nicht auf die Wache und dort bleiben bis wer weiß wie lange?«

Krylow lachte auf. »Vergessen Sie's. Das hat sich erledigt.« Er blickte sich im Raum um. »Es ist eine verdammte Schande, dass die Ankunft der *Belaya Chayka* unter so einem schlechten Stern steht. Ich hoffe, Sie empfinden es nicht als pietätlos, dass wir dennoch eine kleine Party zur Taufe des Bootes feiern werden? Nichts Rauschendes natürlich, aber …«

»Machen Sie sich deswegen keine Gedanken. Sie muss ihren Namen bekommen, das ist doch klar«, gab Malte zurück. »Haben die Behörden das Schiff denn schon freigegeben?«

Krylow nickte knapp. »Gehen Sie davon aus. Die waren ja lange genug hier an Bord. Ich schicke Ihnen gleich morgen früh einen Fachmann, der sich die Schäden …« Er stockte und deutete auf die Stellen in den Paneelen der Wandverkleidung, wo sich die Einschusslöcher abzeichneten. »Äh … haben die Projektile eigentlich den Rumpf beschädigt?«

»Nein«, schaltete sich Jan ein. »Keine strukturellen Schäden, das haben wir überprüft. Die Kugeln sind allesamt in der Dämmung hängen geblieben. Nur da oben«, er deutete auf eine Stelle an der Decke, »hat eine das Kajütdach durchschlagen. Haben wir erst mal provisorisch abgedichtet.«

»Verdammt«, fluchte Krylow. »Ich habe die Schiffstaufe für übermorgen angesetzt. Was meinen Sie: Kriegt man das alles bis dahin wieder repariert, wenn ich ein paar gute Leute dafür engagiere?«

»Müsste klappen. Jedenfalls so, dass es halbwegs anständig aussieht«, sagte Malte.

»Na gut, ich werde auf der Stelle eine kompetente Bootswerft damit beauftragen. Bitte sprechen Sie alles mit deren Leuten ab, wenn die an Bord kommen. Ach, und veranlassen Sie bitte, dass Ihr Unternehmen so schnell wie möglich neue Wandverkleidungen als Ersatz anfertigt und herschickt. Auf Dauer werde ich ganz sicher nicht mit einem geflickten Schiff durch die Gegend segeln.«

»Klar«, sagte Malte.

Er würde natürlich dafür sorgen, dass das neue Spielzeug des Multimillionärs in ein paar Wochen wieder wie geleckt aussah. Geld spielte schließlich keine Rolle.

Und auch nicht, dass auf diesem Schiff sein bester Freund ermordet worden war.

Plötzlich überfiel Malte eine bleierne Erschöpfung, die er bis in alle Glieder spürte. Leise sagte er: »Entschuldigen Sie bitte, aber ich muss unbedingt Liah Hauser … also die Frau meines Freundes anrufen.«

»Natürlich«, sagte Krylow und nickte.

»Vorher will ich aber noch ins Krankenhaus und meinen Mitarbeiter besuchen.«

»Ich habe einen Wagen mit Fahrer herbeordert. Der wird Sie hin- und auch wieder zurückbringen. Kann ich sonst noch etwas für Sie tun?«

Malte senkte müde den Kopf. »Mir fällt nichts mehr ein«, sagte er schließlich dumpf.

11

Noch lag tiefe Nacht über dem Sportboothafen des *Yacht Club of Saint Petersburg.* Dennoch war es nicht wirklich dunkel, stellte Malte fest, der, mit dem Rücken an den Mast gelehnt, auf dem lang gestreckten Kajütdach der *Weißen Möwe* stand. Kaum fünfhundert Meter hinter ihm ragte das Lakhta Center wie eine kolossal überdimensionierte Mondrakete in den Nachthimmel, bis zur Spitze angestrahlt von unzähligen Scheinwerfern. Dieses Licht fiel, zusammen mit dem der Laternen auf den Schwimmstegen rundum, auf die Schiffe in der Marina, tauchte sie in fahles Licht und ließ so die beeindruckenden Ausmaße der Anlage erahnen. In der Ferne blinkten das rote und das grüne Licht an der Hafeneinfahrt. Alles in dieser modernen Marina, die Schwimmstege ebenso wie die Sanitärgebäude und die verschiedenen Restaurants, Bars und Clubräume an Land, atmete Luxus und Exklusivität. Hier roch es intensiv nach Geld. Sehr viel Geld.

Und weil das sicher nicht nur eine olfaktorische Einbildung war – was man auch an den größtenteils sündhaft teuren Motor- und Segelyachten erkannte, die an den Stegen lagen –, patrouillierten seit Einbruch der Dunkelheit mehrere Wachen über das Gelände. Gerade war ein Mann in dunklem Kampfanzug an der *Weißen Möwe* vorbeigekommen, hatte den Strahl seiner Maglite auf Malte gerichtet und auf Russisch eine scharfe Frage gestellt. Malte hatte auf Englisch erklärt, er sei der Skipper dieses Bootes. Das schien der Russe zu verstehen, hatte genickt und seinen Streifengang fortgesetzt. Im Schein der Stegbeleuchtung war Malte die Pistolentasche aufgefallen, die der Mann an seinem Gürtel trug, und aus der der Griff einer Waffe herausragte.

Auf einigen Schiffen wurden nächtliche Partys gefeiert. Auf- und abschwellend drangen Musik, Stimmengewirr und Gelächter herüber. In Sichtweite lag am Kopf des Stegs, die Decks hell erleuchtet, eine schneeweiße, etwa fünfzig Meter lange italienische Luxus-Motoryacht der Nobelmarke *Benetti* mit russischer Nationale am Heck, auf der es hoch herging. Das dumpfe Stampfen der Bässe aus dem Salon wurde immer wieder übertönt vom schrillen Lachen einer Frau, die sich offenbar an Deck prächtig amüsierte. Schon zweimal war ein Wachmann auch dort aufgetaucht und hatte etwas zu den Feiernden hinaufgerufen. Wahrscheinlich hatten sich Leute, die auf den Yachten ringsum keine Ruhe finden konnten, über den Lärm beschwert. Genutzt hatte das wenig, denn die Musik war kaum leiser geworden, und das hysterische Kreischen der Frau schon gar nicht.

Malte warf erst einen Blick auf seine Armbanduhr und dann hinüber zu den imposanten Kaianlagen Sankt Petersburgs in der Ferne. In etwa zwei Stunden würde sich das erste Morgenlicht am Horizont im Osten über der Millionenstadt und ihrem Hafen, dem zweitgrößten in Russland, zeigen. Und der war auch zu dieser späten Stunde voller Leben. Hell strahlten überall grelle Scheinwerfer von hoch aufragenden Containerbrücken und Kränen, und wie ein vielstimmiger Dauerton drang geschäftiger Lärm schwach, aber unüberhörbar über die weite Wasserfläche heran.

Fröstelnd zog Malte den Reißverschluss seiner Jacke zu. Seit dem Telefonat hatte er schon drei oder vier Whisky getrunken, aber warm war ihm dadurch nicht geworden. Unerbittlich kroch die Feuchtigkeit des nahenden Morgens unter seine Kleidung und legte sich als ekliger Film auf die Haut.

Und doch nahm er alles um sich herum, die feuchte Kälte, den Lärm, das Licht, nicht wirklich wahr. Nichts davon gelangte ihm gänzlich ins Bewusstsein. Es war nur Kulisse für die quälenden Sätze, die in seinem Kopf dröhnten, für die Stimme, die immer und immer wieder, wie in einer Endlosschleife, dieselbe Frage stellte, dieselben Worte sagte.

Liahs Stimme. Liahs Worte.

Den Anruf hatte Malte erst nach Mitternacht gemacht. Vorher war er – tief in die Lederpolster im Fond des Jaguars versunken, den Krylow zur Verfügung gestellt hatte – von einem Chauffeur fast eine Stunde lang durch das nächtliche Sankt Petersburg gefahren worden. Schließlich hatte der Wagen vor einem modernen mehrstöckigen Bau mit hell erleuchtetem Portal gehalten, vor dem sogar zu dieser Stunde noch heftiger Betrieb herrschte.

Der Fahrer, der selbstverständlich auch eine Uniform trug, und zwar eine, die jedem Tambourmajor gut angestanden hätte, stieg aus, öffnete seinem Fahrgast die Tür und erklärte gewandt: »Medem International Hospital. Your crewmember is in the intensive care unit here. I'll be waiting for you in the car, Sir.«

Malte bedankte sich höflich, betrat die weitläufige Vorhalle und erkundigte sich an der Rezeption nach Uwe Schramm. Mit dem Fahrstuhl fuhr er auf die Intensivstation im vierten Stock, wurde jedoch von der Stationsschwester nicht zum Patienten vorgelassen. Sie bat Malte zu warten, während sie einen Arzt herbeirief, der ihm in gutem Englisch erklärte, dass Uwe zwar nicht in akuter Lebensgefahr schwebe, jedoch wegen seiner schweren Kopfverletzung ins künstliche Koma gelegt worden sei. Sein Zustand sei ernst, sagte der Arzt, und er wage keine Prognose, wann man den Patienten wieder aus dem Koma holen könne. Man müsse leider damit rechnen, dass das noch lange dauern werde. Auch sei keineswegs klar, ob man mit einer vollständigen Genesung rechnen dürfe.

»Soll das heißen, dass Sie bleibende Beeinträchtigungen befürchten, Herr Doktor?«, fragte Malte.

Der Arzt wiegte den Kopf hin und her. »Das kann ich zum gegenwärtigen Zeitpunkt noch nicht beurteilen. Sein Gehirn ist wahrscheinlich geschädigt worden. Immerhin – wenn wir ihn stabilisiert haben, wird man ihn wenigstens nach Deutschland fliegen können. Dann sieht man, was wirklich mit ihm los ist und kann die notwendigen Maßnahmen einleiten.«

Als Malte sagte, er werde sich darum kümmern, dass Uwe Schramms Verwandte informiert würden, erfuhr er zu seinem Erstaunen, dass dies bereits geschehen sei.

»Man hat eine Karte in seinem Ausweis gefunden, als er eingeliefert wurde«, sagte der Arzt. »Darauf stand die Telefonnummer seiner Eltern, die bei einem Unfall benachrichtigt werden sollten. Ich habe sie heute Nachmittag angerufen. Sie wollen morgen mit dem Flieger herkommen.«

Malte drückte die Hand des Mediziners, bedankte sich und saß fünf Minuten später wieder in Krylows dunkelgrünem Jaguar.

Jan erwartete ihn, als er auf die *Weiße Möwe* zurückkehrte. Sie setzten sich mit einem kalten Bier ins Cockpit,

Malte berichtete kurz von seinem Besuch im Krankenhaus, dann schickte er Jan in die Koje.

Für das, was ihm bevorstand, brauchte er keine Zuhörer.

Ekstatisch hin und her rasende Scheibenwischer, grelles Licht von zwei aufgeblendeten Scheinwerfern, ein ohrenbetäubender Knall, kreischendes Blech, ein gleißender Blitz, dann vollständige Dunkelheit. Und Schreie. Ihre *Schreie. Erst markerschütternd, dann schwächer und schwächer. Ersterbend.*

Malte riss die Augen auf und blickte sich hektisch um. Erst nach ein paar Sekunden wurde ihm klar, wo er war. Ein Blick auf seine Uhr zeigte ihm, dass er nur für ein paar Minuten eingeschlafen war.

Genug Zeit aber für den Traum, für die Bilder und die Schreie, genug für den kalten Schweiß am ganzen Körper.

Wie immer.

Ein Schauer überfiel ihn. Er fror. Nach einem Rundblick über die nächtliche Marina des *Yacht Club of Saint Petersburg* kletterte er vom Kajütdach herunter und stieg in den warmen Salon hinab, der von wenigen Lampen in schummriges Licht getaucht wurde.

Er brauchte noch einen Whisky. Schlaf würde er sowieso nicht mehr finden in dieser Nacht. Aus dem Barschrank holte er noch einmal die Flasche mit dem Single Malt hervor, goss sich ein Glas ein, setzte sich damit in einen der Clubsessel, nahm einen tiefen Schluck und schloss die Augen.

›Um Himmels willen, warum, Malte? Warum bloß? Sag es mir, ich bitte dich, sag es mir!‹

Liahs Worte. Sie rasten ihm immer noch im Kopf herum.

Sie war schon nach dem zweiten Rufton am Apparat gewesen, fast als hätte sie zu dieser nachtschlafenden Zeit auf einen Anruf gewartet.

»Hallo, Liah, ich bin's, Malte.«

Zigmal hatte er sich auf der Rückfahrt vom Krankenhaus Worte überlegt, Formulierungen erwogen, im Geist Sätze geprobt, mit denen er ihr das Unsagbare sagen konnte.

Nichts davon kam ihm jetzt über die Lippen. Statt dessen entfuhr ihm die idiotische Floskel, es täte ihm leid, sie so spät zu stören.

»Du wirst einen Grund dafür haben, denke ich«, erwiderte sie. »Es ist etwas passiert, nicht wahr?«

»Ja, Liah. Etwas sehr Schlimmes. Das Schlimmste. Ich kann dir nicht … ich weiß einfach nicht, wie ich es dir sagen soll …« Seine Stimme versagte.

»Karsten ist etwas zugestoßen«, stellte sie ruhig fest. »*Was*, Malte? Bitte sag es mir – sofort!«

Und das tat er.

12

Haltloses Taumeln inmitten schwarzer Hoffnungslosigkeit, stetige Tortur von morgens bis in die späte Nacht – Felix Janssen stand kurz vor dem Nervenzusammenbruch. Allein die Psychopillen, deren Dosis er wieder und wieder erhöht hatte, ließen ihn die Tage irgendwie überstehen, bevor er zu Hause endlich seine Schlaftabletten nehmen konnte. Kurz darauf fiel er ins Bett und wartete, am ganzen Körper bebend, auf die Erlösung. Darauf, dass endlich, endlich die Gedanken, die Ängste, die ganze verdammte Welt von einer auf die andere Sekunde im Nichts versänken.

Von erholsamem Schlaf konnte dabei nicht die Rede sein. Meistens schon vier, fünf Stunden später fuhr er wieder hoch, kalten Schweiß auf der Stirn, mit keuchendem Atem und hämmerndem Herzschlag. Sofort begann wieder sein Gehirn zu arbeiten, die Panik kehrte zurück und das Zittern überfiel ihn erneut. Dann konnte er keine Minute länger im Dunkeln liegen, schaltete sofort die Lampe auf dem Nachttisch ein.

Doch auch das Licht vermochte das Karussell in seinem Kopf längst nicht mehr zum Stillstand zu bringen, konnte es nicht einmal abbremsen. Als hätte er die Runden nicht schon tausendmal gedreht, kreisten die immer gleichen Bilder vor seinen Augen, und ein Riesenheer von winzigen Käfern begann über seinen Körper zu krabbeln, bis er aufsprang und unter die Dusche stürzte.

Während das heiße Wasser auf ihn herab prasselte, sah er die Fotos vor sich, die der Graue Anzug ihm gezeigt hatte. Er hatte sie nur kurz betrachten können, doch jedes blutige Detail hatte sich ihm eingebrannt, lief nun wie eine teuflische Diashow durch seinen Kopf, grell und klar. Das Zimmer. Das Bett. Das Messer. Der furchtbar zugerichtete Julius van Teek.

Angelo.

Er hatte das nicht getan, das wusste er genau. Oder besser: Er wusste, dass er so etwas nie tun würde. Und vor allem: Welchen verdammten Grund hätte er haben sollen, Angelo bestialisch zu töten?

Doch da waren die Fotos. Und all die Spuren.

Erdrückend.

Nach und nach war ihm klar geworden, dass es nur ihn selbst umtrieb, ob er ein Mörder war oder nicht. Niemand sonst würde den geringsten Zweifel daran hegen, dass er seinen Liebhaber getötet hatte, falls die Beweismittel ans Tageslicht kämen. Die Polizei nicht, die Staatsanwaltschaft nicht und auch kein Gericht. Ob er ein geistesgestörter Killer war, sich seiner Tat nicht einmal bewusst, spielte dabei keine Rolle.

Für niemanden außer für Felix Janssen.

»Ich habe das nicht getan!« Jeden Morgen stieß er die Worte aus, wiederholte sie immer wieder. Flüsternd, wenn er noch im Bett lag, wütend, weil er die Bilder nicht vertreiben konnte, hilflos stöhnend, während er sich unter die Dusche flüchtete. Doch selbst wenn er es tausendmal wiederholte, es half einfach nichts.

Außerdem konnte er nie verdrängen, dass seine Schuld in einem anderen Fall ganz und gar unstrittig war. Sein Verstand ließ ihn nicht entkommen, führte ihn stets aufs Neue zu der bitteren Erkenntnis: Egal, ob er ein Mörder war oder nicht, ein Verbrecher war er allemal. Ein Geheimnisträger, der Verrat begangen hatte. Landesverrat.

Wenn er endlich seinen Kaffee getrunken und eine Scheibe Toast heruntergewürgt hatte, nahm der nächste Horror Anlauf: Von Tag zu Tag fürchtete er sich mehr davor, morgens in die Firma zu fahren. Seine Angst, dass man entdecken würde, was er getan hatte, wuchs exponentiell.

In dem Brief hatte zwar gestanden, der erste Stick würde das System so trickreich überlisten, dass der anschließende Download unbemerkt bliebe, aber vielleicht hatte er irgendeinen Fehler gemacht und doch eine Spur hinterlassen. Außerdem war ja keineswegs sicher, dass die Software hundertprozentig gewirkt und die verschiedenen hochsensiblen Firewalls tatsächlich getäuscht hatte.

Immer öfter stellte sich Felix auch die Frage, wie die Leute, die hinter all dem standen, eine solche Software überhaupt hatten schreiben können. Gab es da womöglich noch ein Leck bei *GDE* – gar in der IT-Abteilung?

Inzwischen war er sich sicher, dass seine Aktion früher oder später auffliegen würde. Mein Gott, selbst wenn seine Kollegen ihn nur ansahen, müssten sie doch misstrauisch werden. Wie konnten sie so blind sein, das Offensichtliche nicht zu bemerken: dass er Blut und Wasser schwitzte? Sein Gesicht, seine Körpersprache – wie konnte irgendjemandem entgehen, dass er schuldig war?

Vielleicht hatten sie sogar schon einen Verdacht. Immer wenn die Wirkung der Psychopharmaka nachließ, klang ihm jedes Wort doppeldeutig, das die Kollegen oder der Chef sprachen, und jeder ihrer Scherze erschien ihm als Anspielung.

Als plötzlich der Sicherheitsbeauftragte bei ihm im Büro aufgetaucht war, hatte Felix einen Augenblick lang sogar grenzenlose Erleichterung verspürt. Fast hätte er zu dem Mann gesagt: ›Endlich ist es vorbei‹, war kurz davor gewesen, ungefragt alles zu gestehen. Dabei war es nur um den Austausch verschiedener Zugangscodes gegangen, der in unregelmäßigen Abständen vorgenommen wurde. Als er wieder allein war, hatte er sich das Gesicht trocken gewischt und versucht, sich zu beruhigen.

»Wie macht sich das CS-78-Modul denn im Praxistest?«, fragte der Chef.

Felix sah auf seine Hände. Die Pillen taten ihre Pflicht, das Zittern der Finger hatte aufgehört, stellte er erleichtert fest. »Alle Parameter exakt so wie berechnet«, gab er mit belegter Stimme zurück und räusperte sich. »Ich denke, damit sind wir mit *Scout* auf die Zielgerade eingebogen.«

»Großartig! Gute Arbeit, Felix.« Der *GDE*-Geschäftsführer warf ihm einen aufmerksamen Blick zu. »Sag mal, geht es dir nicht gut? Du hast schon mal besser ausgesehen.«

Das musste ja kommen. Felix wunderte sich bloß, wieso es so lange gedauert hatte. Er zuckte mit den Schultern. »Keine Ahnung, wahrscheinlich schleppe ich irgendeinen Virus mit mir herum.«

»Warst du beim Arzt?«

»Ja, natürlich. Ich soll mir eine Auszeit nehmen und mich gründlich auskurieren, sagt der.« Felix lachte gekünstelt auf. »Als ob das jetzt möglich wäre!«

»Im Augenblick wäre es wirklich ein Problem, wenn du fehlen würdest«, sagte der Chef und setzte gedehnt hinzu: »Aber wenn es medizinisch notwendig …«

»Ach, lass mal«, unterbrach Felix ihn schnell. »Ich nehme meine Tabletten – und gut. Bald werde ich viel Zeit und Muße haben, mich zu erholen.«

Erstaunt musterte ihn der Chef. »Wie meinst du das denn?«

»Na ja …« Felix riss sich zusammen. »Sobald wir mit diesem Teil der Erprobung fertig sind, kann ich mir ein paar Wochen freinehmen, bevor wir in die nächste Projektphase gehen, denke ich.«

»Sicher. Aber überfordere dich inzwischen nicht. Es nützt uns gar nichts, wenn du zusammenklappst!« Der Chef blickte auf seinen Notizblock. »Wie lange wird diese Testreihe denn noch dauern?«

»Zwei, drei Monate maximal. Ab der nächsten Woche beginnen die finalen Erprobungsläufe. Ich werde bei den meisten dabei sein, zusammen mit den Leuten von *EADS Electronics*.«

»Bleibt es dabei, dass wir mit den Tests auf See beginnen?«

Felix nickte. »Die Bundeswehr hat keine Tarnkappenflugzeuge, die wir für die Erprobung des *Scout*-Einsatzes im Luftraum nutzen könnten. Also müssten wir schon jetzt die Amis ins Boot holen, zum Beispiel mit ihrer *B-2*. Das will unsere Regierung aber nicht, hat die Ministerin uns neulich ja noch einmal eingeschärft. Deswegen fangen wir mit den Praxistests auf See an. Die können wir ziemlich unauffällig mit den beiden schwedischen *Stealth*-Korvetten der *Visby*-Klasse durchführen, die am Manöver mit der Bundesmarine nächste Woche im Kattegat teilnehmen.«

»Da gibt es übrigens irgendein Terminproblem«, sagte der Chef. »Morgen kommt ein Kapitän zur See vom Flottenkommando her, um noch Änderungen am Zeitablauf mit uns abzustimmen.«

»Soll er kommen. Wir sind flexibel. Hauptsache, die Schiffe der *Visby*-Klasse sind dabei, das ist erst einmal alles, was wir brauchen.«

Scout war tatsächlich eine Sensation auf dem noch jungen Gebiet der Passivradartechnik. Wenn es unter realen Bedingungen so funktionierte, wie alle bisher durchgeführten Tests erwarten ließen, stand der weltweiten Militärtechnik so etwas wie ein Quantensprung bevor.

Ganz neu war ein Radarsystem natürlich nicht, das zur Objekterfassung keinen eigenen Radarsuchstrahl aussandte. Schon Anfang des neuen Jahrtausends hatte *Lockheed* in den USA ein solches vorgestellt. Was aber jetzt mit *Scout* auf die Welt kam, war damit nicht mehr zu vergleichen. Die neue Technik konnte nämlich flächendeckend alle Objekte – im Lauftraum Überschalljäger in Tarnkappentechnik genauso wie auf See die modernsten *Stealth*-Fregatten – mit einer Genauigkeit von weniger als zehn Metern zuverlässig orten, ohne selbst geortet zu werden. Und nicht einmal *Jamming* – wie man das Verfahren nannte, mit Störsendern eine Radarerfassung zu verhindern – konnte *Scout* etwas anhaben.

Die Militärstrategen überall auf der Welt würden neu nachdenken müssen. Überraschungsangriffe auf jemanden, der über *Scout* verfügte, wären kaum noch durchführbar, jedenfalls nicht mit Flugzeugen oder Schiffen. Überhaupt könnte das neue Passivradarsystem dazu beitragen, dass in Zukunft jeder militärische Angriff zu einem unkalkulierbaren Risiko würde.

Eine realistische Hoffnung auf eine friedlichere Welt?, hatte sich Felix in all den Jahren der Forschungs- und Entwicklungsarbeit oft gefragt. Neue Militärtechnik sogar, die die Welt sicherer machte, so paradox das klingen mochte?

Höchst unwahrscheinlich, das wusste er selbst am besten. Militärtechnik war ein Milliardengeschäft, und das Ende des Kalten Krieges war keineswegs das Ende des Wettrüstens gewesen, wie jeder wusste. Inzwischen wurden überall auf der Welt immer wirkungsvollere Waffensysteme entwickelt, die neue Bedrohungslagen schafften, die wiederum die Entwicklung neuer militärischer Technik auslöste.

Eine ewige Rüstungsspirale. Und er, Dr. Felix Janssen, war ein Teil davon. Aber diese Arbeit hatte ihn immer fasziniert – jenseits aller ethischer Fragen, die auch er sich natürlich stellte.

Doch er war kein militärischer Stratege und erst recht kein Politiker. Er war Wissenschaftler und befasste sich mit revolutionärer Halbleitertechnik, Punkt. Außerdem galt seine Arbeit einer reinen Verteidigungsmaßnahme, er konstruierte schließlich weder Bomben noch Raketen.

Aber wahrscheinlich war es albern, sich jetzt überhaupt noch um solche Fragen zu scheren. Bald würde er auffliegen, dann hätte sich das sowieso alles für ihn erledigt.

»Okay, lass uns jetzt bitte den Erprobungsplan durchgehen, den ihr abarbeiten werdet«, holte ihn die Stimme des Chefs an den Tisch zurück. Sofort kroch die Panik wieder in ihm hoch. Er würde in nächster Zeit für mehrere Tage fort sein, irgendwo auf dem Meer, hätte also keinerlei Kontrolle über das, was hier im Hause passierte. Wenn man Verdacht schöpfte, wenn jemandem etwas auffiele, was ihn, den wichtigsten Kopf des *Scout*-Programms, als Verräter überführen würde, hätte er keine Chance, das zu verhindern oder wenigstens zu vertuschen.

Und was ihm mehr und mehr zusetzte: Würde er je erfahren, ob der USB-Stick seinen Empfänger erreicht hatte?

Unwahrscheinlich. Welches Interesse sollten die Erpresser daran haben, ihm das zu sagen? Er hatte funktioniert, hatte getan, was man von ihm verlangt hatte.

Für diese Leute, wer immer sie sein mochten, war Felix Janssen nun völlig unwichtig geworden.

13

Die Champagnerflasche zerschellte, geschleudert von einer mit opulentem Goldschmuck behängten Dame, unter lautem Jubel an der Metallplatte, die man schützend am Bug befestigt hatte. Die stark geschminkte Goldmarie mittleren Alters rief etwas ins Mikrofon – wohl die russische Version von der berühmten Handbreit Wasser unter dem Kiel, vermutete Malte –, Jan zog an einer Leine, der Vorhang rollte sich hoch, und am Rumpf erstrahlte in goldenen Lettern der Name *Belaya Chayka* im Licht der Nachmittagssonne. Vielstimmige »Bravo!«-Rufe und Applaus begleiteten Timur Krylow, als er an Bord stieg und seine Gäste mit weit ausgebreiteten Armen einlud, ihm zu folgen und das Schiff zu besichtigen.

Wenn diese Schiffstaufe nur eine abgespeckte Version war, was für eine Party hatte der Eigner wohl ursprünglich geplant? Etwa fünfzig Personen waren in der letzten Stunde in edlen Karossen angekommen, von denen die wenigsten in Russland gebaut worden waren. Krylow hatte seine Gäste in einem weißen Zelt von eindrucksvollen Ausmaßen empfangen, das gestern neben der Steganlage aufgestellt worden war. Schon früh heute Morgen waren Handwerker mit Leitern angerückt und hatten an der Außenseite des Zelts ein etwa zehn Meter langes Banner befestigt, auf dem in derselben goldenen Schrift wie an der Bordwand der Name von

Krylows neuem Spielzeug prangte. Bis vor ein paar Minuten hatte ein Reporter mit seinem Mikrofon darunter gestanden und gewichtig in die Kamera gesprochen.

Das Fernsehteam von Rossija 1, dem größten staatlichen Fernsehsender Russlands, hatte zuvor schon Krylow auf seinem Schiff gefilmt und unermüdlich die illustren Gäste interviewt, wenn sie ihren Autos entstiegen. Nun bewegte sich der Tross der TV-Leute mit Kameras, Beleuchtung und Kabeln auf den Eingang des Festzelts zu, um auch im Inneren seine Aufnahmen zu machen. Da Malte bereits einen Blick hineingeworfen hatte, wusste er, was die Zuschauer auf dem Bildschirm zu sehen bekommen würden: Entlang der Seiten zogen sich schier endlos die Tische, hinter denen, dicht nebeneinander stehend, proper in Schwarz und Weiß gekleidetes Personal auf den Ansturm wartete. Beladen war das Büffet mit kalten und warmen Köstlichkeiten in solchem Überfluss, dass sich daran leicht die dreifache Anzahl von Gästen hätte satt essen können. Die Attraktion jedoch war ein gigantischer Champagnerbrunnen, der mitten im Raum stand und dessen Spitze hoch hinauf ins Zeltdach ragte.

Nicht gerade wie bei armen Leuten, das Ganze, ging es Malte durch den Kopf, als er staunend sah, dass am Ende des Stegs große Batterien mit Pyrotechnik aufgebaut und verdrahtet wurden. Offenbar sollte es später noch ein Feuerwerk geben.

Dass Timur Stepanowitsch Krylow ein reicher Mann war, ein ungeheuer reicher sogar, war bekannt, aber was der Russe hier inszenierte, konnte einem schon die Sprache verschlagen. Die Superreichen in diesem Land hielten anscheinend wenig von übertriebener Bescheidenheit.

Neu war diese Erkenntnis für Malte natürlich nicht. Schon Krylows exzentrische Anforderungen an sein Schiff hatten die Werft vor echte Herausforderungen gestellt. Das betraf nicht zuletzt die Innenausstattung der *Weißen Möwe*. So scheußlich Malte den überbordenden Prunk zwar fand – Krylow zahlte und die Werft hatte geliefert.

Seinen finanziellen Verpflichtungen war der Russe stets korrekt nachgekommen. Auch die letzte Rate, achthundertvierzigtausend Euro, war heute Morgen auf dem Firmenkonto eingegangen, wie Malte sich vergewissert hatte. Als er sich bei Krylow dafür bedanken wollte, hatte der nur erwidert: »Wie vertraglich vereinbart: zahlbar nach Überführung und Endabnahme. Schließlich nicht Ihre Schuld, dass das Boot beschädigt hier angekommen ist. Ich bin sehr zufrieden mit Ihrer Firma. Alles ist genauso, wie ich es mir vorgestellt habe.«

Dazu trug sicher auch bei, dass die von Krylow beauftragte Werft aus Sankt Petersburg ganze Arbeit geleistet hatte. Während Malte den gesamten gestrigen Tag damit verbracht hatte, die zahlreichen Formalitäten für eine Überführung von Karsten Hausers sterblichen Überresten nach Deutschland zu regeln, waren die Werftleute bis in die Nacht hinein unter Jans Aufsicht mit den Reparaturarbeiten auf der *Weißen Möwe* beschäftigt gewesen. Das Ergebnis konnte sich sehen lassen: Wer nicht wusste, wo genau die Kugeln eingeschlagen waren, würde die Stellen gar nicht finden. Auch die Beschädigungen an der Reling waren behoben, und die tiefen Scharten am Heck, die der Enterhaken hinterlassen hatte, blitzten gefüllt, geglättet, lackiert und poliert, als hätte es sie nie gegeben.

»Gefällt Ihnen wohl, das Affentheater hier?«

Malte fuhr zusammen, blickte sich um und sah ein etwa sechzigjähriges Paar neben sich stehen.

»Na, feiern Sie auch schön, während unser Sohn mit dem

Tod ringt?«, setzte der Alte in ätzendem Ton hinzu, und die Frau holte ein Taschentuch hervor, das sie sich auf die vom Weinen geröteten Augen drückte.

Uwes Eltern, das war Malte sofort klar. »Herr und Frau Schramm, nehme ich an?«

Der Mann ging nicht auf die Frage ein. Wütend stieß er hervor: »Wir kommen gerade aus dem Krankenhaus. Uwe liegt im Koma. Niemand weiß, ob er durchkommt. Und wenn, wird er wahrscheinlich ein sabberndes Wrack sein. Was haben Sie dazu zu sagen?« Die Frage schrie er so laut heraus, dass sich einige der Gäste auf dem Steg erstaunt zu ihnen umdrehten.

»Was kann ich dazu sagen, außer dass es mir furchtbar leid tut?«, gab Malte sehr ruhig zurück. »Ich habe ihn auch schon besucht und bin über seinen Zustand informiert. Es ist furchtbar, was man ihm angetan hat.«

»Was Sie hätten verhindern müssen!«, rief der Mann und Speichel flog aus seinem Mund. Er atmete schwer.

»Reg dich nicht noch mehr auf, Albrecht«, sagte die Frau. »Das tut dir nicht gut.«

Doch der Alte ließ sich nicht bremsen, die Qual ließ seine Stimme zittern: »Sie sind sein Chef, Janssen, und auf dieser Fahrt waren Sie der Kapitän auf diesem verfluchten Boot. Ein Kapitän muss seine Mannschaft beschützen – immer!«

Malte nickte. »Sie haben recht. Aber gegen diesen Angriff war ich … waren wir alle machtlos.«

Die Frau sah ihn an, knetete das feuchte Taschentuch in der Faust und sagte leise: »Kann schon sein, dass das stimmt. Wir haben gehört, was passiert ist. Nachdem wir gestern aus dem Krankenhaus kamen, sind wir hierher gefahren und haben mit Uwes Kollegen gesprochen.« Sie hielt inne und setzte vorwurfsvoll hinzu: »Sie waren leider nicht da, sondern mit anderen Dingen beschäftigt.«

»Der musste bestimmt die Party hier organisieren!«, schrie Schramm außer sich. »Und jetzt feiert er hier mit den Russen. Geschmacklos ist das, sage ich, total ekelhaft!« Drohend kniff er die Augen zusammen und trat dicht an Malte heran. »Ich werde Sie verklagen, jawohl, ich werde Sie fertig machen, Sie …«

»Stopp!«, unterbrach ihn Malte scharf, trat einen Schritt vor, sodass Schramm zurückweichen musste, und sagte leise, aber in schneidendem Ton: »Ich kann Ihren Schmerz verstehen und auch, dass Sie außer sich sind. Aber halten Sie bitte an sich! Ihr Sohn wurde schwer verletzt, das ist schlimm, und Sie dürfen sicher sein, dass ich seine Genesung mit allen Mitteln unterstützen werde. Aber wir haben darüber hinaus auch einen Toten zu beklagen. Hat man Ihnen das nicht gesagt?«

Schramm kniff die Lippen zusammen und schlug die Augen nieder.

Seine Frau sagte: »Der Navigator, haben wir gehört. Diese Piraten haben ihn …« Sie beendete den Satz nicht.

»Erschossen haben sie ihn, Frau Schramm. Er hieß Karsten Hauser und war mein bester Freund. Ich habe mich gestern um seine Überführung nach Hause gekümmert.«

»Ja, sicher«, murmelte der alte Schramm unwillig, hob den Kopf und funkelte Malte wütend an. »Trotzdem: Die Sache ist noch nicht ausgestanden! Ich werde …«

»Du wirst jetzt erst mal den Mund halten«, fuhr ihn seine Frau an und sagte, zu Malte gewandt: »Bitte entschuldigen Sie meinen Mann. Er ist sehr … er wird einfach mit der Situation nicht fertig.«

»Danke auch«, schnaubte der Alte.

»Das verstehe ich durchaus, Frau Schramm. Bleiben Sie noch in Sankt Petersburg?«

»Die Ärzte meinen, wir könnten Uwe frühestens in zwei Wochen nach Hause holen – obwohl auch das nicht sicher sei. Erst einmal werden wir jedenfalls im Hotel wohnen bleiben, um täglich bei ihm sein zu können.«

»Gut. Ich fliege morgen mit meiner Crew zurück«, sagte Malte, und sofort schoss ihm durch den Kopf: Einer davon wird in einem Sarg im Frachtraum mitfliegen.

Er riss sich zusammen und fuhr fort: »Wir tauschen jetzt unsere Handynummern aus, wenn es Ihnen recht ist, und bleiben miteinander in Verbindung. Wann immer Sie meine Hilfe brauchen, egal, worum es sich handelt, rufen Sie mich bitte sofort an.«

Gedankenverloren schaute er den beiden alten Leuten nach, bis sie in eines der gelben Taxis stiegen, die an der Zufahrt zum Kai standen. Gerade wollte er den Blick abwenden, da entdeckte er eine kleine Gruppe, die zielstrebig über den Steg auf ihn zukam. Er erkannte die Leute: An der Spitze marschierte entschlossenen Schrittes Justizrat Jegorow, neben ihm hastete die groß gewachsene Dolmetscherin her, und dahinter schritten zwei Männer in Uniform, die beide vorgestern an der Vernehmung an Bord der *Weißen Möwe* teilgenommen hatten. Einer von Ihnen war ein Polizeioffizier, soweit Malte sich erinnerte, der andere ein hohes Tier der Küstenwache.

Wie aus dem Boden gestampft, stand plötzlich Timur Krylow neben ihm, blickte den Ankömmlingen entgegen und murmelte: »Dann wollen wir mal hören, was die Herrschaften uns zu sagen haben.«

»Sie wussten, dass die herkommen?«, fragte Malte überrascht.

»Man hatte es angekündigt«, gab Krylow vage zurück, ohne weitere Erklärungen dazu abzugeben. »Wird ein kurzes Gespräch, denke ich. So lange können meine Gäste sicher auf mich verzichten.«

Nach einer knappen Begrüßung, die besonders auf Jegorows Seite ziemlich unterkühlt ausfiel, sprach der Justizrat ein paar Sätze und nickte danach seiner Übersetzerin zu.

»Die Ermittlungen sind abgeschlossen«, sagte diese zu Malte. »Unsere Behörden haben festgestellt, dass es organisierte Kriminelle waren, die das Segelschiff überfallen haben.«

»Ach ja?«, konnte sich Malte nicht zurückhalten und ignorierte den Stupser am Arm, den Krylow ihm gab. »Kriminelle? Tatsächlich? Wer hätte das gedacht?«

Jegorow lief rot an, als ihm das übersetzt wurde, und erwiderte etwas mit barscher Stimme.

»Der Justizrat lässt Sie wissen, Herr Janssen, dass er keine Veranlassung sieht, Ihnen die Ermittlungsergebnisse detailliert auseinanderzusetzen. Nur so viel: Es handelt sich um eine Bande, die erstmals in Erscheinung getreten ist.«

»Soll das heißen, dass es vorher noch nie solche Piratenüberfälle an dieser Küste gegeben hat?«, hakte Malte skeptisch nach.

»Diese Informationen sind …«, verlegenes Räuspern, »irrelevant für Sie, sagt Justizrat Jegorow. Nehmen Sie einfach zur Kenntnis, dass die Leute in einem Großeinsatz unserer Sicherheitsorgane gestern Nacht unschädlich gemacht wurden.«

»Unschädlich gemacht? Was heißt das denn? Ich will wissen, wer der Mann ist, der Karsten Hauser erschossen hat!«

»Das wird jetzt kaum noch festzustellen sein«, ließ Jegorow übersetzen. »Außerdem haben Sie doch selbst zu Protokoll gegeben, dass die Angreifer vermummt waren.«

»Das stimmt, aber ich würde den Mann vielleicht trotzdem wiedererkennen. Wurden die Piraten festgenommen? Was sagen sie? Und was ist mit dem Geld, das sie uns abgenommen haben?«

Jegorow würdigte Malte keines Blickes mehr, sondern wandte sich direkt an Krylow, und es folgte ein erregtes Gespräch zwischen den beiden Russen.

Schließlich räusperte sich Krylow und sagte zu Malte: »Von der Beute wurde nichts gefunden und …«

»Auch nicht der Koffer mit den Signalmitteln?«, fiel Malte ihm ins Wort. »Warum auch immer sie den mitgenommen haben …«

Krylow fragte Jegorow etwas auf Russisch. Die Antwort fiel knapp aus. Das »Njet« verstand auch Malte.

»Sie haben es gehört«, sagte Krylow und holte tief Luft. »Die Sache mit dem Signalkoffer ist mir allerdings genauso rätselhaft wie Ihnen. Nun denn, jedenfalls wurden die Piraten gestern Nacht in ihrem Schlupfwinkel aufgestöbert – das frühere Wohnhaus des Wärters eines inzwischen automatisierten Leuchtturms an der Küste. Das gesamte Objekt wurde gründlich, aber erfolglos durchsucht, nachdem es ein heftiges Feuergefecht zwischen der Polizei und den Gangstern gegeben hat, in dem zwei oder drei von denen getötet wurden.« Er hob seinen Kopf und blickte angestrengt in den Himmel, während er in einem fast amtlichen Tonfall fortfuhr: »Leider wird sich wohl nicht mehr aufklären lassen, welcher der Männer Ihren Freund getötet hat. Die restlichen Piraten haben nämlich versucht, sich mit einem zweiten Boot abzusetzen. Sie wurden von der Küstenwache verfolgt, haben sich aber ihrer Festnahme durch Schusswaffengebrauch widersetzt und wurden von den Sicherheitsorganen ebenfalls erschossen.«

Malte zuckte zusammen. »Soll das heißen, die sind jetzt tot? Alle?«

»So wird es im Bericht stehen«, stellte Krylow fest und nickte nachdrücklich. »Und auch, dass Sie und Ihre Crew keinerlei Mitschuld an dem Überfall trifft. Sie brauchen sich daher nicht länger zur Verfügung halten und können Sankt Petersburg und das Staatsgebiet der Russischen Föderation ab sofort jederzeit verlassen. Die Leiche wurde ja bereits freigegeben, sagte Justizrat Jegorow mir gerade.«

»Darüber hat man mich schon gestern telefonisch informiert«, bestätigte Malte. »Deshalb konnte ich mich auch gleich um den Rücktransport kümmern.«

»Es handelt sich ja nicht um einen ungeklärten Todesfall«, schaltete sich die Dolmetscherin ein, die das Gespräch aufmerksam verfolgt hatte. »Eine Obduktion war daher nicht erforderlich.«

Malte schüttelte unwirsch den Kopf. »Schön und gut, aber was da in der vergangenen Nacht abgelaufen sein soll, also die Polizeiaktion, bei der angeblich alle diese Leute zu Tode gekommen sind …« Er holte tief Luft. »Überhaupt kommt mir das, was man uns hier erzählt, irgendwie völlig …«

Der Rest des Satzes blieb ihm vor Verblüffung im Hals stecken, als sich plötzlich Jegorow, der offenbar an Maltes Ausführungen und überhaupt an einer weiteren Unterhaltung keinerlei Interesse hatte, mit einer knappen Verbeugung und ein paar Sätzen in scharfem Stakkato verabschiedete und forschen Schrittes mit seinem Gefolge auf dem Steg zurückmarschierte.

»Merkwürdige Vorstellung.« Malte fasste Timur Krylow fest ins Auge. »Eine unbekannte Gangstertruppe also, von der jetzt alle tot sind. Vom Raub wurde nichts bei ihnen gefunden, keiner kann mehr befragt werden, keiner kann noch etwas sagen. Ein Abschlussbericht wird geschrieben – Sache erledigt.« Er stieß ein verächtliches Prusten aus. »Glauben *Sie* den Quatsch denn, Herr Krylow? Da steckt doch mehr dahinter, das stinkt doch zum Himmel!«

Der Russe schüttelte nur den Kopf. »Im Augenblick müssen wir uns wohl mit dem zufrieden geben, was man uns wissen lassen will. Aber Sie können sich darauf verlassen, dass ich an der Sache dranbleibe. Mal sehen, ob ich nicht doch ein bisschen mehr erfahren kann. Sie hören von mir, vertrauen Sie mir!«

Nachdem sie sich für morgen früh zu einem intensiven Einweisungstörn draußen auf der offenen See verabredet hatten, verabschiedeten sie sich. Als Malte dem stolzen Eigner der *Belaya Chayka* hinterher sah, der wieder zurück ins Festzelt ging, legte sich bereits Abenddämmerung über den Hafen, und die gelblichen Lichter der Stegbeleuchtung schalteten sich ein.

Ein letztes Mal würden Malte und die Crew heute auf dem Schiff übernachten. Für den Törn mit Krylow morgen waren etwa acht Stunden veranschlagt. Sobald sie wieder hier festgemacht hätten, würden sie zum Flughafen Pulkowo gebracht werden, der etwa fünfzehn Kilometer südlich der Stadt lag. Ihr Flug nach Hamburg startete um 19:25 Uhr. Krylow hatte dafür gesorgt, dass ein örtlicher Bestatter Karstens Leiche dort abholte, wo die Polizei sie aufbewahrte, und sie rechtzeitig zum Flugplatz brachte.

Da nur eine Verbindung über Frankfurt buchbar gewesen war, würden sie erst um 22:35 Uhr Ortszeit in Hamburg landen, wo man auch den Transportsarg ausladen würde. Malte hatte ein Bestattungsunternehmen aus seinem Heimatort beauftragt, nach Hamburg zu kommen, noch auf dem Flughafen die Umbettung in einen ›normalen‹ Sarg vorzunehmen und Karstens sterbliche Überreste darin nach Hause zu überführen.

All das hatte er natürlich mit Liah Hauser abgesprochen. Mehrfach hatten sie telefoniert, gestern und auch heute Vormittag.

Ein eiskalter Schauer lief ihm den Rücken herunter, wenn er an diese Gespräche dachte. Schon das nächtliche Telefonat am Tag der Ankunft in Sankt Petersburg, als er ihr die Nachricht vom Tod ihres Mannes überbracht hatte, war ganz anders abgelaufen, als Malte es sich vorher ausgemalt hatte. Gewiss, Liah war eine sehr beherrschte Frau, dennoch war sie ihm allzu gefasst vorgekommen. Allenfalls bei ihrer mehrmals wiederholten Frage ›Warum?‹ hatte er einen Anflug von Verzweiflung bei ihr gespürt.

Oder war er zu sehr mit sich selbst beschäftigt, um Zwischentöne wahrzunehmen?

Er war sich völlig sicher, dass Karsten und Liah eine tiefe Liebe verbunden hatte, daher begriff er nicht, wie sie derart ruhig auf die entsetzliche Nachricht reagieren, so reden konnte, klar und sachlich, ohne jeden Anflug von Hysterie. Ihre Stimme hatte geradezu geschäftsmäßig geklungen, als sie über all das sprachen, was in die Wege geleitet werden musste, zu regeln und zu organisieren war.

Was mochte dahinter stecken, dass sie auf diese Weise mit dem Grauen umgehen konnte?

14

Die regennasse Straße, ein Waldstück, die lang gezogene Kurve. In wildem Tempo rasen die Wischer über die Windschutzscheibe, plötzlich macht aufgeblendetes Fernlicht ihn fast blind, er geht in die Bremsen, blendet auf und ab, sieht schemenhaft etwas heranfliegen, etwas Großes mit Armen und Beinen, presst seinen Fuß noch fester aufs Bremspedal, reißt das Steuer herum, spürt, dass der Wagen ausbricht, schleudert. Ein dumpfer Aufprall auf der Scheibe, kreischendes Blech, der Wagen hebt sich von der Straße, für eine gefühlte Ewigkeit wird es ganz still, dann kommt der Aufschlag. Stechender Schmerz fährt ihm in den linken Oberschenkel. Ein ohrenbetäubender Knall, der Airbag löst aus, er wird in den Gurt gepresst. Dunkelheit. Gestank nach brennendem Gummi.

Und Stille, Totenstille.

Nur kurz allerdings, dann kommen Reginas Schreie, ihre Schmerzensschreie, die nach und nach verebben, zum Wimmern werden, während er neben ihr sitzt, eingeklemmt, unfähig, sich zu rühren.

Schlagartig erwachte er.

Immer endete es mit ihrem hilflosen Wimmern. Malte konnte sich nicht erinnern, seit dem Unfall je etwas anderes geträumt zu haben. Und jedes Mal bekam er kaum noch Luft, war schweißgebadet, wenn er aus diesem Albtraum, dem ewig gleichen, hochfuhr.

Doch mit dem Erwachen war es nicht vorbei, denn dann kamen die Bilder und die Stimmen und der Lärm. Die blauen Lichtblitze ringsum, die Augen des Feuerwehrmanns dicht vor seinem Gesicht, der Ruf: ›Der Fahrer lebt noch!‹, das metallische Kreischen der Aufbruchwerkzeuge, die Stimme der Notärztin, bevor sie ihm die Spritze gibt.

Später sagten sie ihm, man habe Regina nur noch tot aus dem Wrack bergen können. Und dass es gut sei, wenn er sie so in Erinnerung behalte wie auf dem Foto in seiner Brieftasche.

Sein gebrochener linker Oberschenkelknochen wurde operativ stabilisiert. Da auch die Quetschungen und die Schnittwunden, die ihm die eingedrückte Fahrertür zugefügt hatte, gut verheilten, konnte er bald mit Gehhilfen das Krankenhaus verlassen.

Sein Kopf aber heilte nicht. Seit nunmehr vierzehn Monaten und neun Tagen nicht.

Nach der Rückkehr in den Betrieb hatte er versucht, so hart zu arbeiten, dass er immer erst nach Mitternacht und völlig übermüdet ins Bett fiel. Doch viel zu oft kam frühmorgens wieder der Traum.

Saufen half auch nicht. Selbst wenn er völlig betrunken wegdämmerte, dauerte es nur zwei, drei Stunden, bis der Horror zurückkehrte – er wurde ihn einfach nicht los.

Die regelmäßigen Sitzungen bei Karin Hambach, seiner Psychotherapeutin, hatten daran bisher wenig geändert. Immer wieder hatten sie den Unfall im Gespräch nachgestellt. Sie ließ ihn die wesentlichen Sätze des Gerichtsurteils laut vorlesen und wiederholte wie ein Mantra: »Da steht, dass Sie keine Schuld haben, Herr Janssen. Und Sie wissen das längst. Sie sollten dieses Wissen endlich annehmen, sonst zerstören Sie sich selbst.«

Ein paar Tage vor seiner Abreise nach Sankt Petersburg hatte sie eine seltsame Frage gestellt, die immer noch in ihm nachklang: »*Wollen* Sie eigentlich wirklich, dass der Traum endlich verschwindet?«

Blödes Psychogeschwafel.

Selbstverständlich wolle er das, hatte er entrüstet geantwortet, schließlich sehne er sich seit Monaten danach, endlich wieder ruhig schlafen zu dürfen.

Sie hatte ihn nur angesehen. Als sie sich verabschiedeten, hatte sie leise zu ihm gesagt: »Sie belügen sich – und Sie wissen das. Denken Sie einmal ernsthaft über die Frage nach, die ich Ihnen gerade gestellt habe. Da draußen auf See haben Sie eine gute Gelegenheit dazu. Ob Sie auch genug Mut haben, müssen Sie selbst entscheiden.«

Verdammte Seelenklempnerin!

Als wäre er auf eine Erholungsreise gegangen, gar auf einen Selbsterfahrungstörn! Die To-do-Liste war länger als eine Gebetsfahne, so viel war noch mit und an dem Schiff zu tun gewesen. Keine Stunde wäre ihm geblieben für einen solchen Egotrip, wie ihn sich Frau Hambach wohl vorstellte.

Malte blickte durch das Kabinenfenster hinaus in die Nacht.

Finsternis. Kein Licht schien von unten herauf, der Mond war nirgends zu entdecken und auch kein einziger Stern. Dichte Wolken hüllten die Maschine ein, während sie auf Hamburg zuflog. Mit einem Sarg an Bord.

Unvermittelt wurde ihm bewusst, dass Karstens Leiche direkt unter seinen Füßen im Frachtraum lag, und seine Sohlen begannen zu kribbeln. Nur mit Mühe gelang es ihm, das Verlangen, aufzuspringen, zu beherrschen, das ihn mit Macht überfiel. Er zwang sich zum Sitzenbleiben, schlüpfte aber wie beiläufig aus seinen Schuhen und stellte die Füße auf die Trittleisten unter dem Sitz vor sich.

Verdammt, jetzt drehte er völlig durch.

Unwirsch schob er den Ärmel seines Pullovers hoch, sah auf die Armbanduhr und atmete tief durch. Noch eine halbe Stunde bis zur Landung.

Bis zum Zusammentreffen mit Liah, die dort wartete, um ihren toten Mann nach Hause zu begleiten.

Er sah sie sofort, als er aus dem Gate in die Ankunftshalle hinaustrat. Sie stand ein paar Meter entfernt an einen Pfeiler gelehnt und schaute ihm direkt in die Augen.

Liah Hauser war Anfang dreißig, eher klein, ein südländischer Typ mit schwarzem Haar, das ihr offen bis auf die Schultern fiel, und auffallend großen dunkelbraunen Augen. Malte wusste, dass ihr Vater persischer Abstammung war, ein promovierter Meeresbiologe, der im GEOMAR Helmholtz-Zentrum für Ozeanforschung in Kiel arbeitete. Seine Tochter war in die Fußstapfen des Vaters getreten, hatte Meeresbiologie studiert und war inzwischen ebenfalls bei GEOMAR tätig.

Karsten und Liah hatten sich auf einem Segeltörn für Singles in der Ägäis kennengelernt und sich sofort ineinander verliebt. Vor fünf Jahren hatten sie geheiratet. Malte war einer der Trauzeugen gewesen.

Liah hatte sich mit Regina, einer lebensbejahenden und selbstsicheren Frau, gut verstanden, ohne dass sie jedoch enge Freundinnen geworden wären. Karstens Ehefrau war von Natur aus ein reservierter Mensch – das genaue Gegenteil zu ihrem ungestümen, lauten, bisweilen leichtsinnigen Mann. Doch es war offensichtlich, dass die beiden sich sehr liebten. Wenn Malte und Regina wieder einmal von einem gemeinsamen Segeltörn mit den Hausers zurückkamen und sich zu Hause über die Erlebnisse der vergangenen Tage austauschten, waren sie sich in einem stets einig gewesen: Die Ehe ihrer Freunde war ein klassisches Beispiel für die These von den Gegensätzen, die sich angeblich anzogen.

Malte stellte seine beiden Reisetaschen ab. »Hallo, Liah.« Mehr brachte er nicht über die Lippen.

Sie nickte ihm zu, ohne den starren Blick von seinem Gesicht abzuwenden.

Malte hob verlegen die Arme leicht an. Eine hilflose Geste.

Liah war kein Mensch, den man einfach so in die Arme nahm. Selbst in vertrauter Runde spürte jeder die Distanz wie eine feine rote Linie, die sie um sich zog. Dabei war sie durchaus keine Eigenbrötlerin und bestimmt kein Kind von Traurigkeit. Doch selbst auf den ausgelassensten Partys, von denen sie vor Reginas Tod wahrlich einige gefeiert hatten, war diese Aura von Unnahbarkeit um sie gewesen, ein unsichtbarer Wall, den zu überwinden niemandem in den Sinn kam. Außer Karsten, dem einzigen Menschen, für den die rote Linie überhaupt nicht zu existieren schien.

Manche hielten Liah für arrogant, doch Malte wusste, wie falsch das war. Tatsächlich war sie eine feinfühlige, empathische Frau mit einem ausgeprägten Sinn für die Nöte anderer. Regina und er waren sich einig gewesen, dass die Reserviertheit schlicht in Liahs Natur lag, Teil ihres Wesens war.

Nur machte es das nicht gerade leichter, mit der grauenhaften Situation umzugehen, in der sie sich in diesem Moment befanden.

Leise sagte Malte: »Es tut mir so …« Er stockte, und Tränen traten ihm in die Augen. »Er war doch mein …« Die

Stimme versagte ihm. »Ich habe es nicht verhindern können, Liah«, stieß er hervor und schlug weinend die Hände vors Gesicht.

»Du kannst sicher nichts dafür«, stellte sie ruhig fest.

Er hob den Kopf. Ihre Miene war ernst, ihre Augen trocken. Nach wie vor wirkte sie völlig gefasst.

Verzweiflung übermannte Malte, und ein unheimlicher Verdacht beschlich ihn auf einmal.

Hatte diese Frau überhaupt begriffen, was passiert war?

Sie setzten sich auf eine Bank in der Ankunftshalle und warteten auf den Anruf des Bestatters, der irgendwo hinter ihnen in den Tiefen des riesigen Flugplatzes Karstens Leichnam vom Transport- in den Kiefernsarg umbettete, in dem er auch kremiert werden würde.

Ängstlich wandte Malte immer wieder verstohlen seinen Kopf zu Liah, deren äußerliche Ruhe ihn fassungslos machte. Mehrmals setzte er an, um etwas zu sagen, presste dann wieder die Lippen zusammen, sah ihr an, dass sie nichts hören wollte, versuchte es schließlich dennoch: »Er hat den Mann angegriffen, obwohl der eine Kalaschnikow auf ihn …«

»Lass es, Malte«, unterbrach sie ihn leise. »Ich will nichts hören. Später einmal. Vielleicht.«

»Natürlich«, sagte er hastig.

Schweigend saßen sie nebeneinander, bis Maltes Handy klingelte und der Bestatter mitteilte, dass man nun losfahren könne. Sie gingen zum Parkhaus, stiegen in Liahs Golf und folgten dem großen schwarzen Wagen mit den Milchglasscheiben, der an der Zufahrt auf sie gewartet hatte.

Eineinhalb Stunden später parkten sie den Wagen vor ihrem Ziel, dem Gebäude des örtlichen Bestattungsunternehmers. Zwei-, dreimal noch hatte Malte während der

Fahrt versucht, ein Gespräch in Gang zu bringen – vergeblich. Liah fuhr konzentriert und sicher, sprach aber nicht und fragte auch nichts.

Mit versteinertem Gesicht folgte sie dann dem Sarg, als er in die Halle hineingetragen wurde, stellte sich ans Kopfende und starrte unverwandt auf den geschlossenen Deckel aus Kiefernholz, ohne dass ihr eine Träne in die Augen trat. Regungslos stand sie noch dort, nachdem die Mitarbeiter des Bestatters die Halle längst verlassen hatten.

Mit jeder Minute, die verging, steigerte sich Maltes Ratlosigkeit. Vom Eingang aus beobachtete er Liah und wartete geradezu verzweifelt auf irgendeine Reaktion von ihr.

Es kam keine.

Schließlich kehrte der Bestatter in die Halle zurück, trat an die Witwe heran und richtete mit leiser Stimme ein paar Worte an sie. Liah nickte und verließ das Gebäude ohne einen weiteren Blick auf den Sarg mit schnellen Schritten. Malte eilte hinter ihr her.

»Soll ich dich nach Hause fahren?«, fragte sie, als sie in den Wagen stiegen.

Nein, auf keinen Fall, hätte Malte fast gesagt.

Auch wenn sie sich offenbar völlig abgekapselt hatte und nichts als Schweigen zwischen ihnen herrschen würde – eine innere Stimme sagte ihm, dass er sie jetzt nicht allein lassen durfte. »Wenn es dir recht ist, komme ich noch für ein paar Minuten mit zu dir. Ich könnte einen heißen Tee gebrauchen, mir ist kalt.«

Sie nickte. »Mir auch.«

Bis in den frühen Morgen hinein saßen sie dann am Tisch in der großen Küche des alten Resthofs. Das Bauernhaus lag auf einer niedrigen Anhöhe am Rande des Ortes, nur etwa drei Kilometer vom Werftgelände der Firma *Janssen & Söhne*

Yachtbau entfernt. Die Hausers hatten es ein paar Monate nach ihrer Hochzeit gekauft und in jahrelanger Arbeit liebevoll renoviert.

Sie sprachen kaum ein Wort, während sie dasaßen und ihren Tee tranken. Malte aber empfand das auf einmal nicht mehr als bedrückend. Verwundert stellte er fest, dass ihn das einvernehmliche Schweigen allmählich zur Ruhe brachte, und er kostete diese neue Art der Stille aus, die nichts Bedrohliches hatte, in der er weder Stimmen noch Worte vermisste.

Fast zwei Kannen Tee hatten sie geleert, bis in der Ferne das erste Morgenlicht über der See heraufdämmerte. Liah schaute durch das Fenster hinaus und sagte: »Ich glaube, ich sollte jetzt schlafen gehen. Du kannst unbesorgt nach Hause fahren. Nimm einfach mein Auto und bring es mir im Lauf des Tages zurück.«

Malte stand auf. »Gut, mache ich.« Er versuchte, ihren Blick aufzufangen, doch sie hielt den Kopf abgewandt und sah weiter zu dem fahlen graurötlichen Streifen hinüber, der sich am Horizont über der weiten dunklen Wasserfläche bildete.

»Sieh mich bitte an, Liah.«

Sie schüttelte stumm den Kopf, eine plötzliche wilde Bewegung, bei der ihre schwarzen Haare hin- und herflogen. Verblüfft sah Malte, dass ihre Schultern zuckten und gleich darauf ihr ganzer Oberkörper zu beben begann.

Liah weinte.

Jetzt erst spürte Malte, wie müde er war.

15

»Ich komme einfach nicht dahinter«, murmelte Jan verzweifelt und klatschte seine Hand wütend auf die Tischplatte.

Malte, der neben seinem Mitarbeiter stand und ihm über die Schulter schaute, zeigte auf den Monitor. »Leg doch noch mal die Einbauanleitung des Herstellers daneben. Da muss ein Fehler im Schaltplan sein, anders kann ich es mir nicht erklären.«

»Entschuldige, aber das ist doch Unsinn!«, rief Jan. »Es hat schließlich vorher alles bestens funktioniert!«

»Vorher?«

»Vor dem Überfall.« Jan wandte den Blick vom Monitor und sah seinen Chef an. »Es kann eigentlich keinen anderen Grund für die Fehlfunktion geben.«

Malte legte seine Stirn in Falten. »Wie meinst du das?«

»Könnte nicht ein Kabel beschädigt worden sein? Die Geschosse, die in die Innenverkleidung eingeschlagen sind, könnten doch eine Leitung gestreift haben, ohne dass uns das aufgefallen ist. Oder die Leute von der russischen Werft haben ein Kabel erwischt, als sie die Löcher repariert haben. Alles denkbar.«

Malte nickte. Grübelnd trat er ans Fenster und blickte hinunter auf den verwaisten Kai, an dem noch vor zehn Tagen die *Weiße Möwe* gelegen hatte.

Verdammt, was auch immer die Ursache des Fehlers war –

hier im Büro würden sie ihn nicht finden, das sah er jetzt deutlich. Er hatte Krylow zugesagt, das Problem innerhalb kürzester Zeit zu beheben, das auf dem Einweisungstörn vorgestern aufgetreten war. Da hatte sich nämlich herausgestellt, dass die Fernbedienung vom Salon aus plötzlich nicht mehr funktionierte. Krylow hatte viel Geld für die Verrücktheit bezahlt, über Außenkameras auf einem im Wandpaneel versenkten Bildschirm die Segelstellung überprüfen und mittels einer Fernsteuerung über die elektrischen Winschen verändern zu können, während er gemütlich unter Deck auf dem Sofa saß. Mochte das auch die groteske Idee eines Mannes sein, der zu viel Geld hatte – auf der Überführungsfahrt hatte diese Technik noch tadellos funktioniert, wie Jan ganz richtig sagte. Erst als Malte sie dem Russen demonstrieren wollte, hatte sich der Fehler gezeigt.

Es würde ihm nichts anderes übrig bleiben, als umgehend noch einmal nach Sankt Petersburg zu fliegen. Und das, obwohl Karstens Urnenbeisetzung bevorstand. Außerdem hatte er Liah, die gerade alle Unterlagen zusammensuchte, versprochen, ihr bei der Regelung des Nachlasses zu helfen.

Als hätte er seine Gedanken gelesen, sagte Jan hinter Maltes Rücken: »Hör mal, du musst doch nicht mitkommen. Es reicht völlig, wenn ich mit einem oder zwei Elektronikern noch einmal nach Russland fliege.«

»Hm«, kam es von Malte, der vom Anblick eines grauen Opel Insignia abgelenkt wurde, der vorschriftsmäßig im Schritttempo über das Werftgelände fuhr und auf den Parkplatz vor dem Bürogebäude zuhielt.

»Es sei denn, du willst unbedingt persönlich dabei sein.«

»Nein, du hast völlig recht, eigentlich ist das nicht nötig. Ich würde euch sowieso nur im Weg stehen. Vermutlich wolltest du das nur nicht so deutlich sagen.«

»Na ja …«, erwiderte Jan, und Malte hörte seiner Stimme an, dass er grinste.

Der Insignia hielt direkt unter dem Fenster und zwei Personen stiegen aus, die unterschiedlicher nicht hätten sein können. Die Fahrerin war eine große schlanke Frau Anfang vierzig in Sportjacke und Jeans, deren dunkelblondes Haar straff an ihrem schmalen Kopf anlag und hinten zu einem Pferdeschwanz gebunden war. Sie überragte den Mittfünfziger im dunklen Anzug, der auf der Beifahrerseite aus dem Wagen kletterte, um mehr als Haupteslänge.

»Wer sind die denn?«, murmelte Malte verwundert, riss sich aber davon los und ging zum Tisch zurück. »Okay, Jan, machen wir es so, wie du vorgeschlagen hast! Such dir die Leute aus, die du haben willst, und weise sie genau ein. Vorher solltet ihr aber so schnell wie möglich einen Flug für morgen buchen. Ich rufe Krylow an, wenn ich weiß, wann ihr ankommt, und spreche alles mit ihm ab.«

Jan stand auf. »Ich kriege das schon hin.«

»Ich weiß.« Er wies mit dem Daumen hinter sich zum Fenster. »Ich glaube, ich bekomme Besuch. Wer auch immer das sein mag. Wir sprechen nachher noch einmal alles durch.«

»Machen wir. Und danke für dein Vertrauen.« Jan raffte ein paar Dokumente zusammen, zog den USB-Stick aus dem PC und marschierte aus dem Raum.

Es kostete Malte einige Beherrschung, eine gleichmütige Miene aufzusetzen, als seine Besucher das Büro betraten und sich vorstellten.

»Mein Name ist Venske«, sagte der schmächtige kleine Mann, bei dessen Anblick Malte unwillkürlich an das Bild vom Rumpelstilzchen in einem Märchenbuch aus Kindertagen denken musste, und deutete mit seinem überdimensionierten Schädel ein Nicken an. »Ich komme aus Kiel. Vom Verfassungsschutz, um genau zu sein.« Er wies auf die Frau, die neben ihm stand. »Und das ist Saskia Taubert vom BND aus Berlin.«

»Verfassungsschutz und BND?«, fragte Malte alarmiert. »Was soll … äh, wie kann ich …«

»Haben Sie Zeit für uns?«, fragte Venske. »Wir müssen einige Fragen mit Ihnen klären. Möglicherweise dauert es aber länger als nur ein paar Minuten.«

»Wenn es sein muss. Worum geht es denn, um Himmels willen?«

»Können wir uns setzen?«

»Ja, natürlich, entschuldigen Sie. Bitte!« Malte zeigte auf die Sessel in der Besprechungsecke, und sie nahmen Platz. Wie auf Kommando zogen beide Besucher ihre Dienstausweise hervor und legten sie auf den Tisch. *Landesamt für Verfassungsschutz* las Malte auf dem einen und darunter *Clemens Venske.* Auf dem anderen prangte das Siegel des Bundesnachrichtendienstes, daneben standen der Name *Saskia Taubert* und eine Nummer.

Malte blickte hoch. »Hm, um ehrlich zu sein: Ich bin irritiert.«

»Das kann ich mir denken«, sagte Venske mit seiner überraschend tiefen Stimme und lächelte.

Immer noch hatte Malte alle Mühe, den verwachsenen Mann in dem offensichtlich von einem guten Schneider gefertigten Zweireiher nicht allzu unverhohlen zu mustern. Dennoch konnte er nicht übersehen, dass die Hände des koboldhaften Verfassungsschützers, die locker auf den Armlehnen des Sessels lagen, die Größe von Suppentellern hatten, und am Ende seiner kurzen Beine aus der Anzughose riesige schwarze Schuhe herausragten, die wie zwei schnittige Flugboote dicht nebeneinander über dem Teppichboden schwebten.

Malte sah die Frau an. »Was könnte denn an einem Betrieb wie dem unseren von Interesse für Sie sein?«

Auch sie lächelte freundlich und erwiderte: »Rundheraus gesagt: Ihr Geschäft mit dem russischen Industriellen Timur Stepanowitsch Krylow, Herr Janssen.«

»Aha«, sagte Malte und schüttelte verwirrt den Kopf. »Nun, wir haben für Herrn Krylow eine Yacht gebaut. Schließlich ist das hier eine Bootswerft und ...«

»Lassen Sie mich Ihnen das erklären«, unterbrach die BND-Frau geduldig. »Herr Venske leitet das Referat Spionageabwehr und Wirtschaftsschutz beim Verfassungsschutzamt Schleswig-Holstein. Und mein Aufgabengebiet beim BND ist das Thema Proliferation.«

»Spionage und Proliferation? Ich wüsste nicht ...«

»Was wissen Sie eigentlich über Timur Krylow, Herr Janssen?«, hakte Venske nach. »Ich meine, außer dass er ein teures Schiff bei Ihnen gekauft hat?«

Malte gefiel dieses Gespräch immer weniger. »Ich weiß nicht, worauf Sie hinaus wollen, und ich bin mir auch nicht sicher, ob unsere Geschäfte die Geheimdienste etwas angehen. Wir liefern Yachten in die halbe Welt – Segelschiffe für Privatleute, wohlgemerkt, keine Kanonenboote –, alles ist einwandfrei dokumentiert, wir zahlen unsere Steuern und ...«

»Darum geht es nicht!«, kam es scharf von Venske. Mit einer abrupten Bewegung schob er seinen mächtigen Kopf mit dem blassen, von wilder Haarpracht umwallten Gesicht vor, und Malte blickte in harte graue Augen. »Ihre Firma steht hier nicht infrage, auch Sie persönlich nicht. Wäre das anders, hätten Sie es bereits gemerkt. Dann säßen wir drei nämlich nicht zu einem vertrauensvollen Gespräch zusammen, sondern ein Horde von Leuten aus den verschiedensten Behörden würde in diesem Augenblick hier Ihren Laden auf den Kopf stellen. Und das gründlich.«

Malte wurde blass.

Was, zum Teufel, war hier los?

Bevor er etwas sagen konnte, setze die BND-Frau hinzu: »Es gibt nicht den geringsten Grund, sich Sorgen zu machen. Es geht nicht um Sie oder um Ihre Firma. Also: Was wissen Sie über Timur Krylow?«

Malte sammelte sich und fasste zusammen, was ihm zu dem Russen einfiel: »Er ist wohl das, was man einen Oligarchen nennt, ein schwerreicher Mann, der nach dem Zusammenbruch des Sowjetsystems ein Firmenimperium aufgebaut hat, großen Einfluss hat, viele Luxusimmobilien in der ganzen Welt besitzt, aber auch Flugzeuge und natürlich Schiffe. Die *Weiße Möwe*, die wir ihm gerade geliefert haben, ist für ihn nur ein Spielzeug für sein Feierabendvergnügen, soweit ich es beurteilen kann.« Er setzte ab, dann schob er nach: »Das er übrigens bereits voll bezahlt hat.«

»Ich weiß«, sagte Taubert und nickte.

»Das wissen Sie?«, fragte Malte erstaunt. »Woher? Die letzte Rate ist doch gerade erst auf unser Firmenkonto überwiesen worden!«

Seine Besucher lächelten milde.

»Soll das heißen, Sie … ich meine, der Geheimdienst hat Zugang zu unseren Konten? Das ist doch wohl … also hören Sie mal! Mit welchem Recht darf denn …?«

»Halten Sie mal einen Augenblick die Luft an, Herr Janssen«, fiel ihm der Verfassungsschützer ins Wort. »Echauffieren Sie sich nicht, das ist lästig. Selbstverständlich haben wir keinen Zugriff auf Ihre Konten. Im Gegensatz zu den albernen Verschwörungstheorien, die in manchen Kreisen kursieren, benötigen auch wir für so etwas eine richterliche Genehmigung. Und wir haben eine solche nicht einmal beantragt. Das war auch gar nicht nötig.«

»Aber woher …«

»Nun, im Gegensatz zu den Ihren werden die Geldtransfers des Herrn Krylow durchaus von … sagen wir: bestimmten Leuten überwacht. Zumindest, soweit das überhaupt möglich ist, denn der Herr lässt sich nur ungern in die Karten gucken. Mehr kann ich Ihnen dazu aber nicht mitteilen. Nur, dass man weiß, wie viel Krylow an Ihre Firma überwiesen hat – und wann.«

»Aha«, sagte Malte, dem nichts Klügeres einfallen wollte.

»In diesem Zusammenhang eine Frage an Sie: Hat er Ihnen auch Bargeld gegeben?«

»Sprechen Sie etwa von Zahlungen, die nicht durch die Bücher gegangen sind?«, rief Malte erbost.

»Wir sind nicht von der Steuerfahndung. Ordnungsgemäß verbucht oder nicht, ist völlig egal, Herr Janssen, zumindest uns«, gab Taubert zurück. »Uns ist nur wichtig zu erfahren, ob neben den Überweisungen auch Bargeld von Krylow an Sie geflossen ist.«

Malte schüttelte den Kopf. »Kein Cent. Aber nun reicht es mir langsam. Was sollen alle diese Fragen? Was, zum Teufel, steckt eigentlich hinter Ihrem Besuch?«

»Ich verstehe ja Ihre Verwirrung«, erwiderte die BND-Frau, »aber ich fürchte, gleich werden Sie noch ganz andere Dinge hören, die Sie aus der Fassung bringen.« Sie lehnte sich zurück. »Sagen Sie, hätten Sie wohl eine Tasse Kaffee für uns? Unsere Unterhaltung wird nämlich noch ein wenig dauern, nehme ich an, nachdem …«, sie warf Venske einen Blick zu, »… nachdem wir Sie nun kennengelernt haben.«

»Wie meinen Sie das jetzt wieder?«

»Fassen Sie es als Kompliment auf«, erwiderte Venske fröhlich und hakte nach: »Also wie ist es mit Kaffee?«

Malte musste gegen seinen Willen grinsen und orderte das Gewünschte in seinem Vorzimmer. Das mulmige Gefühl, das er bisher gehabt hatte, wich mehr und mehr der Neugier.

Kurz darauf saßen sich seine Besucher und er über dampfendem Kaffee gegenüber. Doch kaum wollte Malte den ersten Schluck nehmen, hätte er um ein Haar die Tasse fallen lassen, als er die Worte hörte, die Venske nun wie beiläufig aussprach.

»Der Mann, dem Sie das schöne Boot gebaut haben, Herr Janssen, ist einer der mächtigsten und skrupellosesten Waffenhändler, die sich derzeit auf dieser Welt tummeln.«

16

Um Fassung ringend, starrte Malte den kleinen Mann im dunklen Maßanzug an. Tausend Fragen schossen ihm durch den Kopf, aber erstaunt musste er feststellen, dass es ihm die Sprache verschlagen hatte.

»Zunächst einmal zu Ihrer Frage, was hinter unserem Besuch hier steckt«, nahm die Frau vom Bundesnachrichtendienst den Gesprächsfaden wieder auf. »Wie wir Ihnen schon sagten, wurde festgestellt, dass Timur Krylow mit Ihrer Firma ein Geschäft gemacht hat und …«

»›Festgestellt‹?«, ging Malte gereizt dazwischen. »Der Kunde hat uns vertraglich auf äußerste Diskretion verpflichtet. Nie wurde während der Bauphase sein Name genannt. Wer hat das also festgestellt?«

»Wir, der BND«, antwortete Taubert knapp.

»Aber wie haben Sie denn …?«

»Lassen Sie sich die Sache doch einfach erklären, das spart uns viel Zeit«, schaltete sich Venske ein und nahm noch einen Schluck Kaffee. »Vorher allerdings ein wichtiger Hinweis: Sie müssen sich darüber klar sein, dass einiges von dem, was Sie hören werden, vertraulich ist.«

»Was heißt das?« Malte warf dem Verfassungsschützer einen misstrauischen Blick zu.

»Dass wir Ihre Zusage brauchen, mit den Informationen, die Sie erhalten werden, diskret umzugehen«, sagte Taubert.

»Präzise gesagt«, Venske lehnte sich vor, »dürfen Sie mit niemandem über das reden, was Sie von uns erfahren. Schon gar nicht mit Herrn Krylow. Und er darf keinesfalls erfahren, was wir über ihn wissen. Und was Sie uns noch über ihn erzählen werden.«

Malte schüttelte verständnislos den Kopf. »Ich weiß doch nichts über Herrn Krylow! Er ist für mich nur ein Kunde, mit dem ich ein Geschäft gemacht habe, ein sehr lukratives allerdings. Und dieses Geschäft ist mittlerweile abgewickelt. Meine Leute müssen nur noch einmal auf die Yacht, um etwas zu reparieren, aber ich selbst werde den Mann wahrscheinlich nie mehr im Leben wiedersehen. Warum sollte ich also Ihnen gegenüber irgendwelche Schweigegelübde abgeben?«

»Ich bitte Sie«, rief Venske, »das ist doch ein völlig überzogener Ausdruck!«

»Wollen Sie denn nicht erfahren, wer Sie auf See überfallen und Ihren Freund Karsten Hauser erschossen hat?«, fragte die BND-Frau und sah Malte mit hochgezogenen Augenbrauen an.

»Ob ich …?«, fuhr Malte überrascht hoch. »Doch, natürlich will ich das!«

»Na also«, erwiderte Venske lapidar, »dann haben wir doch eine Gesprächsgrundlage, nicht wahr?«

Es traf Malte plötzlich wie ein elektrischer Schlag. »Woher wissen Sie das alles eigentlich?« Jetzt war es um seine Gelassenheit geschehen. »Verdammt, von dem Überfall ist nichts in der Presse oder sonst wo berichtet worden, soviel ich weiß. Und auch Karstens Tod … ich meine, woher haben Sie all diese Informationen?«

Venske lehnte sich zurück und sagte kein Wort.

Malte ließ seinen Blick zwischen den beiden Geheimdienstmenschen hin- und hergehen, die ihm da schweigend gegenübersaßen. »Raus mit der Sprache!«, forderte er erregt. »Es geht Ihnen also um Informationen zu dem Überfall auf die *Weiße Möwe*, richtig?«

Taubert nickte. »Und zu dem, was Sie mit den russischen Behörden erlebt haben. Ich bin mir sicher, dass Sie sich ebenfalls die Frage stellen, was hinter all dem steckt. Oder wollen Sie mir weismachen, Sie gäben sich mit dem offiziellen Ermittlungsergebnis zufrieden, das man Ihnen aufgetischt hat?«

»Soll das heißen, Sie kennen den Abschlussbericht der Sankt Petersburger Staatsanwaltschaft?«

»Sagen wir: auszugsweise.« Taubert lächelte vieldeutig. »Und – glauben Sie den Unsinn denn?«

»Nein, aber was soll ich machen?«

»Ganz aufrichtig, Herr Janssen: Wir wissen auch nicht, was dahintersteckt. Wir vermuten aber, dass alles irgendwie mit Timur Krylow zusammenhängt.«

»Keine sehr originelle Schlussfolgerung, finde ich«, gab Malte zurück. »Die Yacht, die man überfallen hat, gehört schließlich ihm.«

»Sicher, aber die Frage ist doch: War es ein gezielter Überfall auf genau diese Yacht – und wenn ja, warum? – oder hätten die Piraten jedes andere Boot auch ausgeraubt, das da vorbeikam?« Venske setzte sich im Sessel auf. »Wir hatten gehofft, mit Ihnen gemeinsam der Wahrheit auf die Spur zu kommen, denn Sie waren schließlich dabei, als das alles passiert ist. Möglich auch, dass Sie dadurch endlich erfahren, wer hinter dem Mord an Ihrem Freund steckt. Aber ich wiederhole: Sie müssen uns die Zusage geben, alles vertraulich zu behandeln, was Sie erfahren, zum Beispiel nicht damit in die Öffentlichkeit zu gehen oder sich an die Presse zu wenden. Zumindest nicht, solange die Ermittlungen noch nicht abgeschlossen sind.«

Malte knirschte mit den Zähnen. »Also gut, das kann ich Ihnen gern zusagen.«

»Ich verlasse mich auf Sie«, sagte der Kobold und legte los.

Staunend erfuhr Malte nun, dass Timur Stepanowitsch Krylow schon seit Jahren im Fadenkreuz der Ermittler der verschiedensten Länder stand. Die amerikanische CIA hatte ebensolches Interesse an ihm wie beispielsweise der israelische Mossad, der britische MI6 und die französische DGSE, aber auch die Auslandsaufklärung des chinesischen Ministeriums für Staatssicherheit.

»Die chinesische Auslandsspionage übrigens in ganz besonderem Maße«, ergänzte die Frau vom BND.

»Frau Taubert und ich gehören zu einem Ermittlungsteam, das die zuständigen Dienste zur Aufklärung von Krylows Aktivitäten gebildet haben. Und zwar behördenübergreifend, um Kompetenzgerangel zu vermeiden und einen ungefilterten Daten- und Informationsaustausch sicherzustellen.« Venske erklärte, das Team bestehe aus BND-Leuten, Beamten des Bundeskriminalamtes in Wiesbaden und eben auch dem Verfassungsschutz. »Seine interne Bezeichnung lautet *Ermittlergruppe Drakon*.«

Malte sah ihn fragend an.

»Warten Sie einen Augenblick, Sie werden gleich hören, warum«, sagte Venske.

»Wir sind Krylow schon lange auf der Spur«, schaltete sich Taubert ein, »und er weiß das natürlich. Auch wenn wir leider keine Chance haben, ihn persönlich zur Verantwortung zu ziehen – immerhin können wir versuchen, Schaden abzuwenden, indem wir ihm auf die Finger sehen. Kürzlich konnten wir zum Beispiel der Staatsanwaltschaft die entscheidenden Hinweise zur Aufklärung eines Falles liefern, in dem die Manager einer weltweit bekannten deutschen Waffenfabrik große Mengen modernster Pistolen über Umwege illegal an einen südamerikanischen Staat verkauft haben. Ein Millionengeschäft.«

»Die *EG Drakon* hat herausgefunden, dass der Mann, der bei Ihnen das Schiff gekauft hat, hinter den Kulissen der Drahtzieher dieses verbrecherischen Deals war«, erläuterte Venske. »Sie sehen, wir haben allen Grund, uns für Krylows geschäftliche Aktivitäten zu interessieren, bei denen es regelmäßig um sehr viel Geld geht. Und genau in diesem Zusammenhang ist es uns wichtig aufzuklären, was hinter dem Kauf dieser Luxusyacht stecken könnte.«

»Was sollte denn dahinter stecken?«, rief Malte aus. »Die *Weiße Möwe* ist doch nur ein Spielzeug für ihn, eine teure Angeberei, ein rein privates Vergnügen.«

»Kann sein«, erwiderte Venske gedehnt. »Oder auch nicht.«

»Um wirklich zu verstehen, warum wir alles wissen wollen, was mit Timur Stepanowitsch Krylow zu tun hat, müssen Sie erfahren, welche Rolle der Mann spielt, welche Macht und welchen Einfluss er hat«, sagte die BND-Frau. »Er hat nämlich einiges mit dem derzeitigen Präsidenten der Russischen Föderation gemein, mit dem ihn übrigens eine langjährige Freundschaft verbindet. Zumindest in dem Maße, wie der Herr im Kreml Freundschaft definiert.«

»Tatsächlich?«, fragte Malte beeindruckt. Ihm schwirrte der Kopf.

»Krylow war früher ebenfalls Offizier im KGB. Diese Leute sind nach wie vor bestens vernetzt und fördern sich gegenseitig. Der Präsident und Krylow sind die beiden aus diesem Kreis, die den größten Erfolg hatten, der eine in der

Politik, der andere in der Wirtschafts- und Finanzwelt. Krylow besitzt mehrere Unternehmen der Schwerindustrie, ist aber auch an vielen anderen Firmen beteiligt, vor allem im Bereich Militärtechnik.«

»Sie haben ihn vorhin einen Waffenhändler genannt«, warf Malte ein.

»Genau – und jetzt wird es spannend: Wir halten ihn für den führenden Kopf einer mächtigen geheimen Organisation, die *Drakon* genannt wird, also ›Drache‹ auf Deutsch. Die widmet sich seit dem Untergang der Sowjetunion intensiv dem internationalen Waffenhandel, angeblich rein privatwirtschaftlich und ohne jede Verbindung zur Regierung. Krylow war und ist sehr erfolgreich auf diesem Feld tätig und hat viele große Deals abgeschlossen, auch solche, die im Zusammenhang mit Proliferation stehen, also der illegalen Verbreitung von Massenvernichtungsmitteln.« Taubert hielt inne, sah Malte ernst an und fügte hinzu: »Und man bekommt es sofort mit Moskau zu tun, wenn man zu dicht an *Drakon* herankommt.«

»Das ist ja …«, stammelte Malte entgeistert. »Mit so einem habe ich … Um Himmels willen, wie sollte ich denn wissen, dass …« Er sprang auf, lief zu seinem Schreibtisch und durchwühlte nacheinander alle Schubladen.

»Was suchen Sie?«, fragte Venske und runzelte die Stirn.

»Hier muss noch irgendwo eine alte Schachtel Zigaretten herumliegen«, sagte Malte. »Hab vor ein paar Monaten mit dem Rauchen aufgehört, aber jetzt brauch ich eine. Verdammt, ich hab sie wohl doch weggeworfen, Mist.«

»Das ist erfreulich«, stellte Venske fest.

»Was? Dass ich keine Fluppen finde?«

»Nein, aber dass Sie eine rauchen wollen«, erwiderte der Kobold grinsend und erklärte, dass er selbst leidenschaftlicher Raucher sei, jedoch längst nicht mehr wage, in geschlossenen Räumen um Erlaubnis zu bitten, seinem Laster zu frönen. Er zog eine Packung hervor, klappte den Deckel auf und warf seiner Kollegin einen fragenden Blick zu.

Die schüttelte den Kopf und sagte: »Für mich nicht, aber tun Sie sich keinen Zwang an. Mich stört es nicht.«

»Na dann, Herr Janssen: Wenn Sie wollen – bitte!«

Malte nahm den seit Monaten unbenutzten Aschenbecher vom Sideboard, stellte ihn auf den Tisch und zog eine Zigarette aus der Packung, die der kleine Mann ihm hinhielt. Die Marke kannte er nicht, aber gleich beim ersten Zug merkte er, dass es ein kräftiger Tabak war.

»Gut, nicht wahr?«, freute sich Venske. »Früher hab ich ja Orienta ohne Filter geraucht, aber erstens gibt's die nicht mehr und zweitens muss man ja auf die Gesundheit achten, wenn man in mein Alter kommt. Aber trotz Filter – die sind auch gut. Und ganz ohne Zusatzstoffe. Mein Tabakhändler bestellt sie immer für mich.«

Den Kampf mit den Gewissensbissen, die sich wegen dieses Rückfalls bei ihm einstellten, gewann ganz eindeutig der Genuss. Malte blies den Rauch aus, lehnte sich zurück und fasste abwechselnd den Verfassungsschutzmann und die BND-Frau fest ins Auge. »Wissen Sie, was mich umtreibt?« Ohne eine Antwort abzuwarten, fuhr er fort: »Ich frage mich die ganze Zeit, warum Sie mir das alles erzählen. Wieso weihen Sie mich in Ihre sensiblen Ermittlungen ein?«

Venske sagte: »Wir haben zu dem Überfall ein paar konkrete Fragen an Sie. Er kommt uns … nun ja …«

»… verdächtig vor«, sprang ihm Taubert bei. »Wie gesagt: Alles, wirklich *alles*, was im Dunstkreis von Krylow passiert, könnte für uns wichtig sein. Manchmal sind es die losen Fäden, die man zusammenknüpfen muss, um wichtige

Erkenntnisse zu gewinnen. Sie haben den Überfall erlebt, und wir möchten Sie bitten, uns den Ablauf detailliert zu schildern. Ich weiß, dass das viel verlangt ist. Sie haben Ihren Freund dabei verloren. Aber es muss sein. Vielleicht hilft uns das herauszufinden, was und vor allem wer dahinter steckt.«

»Meiner Meinung nach war es ein Piratenüberfall. So etwas kommt leider an vielen Küsten auf der Welt vor. Und noch einmal: Woher wissen Sie eigentlich davon?«

»Nun, wie ich schon sagte, sind wir – und nicht nur wir – sehr an Herrn Krylow interessiert. Ich kann Ihnen sagen, dass es in seinem Umfeld jemanden gibt, der uns mit Informationen versorgt. Deshalb wissen wir zum Beispiel, dass am Wahrheitsgehalt dessen, was Justizrat Jegorow Ihnen erzählt hat, Zweifel angebracht sind. Insbesondere, dass die mysteriösen Piraten angeblich irgendwo aufgestöbert und dann samt und sonders auf der Flucht erschossen wurden.«

»Sie zweifeln an Jegorows Glaubwürdigkeit?«

Die BND-Frau zuckte mit den Achseln. »Nachrichtenleute, vor allem Geheimdienstler, zweifeln immer und an jedermanns Glaubwürdigkeit. Ein sehr bewährter Grundsatz.«

Malte fiel etwas ein. »Mir schien es übrigens, als herrschte zwischen Jegorow und Krylow eine tiefe Abneigung.«

Venske lachte auf, und seine Kollegin sagte: »Ach, Herr Janssen, Sie sind bestimmt ein guter Bootsbauer, aber … Na, lassen wir das. Nur so viel: Jegorow bessert sein Beamtensalär regelmäßig durch Zuwendungen auf, deren Herkunft im Dunkeln liegt. Aber auf eines können Sie wetten: Dort ist es nur deswegen so dunkel, weil Timur Stepanowitsch Krylow dafür sorgt, dass niemand das Licht anmacht.«

17

»Felix, kannst du bitte gleich mal zu mir ins Büro kommen?«

»Was gibt es so Wichtiges? Wir haben hier ein verdammtes Problem mit einem der Module.«

»Du meinst … Etwa eins aus dem CS-78-Programm?« Der Chef klang alarmiert. »Du brauchst es doch übermorgen schon bei den Tests auf See, oder?«

»Stimmt genau«, erwiderte Felix Janssen. »Aber ich denke, wir haben das bis heute Abend im Griff. Sonst bauen wir eben einen der Reservechips ein. Das kriegen wir auf jeden Fall noch rechtzeitig hin, bevor ich aufbrechen muss.«

»Okay, verstehe. Das hat natürlich höchste Priorität. Trotzdem …« Ein Räuspern. »Es wäre schon gut, wenn du kurz zu mir kommen würdest.«

Die Stimme klang irgendwie belegt, fiel Felix auf. Sofort beschleunigte sich sein Herzschlag, und kalter Schweiß trat ihm auf die Stirn. »Was ist los?«, fragte er gepresst.

»Kronberg ist bei mir. Ihm ist da etwas aufgefallen, was ihn beunruhigt. Aber das will ich nicht telefonisch mit dir besprechen.«

»Wie könnte ich da helfen?«, versuchte es Felix lahm.

»Das weiß ich auch nicht. Komm einfach her.«

»Also gut, wenn es unbedingt sein muss.«

Es war vorbei.

Fast hätte er einen lauten Seufzer ausgestoßen. Er hatte

also tatsächlich irgendeinen Fehler gemacht und im System eine Spur hinterlassen, die zu ihm führte.

Das war's dann. Seine wissenschaftliche Reputation, seine berufliche Existenz, sein ganzes Leben – alles würde sich in wenigen Minuten in Schall und Rauch auflösen.

Seit dem Gespräch mit seinem Bruder war er sich ohnehin sicher, dass sein Schicksal bereits besiegelt wäre. Malte hatte ihm gleich nach seiner Rückkehr aus Sankt Petersburg in einem kurzen Telefonat von dem Piratenangriff auf die *Weiße Möwe* und von Karsten Hausers Tod berichtet. Ein Schock für Felix. Die Nachricht hatte ihn völlig verunsichert. Was mochte dieser Überfall zu bedeuten haben? Er musste unbedingt mehr darüber erfahren, ohne dass Malte Verdacht schöpfte. Also war er Hals über Kopf zu ihm gefahren.

›Wollte nur sehen, wie es dir geht‹, hatte er seinem erstaunten Bruder erklärt, den er mit seinem Besuch sichtlich überrascht hatte. ›Schließlich wart ihr ja befreundet, Karsten Hauser und du.‹

›Nett, dass du deswegen herkommst, aber sei mir nicht böse‹, hatte Malte gesagt, ›ich will eigentlich nicht darüber sprechen.‹

Felix wäre fast aus der Haut gefahren. Er *musste* wissen, was da auf der Yacht passiert war.

Schließlich war es ihm doch noch gelungen, nach und nach ein paar Informationen aus seinem Bruder herauszuholen. Unter anderem die, dass die Piraten nicht nur alles Geld, sondern auch den Koffer mit den pyrotechnischen Signalmitteln geraubt hätten.

›Kannst du dir vorstellen, warum sie ausgerechnet auf das Ding so scharf waren?‹, hatte Malte ihn gefragt. ›Ich jedenfalls nicht.‹

Als Felix das hörte, war er erstarrt und einem Nervenzusammenbruch noch näher gewesen als schon zuvor. Er hatte nicht die geringste Ahnung, was das alles zu bedeuten hatte, dennoch war er sich sicher: Hier war etwas total aus dem Ruder gelaufen.

Was, wenn ihn jemand beobachtet hatte, als er am Abend vor dem Auslaufen für kurze Zeit allein im Salon der Yacht gewesen war? Jemand, der sein Wissen weitergegeben hatte an … ja, an wen eigentlich?

Unsinn, versuchte er sich zu beruhigen. Niemand hatte auf ihn geachtet. Und überhaupt: In welchem Zusammenhang sollte das mit dem brutalen Überfall der russischen Küstenpiraten stehen?

Doch alles Grübeln nutzte nichts. Der Koffer war geraubt worden. Warum und von wem auch immer.

Und nun auch noch das: Sein Eingriff in die Datenbank von *German Defence Electronics* war ebenfalls aufgeflogen. Anders konnte es gar nicht sein, denn was sonst sollte diesem Kronberg aufgefallen sein? Wahrscheinlich wartete draußen schon die Polizei, um ihn zu verhaften und in Handschellen abzuführen.

Das Ende.

Völlig überrascht spürte er jedoch auf einmal geradezu Erleichterung in sich aufsteigen. Sein Herzschlag beruhigte sich, und Ruhe überkam ihn. Keineswegs ein unangenehmes Gefühl.

»Ich muss zum Chef«, rief er über die Gegensprechanlage in den Laborraum hinein, wo sich hinter einer großen Glasscheibe fünf Mitarbeiter, alle von Kopf bis Fuß in weiße Schutzanzüge gekleidet, an einem metallisch glänzenden Gerät zu schaffen machten, das mit unzähligen Messinstrumenten und Monitoren verkabelt war. »Macht erst mal ohne mich weiter«, fuhr er fort. »Wenn ihr den Fehler nicht finden könnt, setzt bitte einen der Ersatzchips ein und macht damit schon mal einen Schnelltest.«

Rasch trat er durch die Druckluftschleuse, die das Eindringen jeglicher Staubpartikel in das Labor verhinderte, entledigte sich im Vorraum seiner Schutzkleidung und trat hinaus auf den fensterlosen Gang. Der Fahrstuhl beförderte ihn in wenigen Sekunden vom dritten Untergeschoss hoch in den oberirdischen Gebäudeteil. Schon als die Tür zum Chefbüro öffnete, fiel sein Blick auf den rothaarigen, etwa dreißigjährigen Hornbrillenträger vom Typ Nerd, der da im Besucherstuhl saß. Kronberg hieß der unscheinbare Mann und war so etwas wie ein Computergenie, ein ehemaliger Meisterhacker, den der Chef mit viel Geld zu *GDE* gelockt hatte.

»Du kennst Herrn Kronberg ja, Felix«, sagte der Chef. »Nimm bitte Platz und hör dir mal an, was er uns zu erzählen hat.«

Felix schüttelte dem Rothaarigen die Hand und setzte sich in den zweiten Stuhl.

»Ja, also …«, fing Kronberg an, der sich erkennbar unwohl in dieser Situation fühlte. »Mir ist da etwas aufgefallen, ganz zufällig übrigens, was ich mir einfach nicht erklären kann.«

»*Wo* ist Ihnen *was* aufgefallen?«, fragte Felix nach, obwohl er genau zu wissen glaubte, worum es hier ging.

»Na ja, da gibt es eine Spur …«, versuchte es der ehemalige Hacker erneut. »Schwer, Ihnen das zu erklären …«

Der Chef schien die Geduld zu verlieren. »Ganz doof sind wir auch nicht, Verehrtester!«, trompetete er. »Wieder ein Hackerangriff? Die Amis? Die Russen, die Chinesen oder sonst wer? Haben Sie Schadsoftware entdeckt?«

»Nein, nein«, widersprach Kronberg eifrig. »Versucht haben es viele, aber niemandem ist es bisher gelungen, von außen in unser abgeschottetes System einzudringen.«

Von außen nicht, da hast du recht, schoss es Felix durch den Kopf.

»Also keine Spyware und auch keine Trojaner.« Der Chef hob die Hände. »Was ist es denn dann, was Sie beunruhigt?«

Kronberg rutschte nervös auf dem Stuhl hin und her. »Es gibt einen Hinweis … also: Es sieht so aus, als wäre von einigen Topsecret-Dateien eine Kopie gezogen worden.«

»Wie bitte?« Die Stimme des Chefs hatte einen schrillen Klang angenommen. »Das ist unmöglich! Niemand kann etwas downloaden, ohne dass das System Alarm schlägt. Außerdem würde der Kopierversuch sofort registriert werden, oder?«

Der Rothaarige senkte den Kopf und sagte verlegen: »Genau das macht mir Kopfzerbrechen. Es ist nicht festzustellen, wann und an welcher Stelle ein Download stattgefunden hat, und auch nicht, was genau da kopiert wurde. Im Grunde …« Er stockte und holte Luft. »Es steht nicht einmal hundertprozentig fest, dass wirklich etwas heruntergeladen wurde. Ich weiß, dass Sie das nicht zufriedenstellt, aber … Verdammt, es ist sehr kompliziert. Wie soll ich Ihnen das erklären?« Er holte noch einmal Luft und begann dann eine fahrige Rede über Indizien, die er gefunden habe, »sehr schwache Indizien, das muss ich einräumen«, und die auf einen inoffiziellen Download im internen System hindeuteten, »obwohl das eigentlich unmöglich ist.«

Kronbergs Ausführungen waren weitschweifig, und seine sonderbar quiekende Stimme trug auch nicht gerade dazu bei, den Vortrag angenehmer zu gestalten. Felix klinkte sich bereits nach einer halben Minute aus. Aus welchem Grund auch sollte er zuhören? Er wusste sowieso, wer da am Werk gewesen war. Und warum.

»Sie sprechen also von verdächtigen Spuren in den Datensätzen, oder?«, fragte der Chef nach, als Kronbergs Quieken verstummt war.

»Eher von einem unerklärlichen Datentransfer von einem der extra gesicherten Topsecret-Data-Server, aber ...« Der Rothaarige hob beschwichtigend die Hände. »Ich möchte meine Hand nicht dafür ins Feuer legen, es ist alles sehr vage. Und *kann* ja eigentlich auch gar nicht sein. Aber ich fand, dass ich Sie informieren sollte.«

»Das ist ja auch völlig richtig«, beruhigte ihn der Chef, und Felix fragte: »Werden Sie denn noch verifizieren können, ob – und wenn ja, wann und von wem – da ein illegaler Download durchgeführt wurde? Und vor allen Dingen, was da eigentlich für Daten heruntergeladen wurden?«

Kronberg nickte eifrig. »Ich bin dran. Aber ob ich den Vorgang tatsächlich identifizieren kann, weiß ich nicht.«

»Wenn er denn überhaupt stattgefunden hat«, sagte der Chef. »Was keineswegs sicher ist, wenn ich Sie richtig verstanden ...« Er stockte. »Weiß eigentlich sonst noch jemand aus unserem Datenschutzteam von Ihrem Verdacht?«

»Nein, ich wollte mit niemandem darüber sprechen, bevor ich Sie informiert habe.«

»Dann bleiben Sie bitte dabei«, erwiderte der Chef sichtlich erleichtert. »Schließlich kämen gerade IT-Spezialisten für eine solche Manipulation infrage. Also bewahren Sie unbedingt weiter Stillschweigen und kümmern Sie sich allein um die Sache!« Er wischte sich fahrig über seine hohe Stirn. »Und lassen Sie uns hoffen, dass es eine harmlose Erklärung für all das gibt.«

»Irgendwas *ist* da faul«, beharrte der Nerd. »Auch wenn ich es selbst nicht glauben kann: Es sieht so aus, als wäre da für einen kurzen Zeitraum im Hintergrund ein unbekanntes

Programm im System gelaufen, das sich anschließend selbst wieder gelöscht hat.«

Er werde aber noch herausfinden, was hinter den mysteriösen Spuren im IT-System stecke, versprach er, und nein, im Moment könne man keine Gegenmaßnahmen ergreifen – welche auch? Wenn es überhaupt einen illegalen Download gegeben habe, dann sei der jedenfalls längst vorbei.

»Was hältst du davon?«, fragte der Chef, als Kronberg gegangen war.

»Wenn der Bursche recht hat, werden wir die Sache melden müssen«, gab Felix zurück.

»Ja, ja, ich weiß«, schnappte der Chef, dem diese Konsequenz gehörig zuzusetzen schien. »Aber erst mal warten wir ab, ob sich Kronbergs Verdacht erhärtet. Du hast ja gehört, dass er meint, es könne noch Tage dauern, bis er Gewissheit hat.«

»Warten wir's also ab.« Die kalte Ruhe hatte ihn noch nicht verlassen, stellte Felix verwundert fest. Scheinbar gleichmütig zuckte er die Achseln. »Dann kann ich ja wieder an die Arbeit gehen, oder?«

»Natürlich, mach das. Hör mal, du hast da vorhin was von einem Problem am CS-78-Modul gesagt. Sind etwa die Tests in Gefahr?«

»Nein, nein, wir kriegen das hin. Morgen Mittag holt ein Helikopter die letzten Geräte ab, die wir für den *Scout*-Test brauchen, und bringt sie auf die Fregatte *Baden-Württemberg*. Die liegt schon im Kattegat und wartet auf unser Team.«

»Und du? Fliegst du gleich mit?«

»Klar«, sagte Felix ernst.

Dabei hatte er keineswegs vor, in seinem Leben noch einmal irgendwohin zu fliegen.

18

Die dunkelroten Backsteinblöcke des Landesamtes für Verfassungsschutz waren in den großen Gebäudekomplex des Innenministeriums integriert und lagen in direkter Nachbarschaft zum Schleswig-Holsteinischen Landtag am Westufer der Kieler Förde. Vom Fenster seines Büros im zweiten Stockwerk konnte Clemens Venske am Gästehaus der Landesregierung vorbei auf ein schmales Stück Wasser sehen. Hin und wieder stand er gern von seinem Schreibtisch auf und beobachtete die großen Fähren, die nach Oslo, Göteborg und dem litauischen Klaipeda ausliefen oder von dort zurückkamen. Vom Frühling bis in den Herbst hinein zeigten sich Segelboote aller Größen in dem kleinen Ausschnitt der Förde, den man von hier aus überblicken konnte. Venske hatte einen Feldstecher auf der Fensterbank bereitgelegt, um Details besser erkennen zu können, vor allem die Flaggen der Schiffe, die aus aller Welt kamen.

Nachdem er heute Morgen beide Fenster weit aufgeklappt hatte – sein Zugeständnis an die um sich greifende, seiner Meinung nach lächerliche Hysterie, was Tabakqualm anging –, war ihm bisher keine Minute Zeit geblieben, auch einmal hinauszuschauen. Zu sehr beschäftigte ihn die Auswertung der Informationen, die sie von Malte Janssen zu dem Überfall auf die *Weiße Möwe* erhalten hatten.

Allzu erhellend war es zwar nicht, was die Kollegin vom

BND und er da zu hören bekommen hatten, gestand Venske sich ein, während er die Aufzeichnungen noch einmal durchging. Eine einzige Sache gab es allerdings, die dafür sorgte, dass sich bei ihm die Nackenhaare aufstellten: den Koffer mit den Notsignalen. Warum, zum Teufel, hatten die vermeintlichen Piraten den auch mitgehen lassen? Wenn Malte Janssen die Wahrheit sagte, hatte der Anführer des Überfallkommandos sogar ausdrücklich nach diesem Ding verlangt, das doch zur Grundausstattung eines jeden seegehenden Wasserfahrzeugs gehörte.

›Diese Notraketen sind nicht billig‹, hatte Janssen gesagt, ›und man kann sie natürlich auch für andere Zwecke nutzen – zum Beispiel, um auf große Entfernung etwas in Brand zu stecken. Kann doch sein, dass sie damit irgendwas vorhatten, keine Ahnung, was.‹ Nachdem sie das Geld hatten, hätten sie eben die Gelegenheit genutzt, noch andere Wertgegenstände mitzunehmen, hatte er gemutmaßt.

Sie haben aber nur *einen* Gegenstand haben wollen, nämlich den Koffer mit den Signalmitteln – und zwar ganz ausdrücklich, dachte Venske. Da steckte mehr dahinter, das spürte er. Nur was?

Ärgerlich klappte er den Aktendeckel zu und zündete sich eine seiner starken Zigaretten an.

Selbstverständlich war das Rauchen im ganzen Haus verboten, doch das kümmerte ihn nicht sonderlich. Dies war sein Büro, und wenn jemand sich an dem Geruch hier drinnen störte, sollte er eben draußen bleiben. Er legte regelmäßig ein paar Scheine in die Gemeinschaftskasse und hoffte, die Kollegen würden ihn nicht verpfeifen. Ein paar Mal war er vom Amtschef schon dringend gebeten worden, zum Rauchen doch auf den Hof zu gehen, hatte stets Besserung gelobt und sich nach Rückkehr an seinen Schreibtisch eine angesteckt.

Fünf Jahre war er nun schon hier im Norden, nachdem er sich vorher beim bayerischen Verfassungsschutz in München um Terrorismusbekämpfung gekümmert hatte. Sein größter Erfolg war damals die Zerschlagung der Akıncı gewesen, eines besonders radikalen Ablegers der *Grauen Wölfe*, der sich als Bewahrer dessen fühlte, was er für ›das Erbe der Wölfin‹ hielt, jenes Urtiers aus der jahrtausendealten Mythologie der Turkvölker. In einer politisch heiklen Kooperation mit türkischen Ermittlern war er den militanten Nationalisten, die eine Münchener Ärztin entführt hatten, bis nach Anatolien auf den Fersen geblieben. Die Rolle des ›Rumpelstilzchens‹ – Venskes Spitzname, der ihn vom Kindergarten über die Schule bis in den Staatsdienst verfolgt hatte – bei der Befreiung der Geisel hatte ihm viel Anerkennung verschafft, und seine plötzliche Prominenz in Kreisen des Verfassungsschutzes war sicherlich hilfreich gewesen, als er um seine Versetzung nach Kiel gebeten hatte.

Recht selten gelang es, als Landesbeamter in ein anderes Bundesland zu wechseln. Erst zwei Jahre nach Antragstellung hatte der glückliche Zufall, dass eine Kollegin aus Schleswig-Holstein, die ebenfalls im Höheren Dienst bei Verfassungsschutz stand, der Liebe wegen nach Bayern wechseln wollte, einen Tausch möglich gemacht.

Dazu, dass sein Versetzungsgesuch wohlwollend behandelt wurde, hatte natürlich auch Venskes besondere private Situation beigetragen. Die ließ sich an einem Namen festmachen: Barbara. Seine Tochter.

Zehneinhalb Jahre lag der Tag nun zurück, an dem Clemens Venskes Leben zerstört wurde. Der Tag, der ihn in der anhaltenden Qual bloßen Daseins zurückgelassen hatte. Ein querstehender Schneepflug auf der A 9 hatte an jenem Tag – genau um elf Uhr achtundzwanzig – die lebenslustige, damals dreizehnjährige Barbara für immer in ein hilfloses Bündel Mensch verwandelt.

Und ihre Mutter in kleine Stücke zerfetzt.

Danach hatte Barbara ihre Tage in einem Pflegeheim für Schwerbehinderte in Oberösterreich verdämmert – fünf Jahre lang. Ob sie von der eindrucksvollen Landschaft, den noch im Sommer schneebedeckten Bergspitzen der Alpen und dem in der Sonne funkelnden See im Tal überhaupt etwas wahrnahm, hatte Venske nie feststellen können.

Der Blick ihrer Augen war leer. Immer.

Daran hatte sich bis heute nichts geändert. Ihre körperliche Konstitution aber hatte sich seit dem Umzug ans Meer deutlich gebessert. Die Ärztin hatte damals dringend zu einem Klimawechsel geraten, als Barbaras Asthmaanfälle immer bedrohlicher wurden. Nur mit starken Medikamenten war es noch zu verhindern gewesen, dass die hilflose junge Frau an einem solchen Anfall erstickte.

Venske hatte sich also nach passenden Heimen an der Nordseeküste umgeschaut, eine Einrichtung in St. Peter-Ording gefunden und sein Versetzungsgesuch nach Kiel eingereicht.

Die Seeluft hatte Wunder gewirkt. Barbaras Asthmaanfälle waren nach und nach seltener geworden. Und Venske hatte für sich eine kleine Wohnung auf halber Strecke zwischen Kiel und St. Peter-Ording auf dem Land gemietet. Von dort brauchte er nur eine gute Stunde zu Barbara, und zu seiner Dienststelle sogar eine Viertelstunde weniger.

Für Barbaras Heimunterbringung ging über die Hälfte seines Gehalts drauf, was ihm nicht das Geringste ausmachte. Er lebte allein, und teure Laster – außer den Zigaretten und hin und wieder einmal einem neuen Anzug, der ein wenig seinen verwachsenen Körper kaschierte – hatte er nicht. Eigentlich hielt er sich sowieso nur zum Schlafen in seiner Wohnung auf. Morgens war er oft der Erste im Amt und übernachtete nicht selten in einer kleinen Kammer im Dachgeschoss, wenn ihm gar zu sehr vor dem Vorgang graute, den die Kollegen ›nach Hause gehen‹ nannten. Oder ›Feierabend‹ – noch schlimmer. Sooft er konnte, fuhr er zu seiner Tochter.

Bis zum heutigen Tage war er sich nicht sicher, ob sie erkannte, wer da neben ihr saß, ob sie auch nur einen Bruchteil dessen aufnahm, was er ihr mit leiser Stimme erzählte. Er wusste noch nicht einmal, ob sie bemerkt hatte, dass sie nun auf eine ganz andere Landschaft schaute, wenn er sie auf die Terrasse schob, ob sie den breiten Sandstrand wahrnahm und die rauschend heranrollenden Wellen des Meeres. Ihre Augen verharrten in völliger Leblosigkeit, ließen in keinem Moment erkennen, ob irgendetwas zu ihr durchdrang.

Dennoch lächelte sie fast immer.

Seit jenem Tag vor zehneinhalb Jahren aber hatte sie kein einziges Wort mehr gesprochen.

Venske drückte die Zigarette aus, stülpte den Deckel über den Aschenbecher und stellte ihn in die oberste Schublade seines Schreibtisches. Nur ein einziger weiterer Gegenstand lag dort, ein gerahmtes Foto, etwa fünfundzwanzig Jahre alt. Er nahm es in die Hand und betrachtete zum abertausendsten Mal die junge Frau mit den dunkelbraunen Augen, aus denen die schiere Lebenslust sprühte. Mit diesem Lachen hatte sie seine Seele umschlossen, hatte ihn davor bewahrt, bösartig zu werden.

Unwirsch knurrte er leise, als er fühlte, dass die Erinnerungen an sein Leben vor ihrer Liebe wieder in ihm aufstiegen. So sehr er sie zu unterdrücken versuchte, sie ließen ihn immer noch nicht in Ruhe.

Schon im Kindergarten hatten die Verhöhnungen begonnen, die ihn seither stetig begleiteten. Er war ein Einzelkind, und erst in der Gemeinschaft der anderen Kinder wurde ihm bewusst, wie anders er aussah als sie. Besser gesagt, *sie* machten es *ihm* bewusst.

Die Geburtsstunde des ›Rumpelstilzchens‹, des Kindes mit den abstrus großen Gliedmaßen und dem Kürbiskopf auf dem schmächtigen Körper.

Ein solches Kind hatte kaum eine Chance, seelisch gesund zu bleiben, das hatte Venske leidvoll erfahren müssen. Zum Glück aber hatte er etwas in sich zu wecken gelernt, das ihm half, nicht im Strudel des Hasses zu ertrinken: den Ehrgeiz, es allen zu zeigen.

Innerhalb kürzester Zeit war er zu einem der Besten seiner Klasse geworden, hatte ein Top-Abitur hingelegt und sich schließlich schon deswegen für den Nachrichtendienst beworben, weil er sich äußerlich vom gängigen Agentenklischee nicht augenfälliger hätte unterscheiden können.

Er schüttelte sich unwillig, legte das Bild auf die lederne Schreibunterlage, zog ein frisches Taschentuch hervor und polierte damit sanft die Glasscheibe.

Dann sah er ihr ins Gesicht, der einzigen Frau auf der Welt, die nicht das ›Rumpelstilzchen‹ in ihm gesehen hatte, nichts Abstoßendes an ihm finden konnte, sondern ihn einfach liebte. Als das, was wohl nur sie in ihm erkennen konnte.

Im Schutz dieser Liebe hatte er endlich Frieden finden können.

19

Es dämmerte schon, als Malte Janssen die Eingangstür zum Bürogebäude abschloss und zu seinem Auto ging. Er musste sich heute, einen Tag nach der Bestattung, unbedingt bei Liah blicken lassen. Vielleicht gelang es ihm endlich, sie irgendwie aus ihrer dumpfen Lethargie zu holen.

Gemeinsam hatten sie sich in den letzten Tagen um all die fürchterlichen Dinge gekümmert, die beim plötzlichen Tod eines Angehörigen zu erledigen waren, aber Liah schien dabei erschreckend unbeteiligt. Als ginge es um einen lästigen Dienst, den sie für fremde Leute verrichtete, als wollte sie einfach nicht zur Kenntnis nehmen, dass sie selbst der Mittelpunkt des Strudels war, der sie und ihr bisheriges Leben gerade in den Abgrund zog.

Vielleicht gar keine so schlechte Strategie, um nicht völlig zusammenzubrechen, dachte Malte. Doch Liahs versteinerte Gesichtszüge, ihre sachliche, geradezu geschäftsmäßige Art bei der Durchsicht von Karstens Hinterlassenschaften, als ginge all dies sie gar nichts an, hatten etwas Furchterregendes.

Seine Unsicherheit ihr gegenüber wuchs täglich. Es schien so, als hätte der Schmerz sie innerlich getötet und in eine Art Zombie verwandelt. Selbst gestern bei der Urnenbeisetzung unter einem Baum auf dem örtlichen Friedhof war sie ihm beängstigend teilnahmslos vorgekommen. Die

Beileidsbekundungen der Trauergäste – die meisten von ihnen dem Anschein nach tiefer erschüttert als die Witwe – hatte sie stoisch über sich ergehen lassen, ohne eine Miene zu verziehen.

Malte seufzte und startete den Motor. Eigentlich hätte er gern etwas gegessen, denn dazu war er den ganzen Tag lang nicht gekommen. Zu viel hatte er mit Jan noch zu klären gehabt, bevor der mit zwei Technikern vorhin nach Hamburg aufgebrochen war, um die Maschine nach Sankt Petersburg zu erreichen. Er warf einen Blick auf die digitale Uhrzeitanzeige im Armaturenbrett. Jetzt müsste der Flieger gerade in Fuhlsbüttel abheben.

Hoffentlich konnten sie den Fehler schnell finden und Krylow zufriedenstellen. Was immer Malte neuerdings über den Eigner der *Weißen Möwe* wusste – der Mann war der Werft keinen Cent schuldig geblieben. Selbst als Malte vorhin mit ihm telefoniert hatte, um ihm die Ankunft des Technikerteams anzukündigen, war der Russe ausgesprochen konziliant gewesen.

›Wenn Sie mir sagen, dass auf der Überführungsfahrt noch alles funktioniert hat, glaube ich Ihnen das selbstverständlich‹, hatte er gesagt. ›Es muss also etwas mit dem Überfall zu tun haben.‹ Die Kosten für die nachträgliche Reparatur gingen daher auch nicht zu Lasten von *Janssen & Söhne*, erklärte er. ›Stellen Sie mir den zusätzlichen Aufwand in Rechnung. Ich komme dafür auf und werde es dann mit meiner Versicherung regeln.‹

Welche Rolle Krylow im illegalen Waffenhandel auch spielen mochte – als Geschäftspartner konnte man sich keinen angenehmeren Menschen vorstellen, ging es Malte durch den Kopf, als er auf die schmale Straße zum Resthof der Hausers abbog. Die schwarzbunten Holsteiner Kühe hinter den Weidezäunen an der Weggabelung hoben neugierig die Köpfe und folgten dem Auto mit ihren Blicken, während die Schafe auf der anderen Seite unbeeindruckt weiter grasten.

Das alte Bauernhaus, ehemals eine heruntergekommene Bruchbude, die Liah und Karsten mit den Jahren in ein wahres Schmuckstück verwandelt hatten, lag am Rande des Ortes in den Wiesen, vom Ostseestrand nur durch ein niedriges Wäldchen aus knorrigen, windzerzausten Kiefern getrennt.

Erbaut als klassischer Dreiseitenhof, wie man ihn hier an der Küste oft fand, war dies früher einmal ein stattlicher landwirtschaftlicher Betrieb gewesen. Alle Wiesen und Felder rundum hatten einst dazugehört, waren jedoch längst von einem der wenigen noch verbliebenen landwirtschaftlichen Betriebe im Dorf aufgekauft worden. Nur ein reichlich verwilderter Bauerngarten war übrig geblieben, von dem Karsten immer gesagt hatte, ›eines Tages‹ käme er bestimmt dazu, sich um ihn zu kümmern.

Eines Tages …

Malte parkte den Wagen auf dem mit grob behauenen Feldsteinen gepflasterten Hofplatz, klopfte an die Haustür und trat ein. »Ich bin's, Malte!«, rief er durch die Diele, und aus dem Obergeschoss kam Liah Hausers Stimme: »Bin in Karstens Arbeitszimmer. Komm hoch!«

Sie saß vor dem Tisch unter dem Dachfenster. Hier hatte Karsten jahrelang die Klassenarbeiten seiner Schüler korrigiert und den Unterricht für den nächsten Tag vorbereitet. Und einen einmaligen Blick über das weite Land gehabt, wie Malte wieder einmal feststellte.

»Was machst du gerade?«, fragte er vorsichtig, als er die blaue Ledermappe bemerkte, die zugeklappt vor Liah auf dem Tisch lag.

Sie sagte nichts, hob nur langsam ihren Blick, und Malte zuckte zusammen.

Tränen.

»Wusstest du, dass er Gedichte verfasst hat?«, kam es leise, fast flüsternd von Liah.

Malte schüttelte stumm den Kopf.

»Nicht viele. Und alle mit der Hand geschrieben«, sagte sie und wies auf die Ledermappe.

»Wovon handeln die denn? Ich meine ... was hat er denn ...? Ach, verdammt!«, krächzte Malte und wischte sich über die Augen.

»Liebesgedichte«, sagte Liah. »Für mich.« Sie sah Malte aus geröteten Augen an. »Aber er hat sie mir nie gezeigt oder vorgelesen. Verstehst du das?«

Hilflos hob Malte die Schultern. »Vielleicht fand er, sie wären noch nicht fertig. Wollte noch daran arbeiten ... oder so.« Er holte tief Luft. »Er liebte Zahlen, Formeln und Gleichungen. Hätte nie gedacht, dass er eine poetische Ader hatte. Für mich war er immer der typische Naturwissenschaftler.«

Liah antwortete nicht.

»Obwohl er natürlich eine emotionale Seite hatte, eine starke sogar«, murmelte Malte und sah in diesem Moment wieder die Szene damals mit dem Obdachlosen und seinen Peinigern vor sich. Dieselbe Szene, die ihm sofort in den Sinn gekommen war, als sein Freund sich auf dem Boot dem Piraten mit der Kalaschnikow in den Weg gestellt hatte.

»Fällt es dir auf?«, hörte er Liah fragen.

»Was denn?«

»Dass wir kein einziges Mal seinen Namen genannt haben. Immer nur ›er‹.« Sie stand auf, und er sah, dass ein Zittern durch ihren Körper lief.

Sie stützte sich auf die Tischplatte und starrte zum Fenster hinaus, während ihr wieder die Tränen in die Augen traten.

»Karsten«, sagte sie und schluchzte auf. Laut schrie sie noch einmal den Namen heraus: »Karsten!«

Da sprang Malte auf, nahm sie in die Arme und drückte sie an sich. Noch nie hatte er das gewagt. Nicht bei Liah, die derlei Vertraulichkeiten nie gemocht hatte.

Ohne Widerstreben legte sie ihren Kopf an seine Schulter, und so standen sie minutenlang da. Schweigend.

Irgendwann sagte Malte leise: »Du hast recht. Es ist feige, sich um den Namen herumzudrücken, bloß weil es wehtut.«

Sachte löste sie sich aus der Umarmung und nahm ein Taschentuch zur Hand. Sie setzte sich wieder und trocknete ihre Wangen ab. »Malte, ich will wissen, wer das getan hat.«

»Ich habe dir doch erzählt, dass es ein Piratenüberfall …«

»Ja, ja, aber wer war der Mann, der Karsten getötet hat? Und warum musste er überhaupt sterben?«

»Nun, er hat sich mit dem Kerl angelegt, das habe ich dir schon gesagt.«

»Das habe ich durchaus verstanden, und ja, vielleicht wäre er noch am Leben, wenn er das nicht getan hätte«, rief Liah schroff. »Ich weiß sehr gut, dass er unvernünftig sein konnte, wenn er es mit Gewalt, Boshaftigkeit und Niedertracht zu tun bekam. Aber darum geht es nicht, sondern …« Sie brach ab und schlug mit der flachen Hand auf die Tischplatte. »Warum haben diese Leute euch überfallen? Wollten sie wirklich nur euer Geld, oder steckt etwas anderes dahinter?«

Malte sah ein wildes Blitzen in ihren Augen.

»Karsten wurde erschossen, weil er Widerstand geleistet hat«, fuhr sie fort. »Aber ich will wissen, wer das war, der da den Abzug durchgezogen hat. Wie hieß der Mann, wo kam er her, wer hat ihn geschickt? Willst du mir im Ernst weismachen, du gäbest dich mit den windelweichen Erklärungen der russischen Behörden zufrieden, Malte? Das kann ich nicht glauben.« Sie hatte sich in Rage geredet und funkelte ihn schwer atmend an. »Und wann bekommen wir eigentlich den Untersuchungsbericht der Staatsanwaltschaft? Soll ich mich etwa mit den mündlichen Verlautbarungen abspeisen lassen, die es bisher gegeben hat – und sowieso nur dir gegenüber?«

»Liah, ich bin auf deiner Seite«, antwortete Malte. »Auch ich will wissen, wer das Schwein war, das Karsten getötet hat. Aber woher soll ich wissen, ob und wann sich die Justiz in Sankt Petersburg dazu herbeilässt, einen schriftlichen Bericht herauszugeben? Und wie, um Himmels willen, sollte ich das beeinflussen können?«

»Schon gut.« Liah legte ihre Hand auf Maltes Arm. »Du hast mir aber erzählt, auch diese Leute vom Geheimdienst, die bei dir waren, hätten Zweifel an den Ermittlungsergebnissen. Was genau haben die dazu gesagt?«

Malte kniff die Lippen zusammen. Mittlerweile – zumal nach dem Gespräch mit Venske und seiner Kollegin vom BND – war er davon überzeugt, dass die Identität von Karstens Mörder niemals aufgeklärt werden würde. Dennoch hoffte er immer noch, wenigstens die Wahrheit über die Hintergründe des Überfalls zu erfahren, obwohl er nicht hätte sagen können, worauf genau diese Hoffnung eigentlich gründete.

Aber er hatte den Geheimdienstlern nun einmal zugesagt, Vertraulichkeit zu wahren. Außerdem fragte er sich, welchen

Sinn es haben sollte, Liah mit all dem zu belasten, was er erfahren hatte. Eigentlich hatte man ihm ja sowieso nur Fragen gestellt und ein paar Mutmaßungen geäußert.

»Nun ja«, begann er gedehnt, »die haben einfach meine Version vom Ablauf der Geschehnisse an Bord der *Weißen Möwe* hören wollen.«

Liah kam natürlich sofort auf genau die Frage, die Malte befürchtet hatte: »Woher wussten die eigentlich von der Sache?«

»Keine Ahnung«, erwiderte er lahm. »Die werden halt ihre Quellen haben.«

»Jedenfalls muss sehr viel mehr dahinter stecken als ein Piratenüberfall, wenn sich der Nachrichtendienst dafür interessiert, das liegt doch wohl auf der Hand, oder?«

Malte versuchte es mit einem Achselzucken. »Möglich.«

»Ich kann mir nicht vorstellen, dass es die Aufgabe der Geheimdienste ist herauszufinden, wer Karsten ermordet hat«, stellte Liah fest. »Die waren bestimmt aus einem anderen Grund bei dir, aus welchem auch immer.«

Dazu sagte Malte nichts.

Doch Liah ließ nicht locker. Ihre Apathie schien wie weggeblasen. »Was meinst du: Würde es etwas nützen, wenn ich eine Anzeige gegen Unbekannt erstatte? Ich habe heute Morgen mit einem alten Freund darüber gesprochen, der in einer Kieler Anwaltskanzlei arbeitet.«

»Und was sagt der dazu?«

Sie stieß einen unwilligen Ton aus. »Er hat mir rundheraus empfohlen, das zu vergessen. Das wäre so, als würde ein Verhungernder sich in die menschenleere Wüste stellen und lautstark eine Mahlzeit bestellen.«

»Interessanter Vergleich«, erwiderte Malte und konnte sich ein Schmunzeln nicht verkneifen. »Ich fürchte, der Mann hat recht.«

Als hätte sie alle neu gewonnene Energie auf einen Schlag wieder verlassen, schien Liah in sich zusammenzusacken. »Komm, wir gehen runter. Ich koche uns einen Tee, wenn du noch ein bisschen Zeit hast.«

»Die habe ich, Liah. Deshalb bin ich hier.«

20

Justizrat Alexej Michailowitsch Jegorow tupfte sich mit einem großen Taschentuch die Stirn. Nicht zum ersten Mal in den letzten zehn Minuten. Er rutschte auf seinem Polsterstuhl hin und her und vermied es tunlichst, den Mann anzusehen, der ihm gegenüber auf der anderen Seite des ausladenden Schreibtischs saß und sich in Schweigen hüllte.

Die Stille in dem riesigen Raum mit den hohen Stuckdecken wurde bedrohlich, und Jegorow wiederholte den Satz, den er schon mehr als einmal gesagt hatte: »Sie sind unauffindbar. Mehr kann ich Ihnen nicht sagen, egal, wie oft Sie mich noch fragen. Außer, dass ich es mir auch nicht erklären kann. Keine Ahnung, wohin sie verschwunden sind.«

»Das haben Sie mir schon am Telefon mitgeteilt, und ich habe es durchaus verstanden«, gab Oberst Kusmin von der GRU, dem russischen Militärgeheimdienst, kalt zurück. »Aber das wird wohl nicht genügen.«

»Meinen Bericht habe ich exakt so abgefasst, wie es mir befohlen wurde und …«

»Nahegelegt, Alexej Michailowitsch, nicht befohlen. Wie kämen wir dazu, der Staatsanwaltschaft von Sankt Petersburg etwas zu befehlen! Ihr Bericht hat allein den Zweck, unangenehme Fragen zu unterbinden. Das Boot läuft zwar unter russischer Flagge, aber die Leute, die es hierher gebracht haben, sind nun mal Deutsche. Und denen müssen wir ja nicht auf die Nase binden, dass wir keine Ahnung haben, was da passiert ist – und dass die sogenannten Piraten unauffindbar sind.«

»Sicher, natürlich«, beeilte sich Jegorow zu sagen. »Sie haben völlig recht.«

»Das Ganze ist eine Katastrophe! Was meinen Sie, was passiert, wenn ich in Moskau melde, dass die Täter unerkannt entkommen sind?«

»Ich kann es mir vorstellen.«

»Das glaube ich nicht«, erwiderte Kusmin dunkel. »Also noch einmal: Das Überfallkommando ist spurlos verschwunden. Nach Aussage der Yachtbesatzung sollen die Kerle kein Russisch gesprochen haben. Aber sie hatten Kalaschnikows und …«

»AK 74 gibt es überall auf der Welt. Alle haben die, Terroristen in Europa, Milizen in Afrika, Söldner … Jeder kann sie sich beschaffen.«

»Auch das ist mir bekannt. Dennoch müssen wir herausfinden, wer sie waren. Und vor allem, woher sie kamen. Wir *müssen* erfahren, wer diese Operation durchkreuzt und zunichte gemacht hat, die von höchster Stelle befohlen wurde.«

»Von höchster Stelle?«, fragte Jegorow treuherzig. »Wie darf ich das verstehen? Ich dachte, es sei eine Aktion der GRU. Sie selbst haben mir doch gesagt, dass Ihre Leute sich unter die Zöllner mischen würden, um an Bord zu gehen, wenn die Yacht hier festgemacht hätte.«

Kusmin musterte ihn scharf. »Stellen Sie sich doch nicht dumm! Natürlich hat die GRU die Sache geplant und durchgeführt, aber der Auftrag dazu kam von … Ach, Sie wissen genau, wer gemeint ist.«

Der Justizrat nickte eilfertig. »Sicher, natürlich, ich kann es mir schon denken. Aber um was für eine ›Operation‹ handelte es sich eigentlich? Was sollten Ihre Agenten denn an Bord machen?«

»Ich habe nicht vor, Ihnen Informationen anzuvertrauen, die Sie nichts angehen.« Der Tonfall des Geheimdienstoffiziers war nun an der Frostgrenze angekommen.

Jegorow zuckte leicht zusammen. Er sollte es besser nicht übertreiben. Der Mann, der da vor ihm saß, war gefährlich, sehr gefährlich sogar, das stand fest. Er hatte durchaus die Macht, die Karriere des Chefs der Staatsanwaltschaft von Sankt Petersburg sehr rasch zu beenden. Es musste ihm, Jegorow, gelingen, die unheilvolle Entwicklung, die dieser Vorfall auf einmal nahm, irgendwie in den Griff zu bekommen, sonst würden Köpfe rollen.

Seiner zuerst.

Verstohlen ließ er den Blick über seinen bedrohlichen Besucher hinweg durch den eindrucksvollen Raum mit dem eleganten Mobiliar gleiten und unterdrückte mühsam ein Aufseufzen.

Er war so stolz auf sein Büro. Im vierten Stock eines stilvoll renovierten klassizistischen Prachtbaus im Rayon Newski gelegen, thronte er förmlich über allen Niederungen unten auf den Straßen und hatte aus den Fenstern einen weiten Blick über die Dächer der viertgrößten Stadt Europas.

Ja, er hatte es zweifellos weit gebracht. Viel weiter, als irgendwer es ihm, dem Sohn eines Tagelöhners und einer Wäscherin, zugetraut hätte. Wenn er sich jedoch den Unmut der ›höchsten Stelle‹ zuzöge, drohten ihm schlimme Konsequenzen – die schlimmsten. Plötzlich schien es mehr als nur denkbar, dass er sich demnächst an einem deutlich unwirtlicheren Ort im Osten des Landes wiederfände. Und sicherlich nicht als hoher Beamter.

Er musste auf der Hut sein. Doch das war leichter gesagt als getan: Er hatte ein kleines Geschäft gemacht – keineswegs das erste dieser Art –, ohne zu ahnen, wem er diesmal damit in die Quere kommen würde.

Wieder wischte er sich mit dem Tuch übers Gesicht und stellte fest, dass seine Stirn inzwischen tatsächlich nass war.

Angstschweiß.

Er räusperte sich. »Polizei, Küstenwache und Marine haben versagt, bedauerlicherweise. Doch darauf habe ich keinen Einfluss, das wissen Sie hoffentlich. Die Maßnahmen, die ich treffen sollte, habe ich …«

»Das ist doch jetzt völlig irrelevant! Das, was unsere Organe nach der Ankunft in Sankt Petersburg auf dem Boot sicherstellen sollten, haben die verdammten Piraten vorher gestohlen. Und das müssen wir um jeden Preis zurückbekommen, sonst …«

Das letzte Wort hing unheilvoll in der Luft.

»Sagen Sie«, kam es zu Jegorows Schreck auf einmal lauernd von dem Geheimdienstoffizier, »Sie haben nicht zufällig jemandem davon erzählt, dass sich etwas an Bord der *Belaya Chayka* befand, was wir uns holen wollten, während Ihr Zoll die übliche Einreisekontrolle durchführte?«

Jegorows Atem setzte sekundenlang aus. Mühsam brachte er es fertig, entrüstet zu klingen: »Was wollen Sie damit sagen? Unterstellen Sie mir etwa Geheimnisverrat?«

Kusmin zuckte nur mit den Schultern. »Ich unterstelle gar nichts, ich frage nur. Irgendwoher muss die Information ja gekommen sein, dass sich etwas sehr Wertvolles an Bord befand.«

»Das wusste ich ja gar nicht!«, rief der Justizrat mit hochrotem Gesicht. »Sie haben mir nur gesagt, was geschehen sollte, wenn das Boot hier einläuft. Ich verbitte mir Ihre Beleidigungen!«

»Regen Sie sich ab, Mann. Anderes Thema: Sie haben doch sicher mit Timur Stepanowitsch Krylow über den Überfall auf sein Boot gesprochen, oder?«

»Wieso …? Äh, ja, natürlich! Herr Krylow ist sehr aufgebracht über diese Tat«, gab Jegorow schwer atmend zurück.

»Ach, ist er das? Wie äußert sich das denn?«

»Nun, Sie müssen wissen, dass die Piraten erheblichen Schaden auf der Yacht angerichtet haben. Ganz abgesehen davon, dass ja auch ein Toter und ein Schwerverletzter zu beklagen sind. Das hat die deutsche Besatzung natürlich sehr mitgenommen. Herr Krylow hat ihnen jede Hilfe zukommen lassen, die möglich war, das muss ich sagen.«

»Aha.« Mehr kam nicht zurück. Erst nach längerem Schweigen fragte der Oberst: »Kann sich Herr Krylow vielleicht den Überfall erklären? Ich meine: Hat er irgendetwas dazu gesagt?«

»Was könnte er denn dazu sagen?«, fragte Jegorow mit unbeweglicher Miene zurück. Er hatte sich wieder gefangen. »Natürlich ist er wütend, sehr sogar. Er hat schließlich einen erheblichen Schaden erlitten.«

Der Geheimdienstler lachte verächtlich auf. »Guter Mann, Sie haben offenbar immer noch keine Ahnung, wer hier tatsächlich einen Schaden erlitten hat – und was für einen! Es geht doch überhaupt nicht um das beschädigte Spielzeug eines reichen Privatmannes, sondern um eine Angelegenheit von größter Bedeutung für unser Land!«

Er stand so abrupt auf, dass sein Stuhl knarrend auf dem Parkett nach hinten schoss. »Justizrat Jegorow, ich habe Ihnen mitzuteilen, dass ab sofort die GRU die Leitung der Suchaktion übernehmen wird. Sorgen Sie dafür, dass ich gleich mit den Führern aller Kräfte sprechen kann, die daran beteiligt sind – und bisher kläglich versagt haben. Wir werden im Polizeipräsidium eine Operationszentrale einrichten, und alle, ich wiederhole: *Alle* Maßnahmen gehen über meinen Tisch.«

»Selbstverständlich«, erwiderte Jegorow und erhob sich ebenfalls. »Ich kann Ihnen versichern …«

Mit barscher Stimme unterbrach ihn der Geheimdienstoberst: »Genug geredet. An die Arbeit! Ich verlange Ihren ganzen Einsatz und Ihre volle Loyalität. Und wenn Sie Zeit dafür finden sollten, dann beten Sie, zu wem auch immer, dass wir diese sogenannten Piraten finden – und zwar schnell.« Er hielt kurz inne und fügte leise hinzu: »Vor allem aber, dass wir das von ihnen zurückbekommen, was sie uns gestohlen haben!«

21

Konzentriert liest Felix Janssen den dreiseitigen Brief durch, den er eben mit der Hand geschrieben hat, setzt sorgfältig das Datum und seine Unterschrift darunter und schiebt die Blätter in einen Umschlag.

Immer noch hat ihn dieser seltsam ruhige, geradezu fatalistische Gemütszustand nicht verlassen, stellt er erstaunt fest, und kann sich selbst nur wundern, dass ihm das Wissen um das Unausweichliche keine Angst mehr einflößt. Zu lange wohl haben ihn Tag und Nacht nackte Panik und blanker Horror umgetrieben, haben ihn zu einem Wrack gemacht, das sich nur durch Psychopharmaka noch aufrecht halten kann. Jetzt, da die Entdeckung seines illegalen Zugriffs auf die geheimen Datenbanken von *German Defence Electronics* unmittelbar bevorsteht, sieht er glasklar den einzigen Weg vor sich, den er noch gehen kann.

Seine Enttarnung als Verräter, so folgenschwer sie sein mag, ist letztlich dennoch nichts anderes als der logische Schlusspunkt einer unheilvollen Verstrickung, die damals in jener Nacht in Hamburg begonnen hat. Die furchtbaren Bilder aber, die der Graue Anzug ihm vorgelegt hat, quälen ihn weit mehr. Auf Schritt und Tritt verfolgen sie ihn, keine Minute lang bekommt er sie aus seinem Kopf. Und er ist sich sicher, dass er keine Chance hat, einer Verurteilung als Mörder zu entgehen, wenn diese Fotos und die anderen Beweise erst einmal der Polizei in die Hände fielen.

So sehr er sich auch dagegen auflehnt, nagt doch immer öfter die gefährliche Frage an ihm, wie sicher er sich eigentlich fühlen darf, *kein* Mörder zu sein, Angelo also *nicht* brutal getötet zu haben.

Sie ist jedes Mal sofort da, diese bohrende Frage, wenn er nachts aus seinem Albtraum hochfährt, weil er sich darin selbst gesehen hat. Über den blutigen Körper des Jungen gebeugt. Mit einem Messer in der Faust.

Was also, wenn er das tatsächlich getan hat, was die Fotos doch anscheinend beweisen? Sie sprechen eine ganz und gar unmissverständliche Sprache.

Ist es da nicht sehr wahrscheinlich, dass er, Felix Janssen, tatsächlich ein Mörder ist? Macht er sich nicht etwas vor, wenn er sich einbildet, man wolle ihm die Tat nur anhängen, um ihn erpressen zu können?

Nächtelang hat er im Internet gesurft, ein paar populärwissenschaftliche Bücher gelesen, und immer wieder ist er darauf gestoßen, dass es das durchaus gibt: die vollständige Verdrängung. Ein nicht einmal seltenes Phänomen, das schon Sigmund Freud beschrieben hat: Wenn ein Erlebnis oder eine Tat zu grauenvoll sind, um mit ihnen weiterleben zu können, verdrängt der Mensch sie so vollständig aus seinem Bewusstsein, dass sie für ihn nicht mehr existieren. Die Wissenschaft streitet bis heute über dieses Thema, aber es scheint erwiesen zu sein, dass neben einem willkürlichen Verdrängen auch ein unbewusstes existiert, eine Reaktion zum Selbstschutz, die die Betroffenen weder steuern noch kontrollieren können.

Ist genau das mit ihm passiert? Sprechen nicht die Bilder in seinen Träumen dafür, dass er den Mord nur verdrängt hat? Ist das blutige Messer in seiner Hand ein Produkt seiner überreizten Nerven, oder hat sein Unterbewusstsein genau das gespeichert, was tatsächlich geschehen ist?

Wie es jetzt aussieht, wird er die Wahrheit nie erfahren.

Felix wirft einen Blick auf den braunen DIN-A5-Umschlag auf dem Schreibtisch und seufzt leise.

Sicher ist nur, dass er in einem Mordprozess nicht die geringste Chance gegen die Fotos hätte, die er mit eigenen Augen gesehen hat. Ganz zu schweigen von den DNA-Spuren und all den anderen Dingen, von denen der Graue Anzug gesprochen hat.

Er schreibt eine Adresse auf den Umschlag, legt ihn in seinen Aktenkoffer und steht auf. Im Haus ist es still geworden, die meisten Kollegen haben längst Feierabend gemacht. Sein Blick fällt auf den Zettel, der ihm vorhin hereingereicht worden ist und der jetzt unter einer Ecke der Schreibunterlage steckt. *Abflug Heli morgen 10:30 Uhr* hat jemand zur Erinnerung für ihn notiert.

Er verlässt sein Büro, fährt mit dem Fahrstuhl ins Erdgeschoss, nickt im Vorbeigehen dem Wachmann hinter der Panzerglasscheibe freundlich zu und geht durch das Portal mit der automatischen Sicherheitskontrolle. Das grüne Licht leuchtet auf, der Türöffner summt, und Dr. Felix Janssen tritt zum letzten Mal aus dem Gebäude der geheimnisumwitterten Firma *German Defence Electronics.*

Auf dem Weg nach Hause wird er den Brief in einen Postkasten werfen, auch wenn dessen nächste Leerung sicher erst morgen stattfindet.

Spielt keine Rolle. Der Helikopter wird sowieso ohne ihn abheben.

Geräuschlos steigt der Mann auf dicken Gummisohlen die Treppe hoch, nimmt die letzten Stufen zum zweiten Stockwerk und tritt auf den Hausflur. Starr steht er minutenlang still und lauscht ins Dunkel. Er hat darauf verzichtet, das Licht im Treppenhaus einzuschalten.

Unnötig. Er kennt sich hier aus und findet sich auch ohne Beleuchtung zurecht.

Drei Wohnungen liegen auf der Etage. Er muss sicher sein, dass nicht gerade dann einer der Nachbarn herauskommt, wenn er die Tür des Appartements öffnet. Doch hinter den beiden anderen Eingängen rührt sich nichts, wie zu dieser nächtlichen Stunde nicht anders zu erwarten. Er hört kein Geräusch. Das ganze Haus scheint in tiefem Schlaf zu liegen.

Der Mann zieht Handschuhe aus dünnem weichen Leder unter der Jacke hervor und streift sie über seine Hände. Dann greift er in die Tasche, holt den Schlüssel heraus und tritt an die Tür, neben der unter der Klingel auf einem kleinen Schild *Dr. F. Janssen* steht. Vorsichtig steckt er den Schlüssel ins Schloss, steht drei Sekunden später in der Wohnung und schließt die Tür geräuschlos hinter sich.

Felix Janssen schreckt zusammen und lässt den Füller auf die aufgeklappte Schreibmappe fallen. Er hat den Eindringling erst bemerkt, als der schon im Zimmer steht. Der schwache Schein der Schreibtischlampe beleuchtet einen Mann, den er sofort wiedererkennt, auch wenn er den grauen Anzug diesmal gegen Jeans und Anorak getauscht hat, beides ebenso schwarz wie die Handschuhe, die er trägt.

Felix sitzt wie festgenagelt in seinem Stuhl und starrt den ungebetenen Besucher wortlos an.

»Guten Abend, Dr. Janssen«, sagt der Mann höflich. »Entschuldigen Sie mein Eindringen, aber es war leider unumgänglich.«

Er tritt an den Tisch, nimmt das erst mit drei, vier Zeilen beschriebene Blatt aus der Mappe und überfliegt es mit den Augen.

»›Liebe Carina …‹ Hm. Ein Abschiedsbrief an Ihre Alibifreundin?« Er lässt das Papier sinken und fixiert Felix mit einem stechenden Blick.

»Was wollen Sie von mir?«, ruft Felix. »Ich habe doch alles getan, was Sie von mir verlangt haben!«

»Sie wollen also tatsächlich Selbstmord begehen«, stellt der Mann in Schwarz ungerührt fest, und ein schmales Lächeln umspielt plötzlich seine Mundwinkel. »Da bin ich ja gerade noch rechtzeitig gekommen.« Er stopft das Blatt Papier in seine Hosentasche, setzt sich in den Sessel vor dem Schreibtisch und schlägt ein Bein über das andere. »Erzählen Sie mal: Wie wollen Sie es machen? Haben Sie sich eine Knarre besorgt, oder wollen Sie sich in der Badewanne die Pulsadern aufschneiden oder …« Er deutet auf das Fenster. »Für einen tödlichen Sprung liegt die Wohnung wohl nicht hoch genug.«

»Was geht Sie das an?«, fährt Felix auf. »Lassen Sie mich doch in Ruhe. Ich habe meine Entscheidung getroffen.«

»Verstehen Sie mich nicht falsch, wir haben überhaupt nichts dagegen, dass Sie sterben, nicht das Geringste. Nur wollen wir sichergehen, dass Sie keine dummen Sachen machen.« Er klopft auf seine Hosentasche. »Zum Beispiel alberne Abschiedsbriefe schreiben. Oder, noch schlimmer: Sie könnten den Suizidversuch überleben, haben Sie daran schon mal gedacht? Ich nehme an, Sie wollen Tabletten schlucken, das würde jedenfalls zu Ihnen passen. Keine absolut sichere Sache, muss ich Ihnen sagen.«

Felix, der vorhin schon zwei Diazepam geschluckt hat, um etwas zur Ruhe zu kommen, fühlt sich auf einmal, als stünde er neben sich und betrachtete diese unwirkliche Szene als gänzlich Unbeteiligter. Was hier gerade geschieht scheint ihn nicht mehr persönlich zu betreffen. Fasziniert von dem irrwitzigen Gefühl, nach und nach aus der Realität zu fallen, starrt er den Mann, den er bei sich immer den ›Grauen Anzug‹ genannt hat, schweigend an.

Wozu überhaupt noch reden? Es stimmt ja, was der Kerl vermutet. Felix hat sich *Nembutal* und *Fentanyl* im Darknet gekauft. Zusammen eingenommen, werden das Pentobarbital und das synthetische Opioid zweifellos die gewünschte Wirkung haben.

Einfach einschlafen, sanft wegdämmern, so stellt er es sich vor.

Endlich Frieden.

»Bevor Sie sterben dürfen, möchte ich noch ein paar Fragen mit Ihnen klären«, reißt ihn die Stimme aus seinen Gedanken, die einen aufreizend geschäftsmäßigen Tonfall hat.

»Was denn noch?«, fragt Felix matt.

Mit einem Ruck fährt der Oberkörper des Schwarzgekleideten nach vorn. Sein Ton ist unvermittelt eisig geworden, hat alle Verbindlichkeit verloren. Scharf fragt er: »Wem haben Sie verraten, wo Sie das Kästchen mit den beiden Sticks auf dem Boot versteckt hatten?«

»Was?« Felix ist irritiert. Mühsam versucht er, sich auf die Frage zu konzentrieren. »Ich weiß nicht, was Sie …«

»Spielen Sie nicht das Unschuldslamm!«, wird er barsch unterbrochen. »Sie wissen genau, dass die Yacht überfallen wurde, oder?«

»Ja, natürlich. Mein Bruder hat mir davon erzählt, aber …«

»Ach, das wollen Sie erst durch Ihren Bruder erfahren haben? Sie haben das doch bestimmt schon vorher gewusst!«

»Vorher?« Felix schüttelt den Kopf. »Woher sollte ich das denn gewusst haben?«

»Sagt Ihnen der Name *Drakon* etwas?«

»Was für ein Name?«

»*Drakon*, zu Deutsch Drache.«

»Nie gehört. Was soll das sein?«

»Sind Sie sicher, dass Sie keine Verbindungen zu einer russischen Organisation mit diesem Namen haben? Ist jemand von denen an Sie herangetreten, hat Ihnen gesagt, er werde dafür sorgen, dass Sie Ihrer aussichtslose Lage entkommen, wenn Sie verraten, was Sie mit dem Material gemacht haben?«

Entgeistert schüttelt Felix den Kopf. Er versteht kein Wort.

Der Mann zieht die glänzende Pistole, die Felix schon einmal gesehen hat, unter dem Anorak hervor, fasst in die Tasche, nimmt einen Schalldämpfer heraus und schraubt ihn aufreizend langsam auf den Lauf der Waffe. »Die Leute, die das Boot überfallen haben, kannten das Versteck des Kästchens. Wer hat denen das wohl verraten, wenn nicht Sie?«

»Ich habe niemandem …«, ruft Felix, da hört er ein seltsames Geräusch, ein lautes Ploppen, wie es beim Öffnen des Bügelverschlusses einer Bierflasche entsteht. Zeitgleich fährt ihm ein stechender Schmerz in seine linke Wade, und ihm wird schwarz vor Augen. Als er wieder zu sich kommt, brennt sein Bein in pulsierenden Schmerzwellen.

»Scheiße …« keucht er, fasst an seine Wade und zuckt zurück. »Sind Sie verrückt geworden?«

»Also noch einmal: Wem haben Sie verraten, wo das Material versteckt war?«

»Auch wenn Sie mich durchlöchern«, fährt Felix mit letzter Kraft auf, »kann ich Ihnen nicht mehr sagen, als dass ich mit keiner Menschenseele über den Stick gesprochen habe!«

»Hm.« Die Stimme klingt nachdenklich. »Lassen wir das erst einmal. Eine andere Frage: Gibt es noch weitere Abschiedsbriefe?« Spielerisch hebt sich die Waffe, und der Lauf mit dem langen Schalldämpfer zeigt direkt zwischen Felix' Augen. »Wird man etwas finden – hier in der Wohnung oder in Ihrem Büro oder sonst wo –, das mit Ihrem Eingriff in die geheime Datenbank Ihrer Firma zu tun hat?« Sein Gesicht zuckt bedrohlich vor. »Los, reden Sie! Und ich rate Ihnen dringend, keine Ausflüchte zu versuchen, sonst wird es richtig schmerzhaft für Sie.«

Felix versteht gar nichts mehr. Was soll all das jetzt noch? Die Auftraggeber dieses fürchterlichen Mannes, die Organisation – welche auch immer es sein mag –, die hinter all dem steckt, sollte doch froh sein, dass er aus dem Leben scheidet, bevor er mit der Spionage in seiner Firma in Verbindung gebracht und festgenommen wird.

Hinter dem pochenden Schmerz, der immer unerträglicher wird, steigt plötzlich eine verzweifelte Genugtuung in Felix hoch, als er sich zur Lüge entschließt. Trotzig stößt er aus: »Es gibt keinen anderen Brief als den, den Sie schon haben. Und den hatte ich gerade erst angefangen, das haben Sie ja gesehen.«

Wieder die scharfe Stimme, ungehalten: »Das glaube ich Ihnen nicht! Bestimmt gibt es irgendwo ein Geständnis, in dem Sie vor Ihrem Selbstmord reinen Tisch machen wollen, da wette ich drauf.«

Felix schüttelt den Kopf, sieht, dass der Mann in Schwarz ganz dicht neben ihn getreten ist, und hört ihn zischen: »Ich habe Sie gewarnt.«

Felix spürt den neuen Einschlag schon, bevor das scharfe »Plopp« in sein Bewusstsein dringt. Diesmal hat die Kugel das andere Bein getroffen. Er will aufschreien, doch es kommt nur ein Röcheln aus seinem Mund.

»Bloß eine Fleischwunde. Ich will nicht, dass Sie wieder ohnmächtig werden. Reden Sie endlich, aber sagen Sie die Wahrheit!«

»Das *ist* die Wahrheit!«, schreit Felix und sieht eine Hand blitzartig vorschießen. Das Leder des schwarzen Handschuhs verschließt seinen Mund.

»Still, Idiot! Sie wecken das ganze Haus auf! Reißen Sie sich gefälligst zusammen.«

Die Hand wird weggezogen, und Felix atmet keuchend ein und aus. Mit jedem Herzschlag pulsiert das Feuer in seinen Beinen. »Ich kann nur immer wieder sagen, dass ich nichts aufgeschrieben habe.« Mit weit aufgerissenen Augen sieht er auf das Blut, das seine Hosenbeine rot färbt und auf den Fußboden tropft.

Sein Peiniger lässt sich wieder in den Sessel fallen. »Na dann«, sagt er und hebt die Pistole.

Felix blickt direkt in das kleine schwarze Loch am Ende das Laufs. »Eine Sekunde!«, sagt er mit letzter Kraft, hebt die Hand und wundert sich darüber, dass er überhaupt noch ein Wort hervorbringt.

Nie hätte er gedacht, dass er im Angesicht des sicheren Todes so gefasst sein würde. Seine innere Ruhe ist ihm selbst unheimlich. Absurd, dass ihn ausgerechnet in diesem Augenblick alle Panik verlassen hat. Wahrscheinlich, denkt er, liegt das nicht nur an den Psychopillen, die er vorhin geschluckt hat, sondern an der Gewissheit, an diesem Abend sowieso zu sterben.

Doch auch wenn das Gefühl immer stärker wird, dies

alles, sogar der entsetzliche Schmerz in seinen Beinen, ginge ihn gar nichts mehr an – eines gibt es da, was er unbedingt noch erfahren muss. Absolut irrwitzig in seiner Lage, das ist ihm nebelhaft klar, aber dennoch …

»Sagen Sie mir nur eins, bevor Sie abdrücken: Habe ich Angelo … äh, habe ich den jungen Mann aus Holland tatsächlich umgebracht?«

»Wie bitte?« Der Mann in Schwarz lacht verächtlich auf und senkt die Waffe. »Was interessiert Sie das jetzt noch? Sie sind schon so gut wie tot.«

»Bitte sagen Sie es mir! Ich will wenigstens wissen, ob ich tatsächlich ein Mörder bin.« Die Worte kommen auf einmal erstaunlich klar, auch wenn die Schmerzen in den Beinen sich inzwischen über den ganzen Körper ausgebreitet haben. Aber das heiße Brennen nimmt Felix kaum noch wahr.

»Warum eigentlich nicht?«, sagt der Mann und grinst. »Also bitte: Wir haben Ihnen eine Falle gestellt. Sie haben dem schwulen Jungen kein Haar gekrümmt. Aber Sie dürfen sicher sein: Die Beweise gegen Sie wären hieb- und stichfest gewesen.«

Felix sieht, dass die Pistole langsam wieder in die Höhe geht.

Zum dritten Mal ertönt das scharfe Ploppen.

Felix hört es nicht mehr.

22

Die Sonne strahlte Malte heiß ins Gesicht, als er aus der Tür der Jugendstilvilla trat, in deren zweitem Stockwerk Karin Hambach ihre psychotherapeutische Praxis betrieb. In Gedanken versunken überquerte er die Straße und ging zu der Parkbucht, in der sein Wagen stand. Er startete den Motor und ließ die Seitenscheiben herunter, um die Stauhitze schnell aus dem Auto zu bekommen. Gerade fädelte er sich in den Verkehr ein, als die Freisprechanlage einen Anruf anzeigte.

»Es war tatsächlich so, wie ich vermutet hatte«, kam Jans Stimme aus dem Lautsprecher, und Malte hörte ihr die Erleichterung an. »Wir haben die Beschädigung gefunden und das Kabel ersetzt.«

»Gute Arbeit, Jan!«

»Ein Holzsplitter aus der Wandverkleidung war von einem Projektil herausgeschlagen worden und hat die Strippe dahinter zerrissen. Nachdem wir die Stelle erst mal lokalisiert hatten, war das Problem in zehn Minuten behoben. Jetzt funktioniert alles wieder einwandfrei. Heute Abend fliegen wir nach Hause.«

»Prima! Was sagt Krylow dazu?«

»Der ist nicht vor Ort. Soll einen Termin im Ausland haben. Der Chef der Werft, die sich hier um die Yacht kümmert, hat mich gefragt, wann die neuen Paneele geliefert werden. Krylow hat ihm den Auftrag erteilt, die beschädigten so schnell wie möglich auszuwechseln.«

»Hab sie bereits bestellt. Werden von der Herstellerfirma direkt nach Sankt Petersburg geliefert«, erwiderte Malte und wünschte Jan und seinen Leuten einen guten Rückflug.

Gut, dass wenigstens dieses Problem gelöst war, dachte er.

Denn es gab ein anderes, ein neues, das ihn weit mehr belastete. Dabei spürte er von Tag zu Tag deutlicher, dass ihm die Kraft ausging. Seit seiner Rückkehr aus Russland war nichts mehr so wie früher. Jedenfalls kam es ihm vor, als entglitte ihm die Kontrolle über sein Leben vollends. War es bereits in der Zeit nach Reginas Tod kaum noch zu ertragen gewesen, wurde es jetzt noch schlimmer.

In den vielen Stunden mit Liah während der letzten Tage, in ihren Gesprächen, häufiger noch in ihrem Schweigen, war etwas geschehen, was Malte beunruhigte, was er nicht begriff.

Und schon gar nicht in Worte kleiden wollte.

Auch nicht, als seine Therapeutin vorhin gesagt hatte: ›Ich mache mir Sorgen um Sie, Herr Janssen.‹

Sie habe den Eindruck, ihm ginge es schlechter als vor seinem Törn nach Sankt Petersburg, hatte sie gegen Ende ihrer Sitzung gesagt. Dabei sei der doch eine so gute Gelegenheit gewesen, den Kopf durchzulüften.

›Durchlüften‹ – was für ein Wort! Malte hatte ein unwilliges Knurren ausgestoßen, mit den Schultern gezuckt und eine knappe Schilderung dessen gegeben, was auf diesem Törn, den die Psychologin offenbar immer noch für eine Art Erholungsreise zu halten schien, geschehen war.

›Hm, ich verstehe‹, war Karin Hambachs Antwort gewesen.

›Tatsächlich?‹, hatte Malte geblafft. ›Was denn? Sagen Sie es mir bitte. Ich würde gern auch etwas verstehen.‹

Gelassen hatte die Psychotherapeutin ihn gefragt, ob er es für zielführend halte, sich wie ein trotziges kleines Kind aufzuführen. Und Malte hatte sich entschuldigt.

Wieder einmal.

Karin Hambach ließ es nie an Deutlichkeit fehlen, verlor aber kaum je die Geduld. Da konnte er pampig sein, soviel er wollte. Einmal hatte sie ihm erklärt, es sei Teil ihres Jobs, seine verbalen Aggressionen auszuhalten.

Kurz darauf war die Therapiestunde zu Ende gewesen, und Malte hatte sich hastig verabschiedet. Von dem einzigen Menschen, der seit über einem Jahr unerschütterlich versuchte, ihm zu helfen.

Als er vor einer roten Ampel anhielt, brach der Ruf »Ich bin ein solches Arschloch!« aus ihm heraus. Laut genug, um sich den pikierten Blick einer älteren Dame in einem weißen New Beetle-Cabrio einzufangen, das auf der Fahrspur links neben ihm stand.

Peinlich berührt wandte Malte den Blick ab und fuhr die Seitenscheiben wieder hoch. Die Ampel sprang auf grün. Während der Wagen beschleunigte, kam erneut ein Anruf herein. Die auf dem Display angezeigte Nummer mit der Kieler Vorwahl sagte Malte nichts.

»Sind Sie mit Dr. Felix Janssen verwandt?«, wollte eine Frau wissen, die sich als Beamtin der Kripo Kiel vorstellte.

»Das ist mein Bruder«, erwiderte Malte konsterniert. »Wieso interessiert das die Polizei? Ist ihm etwas zugestoßen?«

»Leider, Herr Janssen. Können Sie mir zur Sicherheit die Adresse nennen, an der Ihr Bruder wohnt?«

»Sind Sie auch wirklich von der Polizei? Das kommt mir alles sehr seltsam vor.«

»Bitte, Herr Janssen. Ihrem Bruder ist etwas passiert. Etwas Schlimmes.«

Malte schluckte. »Woher soll ich wissen, dass dies kein Trick ist, mit dem Sie ...«

Die Kommissarin unterbrach ihn. »Sie können gern die angezeigte Nummer überprüfen und zurückrufen, wenn es Ihnen sicherer erscheint.«

»Nein, schon gut. Felix wohnt hier in Kiel«, stieß er hervor und nannte die Anschrift.

»Okay, danke. Meine Kollegen und ich sind gerade an der von Ihnen genannten Adresse. Können Sie herkommen?«

»Ja, kann ich. Aber, verdammt, sagen Sie doch endlich, was los ist!«

»Ich möchte nicht am Telefon darüber sprechen, bitte haben Sie Verständnis dafür. Wie lange würde es dauern, bis Sie hier sein können?«

Etwa eine Viertelstunde, gab Malte zurück. Er sei zufällig gerade in der Stadt. »Aber so sagen Sie mir doch wenigstens, worum es geht!«

»Ich warte hier auf Sie«, erwiderte die Polizistin ungerührt und legte auf.

»Erschossen? Das ... Verdammt, das ist ... Das kann doch nicht wahr sein!«, keuchte Malte.

»Leider besteht daran kaum ein Zweifel, auch wenn wir natürlich die Untersuchung abwarten müssen. Der Leichnam wurde bereits in die Rechtsmedizin gebracht«, sagte die Kriminalbeamtin, die sich als Tanja Schröder vorgestellt hatte.

»Aber wieso ... ich meine ... Himmel, wie wurde er denn ...?« Malte bekam kein vernünftiges Wort heraus.

»Ich darf Ihnen aus ermittlungstaktischen Gründen keine Einzelheiten nennen, Herr Janssen, aber es sieht nach drei Schüssen aus, die jemand auf Ihren Bruder abgegeben hat. Einer davon war tödlich.«

»Das ist … Um Gottes willen, wie kann das … Wer hat ihn denn gefunden?«

Felix sei heute Morgen nicht im Büro erschienen, sagte die Beamtin. Auch den Abflugtermin des Hubschraubers, der für ihn auf dem Landeplatz der Firma bereit gestanden habe, habe er verpasst, und alle Versuche, ihn telefonisch zu erreichen, seien fehlgeschlagen. »Sein Chef hat dann gegen Mittag die Polizei verständigt. Die Kollegen haben sich kurz darauf mit dem Hausmeister Zutritt zur Wohnung verschafft.«

»Nur weil Felix nicht pünktlich zu seinem Abflug vor Ort war?«, rief Malte ungläubig.

»Nun ja …«, kam es gedehnt von der Kommissarin. »Es hat da vor Kurzem angeblich in der Firma einen brisanten Vorfall gegeben, in den Ihr Bruder verwickelt ist. Genaues weiß ich nicht darüber, aber die Kollegen wurden informiert, dass Gefahr im Verzug sei.«

»Gefahr im … das ist doch …«

»Ich habe mitbekommen, dass sich das BKA eingeschaltet hat.«

»Soll das heißen, dass Felix irgendetwas … verbrochen hat?«

»Ich habe wirklich keine Ahnung, worum es geht, Herr Janssen. Aber Sie können sicher sein, dass die Polizei nicht einfach eine Wohnung öffnen lässt, wenn es dafür keine triftigen Gründe gibt. Und zwar solche, die einer gerichtlichen Überprüfung standhalten.«

Malte schüttelte den Kopf und starrte die Beamtin fassungslos an. »Soll das heißen, dass Felix in seiner Wohnung erschossen wurde, aber die Tür war zu und musste erst aufgeschlossen werden? Wie passt das denn zusammen?«

»Wir wissen es noch nicht.«

»Das kann doch nur heißen, dass mein Bruder seinen Mörder selbst hereingelassen hat!«

»Das ist eine Möglichkeit, ja«, erwiderte die Kommissarin.

Sie hatte ihn vorhin abgefangen, als er ins Treppenhaus getreten war, und erklärt, dass er die Wohnung nicht betreten dürfe, bis die Kriminaltechniker sie freigegeben hätten. »Die Spurensicherung wird noch eine Zeit lang da drinnen zu tun haben«, hatte sie hinzugefügt.

Wie die Polizei überhaupt darauf gekommen sei, ihn anzurufen, fragte Malte die Polizistin.

»Unten im Flur hängt ja ein Info-Kasten mit der Nummer des Hausmeisters«, antwortete sie. »Als er mit dem Wohnungsschlüssel herkam, hat er gesagt, dass das Haus der Firma *Janssen & Söhne Yachtbau* gehöre, die von Dr. Janssens Bruder geleitet werde. Als die Kollegen daraufhin dort anriefen, gab man ihnen Ihre Mobilfunknummer.«

Malte nickte. Während er mit Kommissarin Schröder nach unten ging, erzählte er ihr, dass sein Vater vor vielen Jahren schon dieses Haus in guter Kieler Wohnlage für die Firma erworben habe. »Als Kapitalanlage und Rücklage für schlechte Zeiten.«

Sie hatten sich in einen VW-Bulli der Polizei gesetzt, der vor dem Haus parkte. Das Innere des Wagens war eine Art mobiles Büro mit vier Sitzen um einen Tisch herum, auf dem ein Funkgerät und ein Monitor verschraubt waren. Die Beamtin tippte auf der Tastatur ihres Laptops herum und machte sich zwischendurch auf einem Schreibblock auch handschriftliche Notizen, sobald Malte etwas sagte.

Doch der sagte nicht mehr viel.

Wie betäubt saß er auf seinem Sitz, nippte hin und wieder an einer Flasche Mineralwasser und nahm die Fragen, die ihm gestellt wurden, wie durch dichten Nebel gedämpft wahr. Immer wieder schweiften seine Gedanken ab.

Felix und er hatten sich nie besonders nahegestanden. Zu unterschiedlich waren ihre Interessen schon als Kinder gewesen, vielleicht spielte dabei auch der Altersunterschied von über sechs Jahren ein Rolle. Nachdem Felix dem Vater zu dessen maßloser Enttäuschung erklärt hatte, an der Führung der Yachtwerft kein Interesse zu haben, hatte er sich eifrig ins Studium gestürzt und später *summa cum laude* promoviert. Als er danach mit vollem Einsatz an seiner Karriere als Physik-Informatiker zu arbeiten begann, hatten sich die Brüder kaum mehr gesehen und weiter entfremdet. Dann hatte Felix vor drei Jahren eine leitende Position bei dieser sonderbaren Firma *German Defence Electronics* erhalten, von der es im Internet hieß, sie entwickle elektronische Bauteile für die Industrie.

»Wir beschäftigen uns mit Steuerungselektronik für komplexe Systeme, mehr kann ich dazu nicht sagen, sorry«, war Felix' Kommentar dazu gewesen.

Ihr Kontakt schlief danach fast völlig ein. Man sah sich nur selten. Wenn Felix in seiner Ferienwohnung war, segelten sie ein- oder zweimal im Jahr für ein paar Stunden zusammen auf der *Jason*, einem 30er-Schärenkreuzer. Aber selbst das hatte mit Reginas Tod ein Ende gefunden, denn Malte setzte keinen Fuß mehr auf das Boot, das seine Frau so geliebt hatte.

Die Stimme der Kommissarin drang zu Malte durch. Wenn er richtig gehört hatte, wollte sie wissen, wo er sich in der vergangenen Nacht aufgehalten habe.

Er sei bei Liah Hauser gewesen, erwiderte er und gab der Beamtin die Adresse und Liahs Telefonnummer.

»Sie hat kürzlich ihren Mann verloren, und wir haben Formulare ausgefüllt und Anträge geschrieben. Wegen des Sterbegelds und an die Krankenversicherung und so. Danach haben wir noch bis etwa vier Uhr morgens in ihrer Küche zusammengesessen.«

»So lange?«

»Ja, so lange«, schnappte Malte gereizt. Er hatte nicht vor, dieser Frau etwas über die Umstände von Karstens Tod zu erzählen.

»Und dann?«

»Bin ich nach Hause gefahren und ins Bett gegangen.« Er lehnte sich vor. »Verdächtigen Sie mich etwa, meinen Bruder getötet zu haben?«

»Reine Routine, Herr Janssen«, beschwichtigte Schröder. »Wir müssen diese Frage allen stellen, die irgendwie mit Ihrem Bruder in Verbindung standen. Bei der Gelegenheit: Lebte Ihr Bruder eigentlich in einer Beziehung?«

»Verheiratet war er nicht, aber manchmal war er mit einer Frau in seiner Ferienwohnung, die er sich in unserem Elternhaus neben der Yachtwerft eingerichtet hat. Carina heißt sie, wenn ich mich recht entsinne. Den Nachnamen habe ich vergessen. Ich habe allerdings keine Ahnung, ob die beiden noch zusammen sind.«

Was, zum Teufel, weiß ich eigentlich über meinen Bruder?, schoss es Malte durch den Kopf.

Dumme Frage. Die Antwort trat gerade klar zutage.

Kommissarin Schröder stellte ein gerahmtes Foto auf den Tisch, auf dem eine Frau Anfang vierzig freundlich in die Kamera lächelte. »Das stand auf dem Sideboard im Wohnzimmer. Ist das die Frau?«

»Ja.«

»Kann es sein, dass sie einen Schlüssel zur Wohnung Ihres Bruders hat?«

»Woher soll ich das wissen?«, gab Malte zurück und zuckte die Achseln.

»Wann haben Sie die Dame denn zuletzt gesehen?«

»Ich erinnere mich nicht genau. Muss etwa ein Jahr her sein. Deswegen weiß ich auch nicht, ob die Beziehung noch besteht. Und ob es überhaupt eine war. Wir haben nie darüber gesprochen.« Malte wischte mit dem Handrücken über seine feuchte Stirn. »War's das? Fürs Erste reicht es mir. Ich bin fertig.« Er sah die Beamtin an. »Genaueres über die Umstände des Todes meines Bruders werde ich von Ihnen ja wohl nicht erfahren.«

Sie warf ihm einen ernsten Blick zu. »Viel wissen wir selbst noch nicht, Herr Janssen. Die Ermittlungen werden sicher geraume Zeit in Anspruch nehmen. Wir informieren Sie natürlich, sobald es möglich ist. Vorher besteht jedoch noch allerhand Klärungsbedarf.«

»Vermutlich wollen Sie mir nichts sagen, solange ich als Mörder meines Bruders nicht ausgeschlossen wurde.« Malte steckte die Visitenkarte, die die Kommissarin auf den Tisch gelegt hatte, in seine Hemdtasche und stand auf.

Kommissarin Schröder fragte: »Können wir Sie in den nächsten Tagen unter Ihrer Adresse erreichen?«

»Ich bin in der Werft. Und falls nicht – meine Handynummer kennen Sie ja. Sie können sich aber darauf einstellen, dass ich mich sowieso bei Ihnen melde, und zwar schon morgen. Es wäre also gut, wenn Sie sofort mein Alibi checken. Ich will mehr wissen, vor allem, was für eine Gefahr da angeblich im Verzug war. Und um was es bei diesem ›brisanten Vorfall‹ in Felix' Firma geht.«

»Selbstverständlich«, gab die Beamtin betont sachlich zurück. »Jedenfalls, soweit es ermittlungstaktisch vertretbar ist. Ich vermute, dass die Kollegen vom Bundeskriminalamt sowieso mit Ihnen sprechen wollen.«

»Gern – und zwar so schnell wie möglich. Kann ich jetzt gehen?«

»Nur eine letzte Frage noch: Hatte Ihr Bruder Feinde?«

»Das weiß ich nicht. Kann ich mir aber nicht vorstellen. Er ist … äh …. er war ein stiller Mensch, ein etwas eigenbrötlerischer Wissenschaftler, der sich eigentlich nur für seine Arbeit interessiert hat.« Kaum war das heraus, überfielen Malte Zweifel. Stimmte eigentlich, was er da behauptete?

Er wusste doch gar nicht, was Felix in seiner Freizeit getan und welches Leben er jenseits seiner Arbeit geführt hatte.

Was wusste er denn überhaupt von seinem Bruder?

Resignation schwang in seiner Stimme mit, als er leise sagte: »*Ich* war jedenfalls nicht sein Feind!«

23

Aus dem Fenster im achten Stockwerk des gewaltigen grauen Zweckbaus am Chodynkafeld im Nordwesten des Moskauer Stadtzentrums hatte man einen guten Ausblick auf den regen Verkehr unten auf dem Leningrader Prospekt, eine der großen Ausfallstraßen der Stadt, stellte Oberst Kusmin fest.

Die prachtvolle Aussicht aber konnte seine Nervosität nicht lindern. Seit einiger Zeit nämlich wartete er nun schon im Vorzimmer des stellvertretenden Direktors der *Glawnoje Raswedywatelnoje Uprawlenije* – kurz GRU – darauf, endlich vorgelassen zu werden.

Mit der Auflösung des allmächtigen KGB, der bis 1991 in der berüchtigten Lubjanka residiert hatte, war der gesamte russische Geheimdienstapparat umstrukturiert worden und bestand nun aus dem zivilen Auslandsgeheimdienst SWR, dem Inlandsgeheimdienst FSB und eben der GRU, der militärischen ›Hauptverwaltung für Aufklärung‹. Sie waren wichtige Säulen, auf die sich die Macht des Präsidenten stützte, ohne sie jedoch zu gefährden, wie dies der allmächtige KGB noch hätte tun können. Die ständige Konkurrenz der drei Geheimdienste untereinander kam ihrer Effektivität durchaus zugute, und der Präsident wusste sie geschickt für seine politischen Ziele zu nutzen.

Die Hauptaufgabe der GRU war die nachrichtendienstliche Beschaffung militärisch und wirtschaftlich relevanter

Informationen, also Spionage. Dafür standen der Behörde mehr als zwölftausend hauptamtliche Mitarbeiter in aller Welt zur Verfügung.

Als Dezernatsleiter in der für Rüstungstechnik zuständigen ›Neunten Verwaltung‹ arbeitete Oberst Kusmin in dem Bereich der GRU, der immer stärker an Bedeutung gewann – nicht zuletzt auf ausdrücklichen Befehl des Präsidenten.

Wirtschaftsspionage war ein überaus wichtiges Betätigungsfeld der Behörde, insbesondere die Ausspähung ausländischer Unternehmen der Rüstungsindustrie und die Informationsgewinnung über fremde Militärtechnik. Der mächtige Mann im Kreml – selbst ein früherer KGB-Offizier – betonte bei seinen Gesprächen mit den Führungskräften des Hauses immer wieder die Bedeutung dieser Art geheimdienstlicher Aktivitäten für die Stärkung der russischen Wirtschaft und der Streitkräfte. Seit Jahren sorgte er höchstpersönlich für den massiven finanziellen und personellen Aufwuchs der entsprechenden Abteilungen in den Geheimdiensten.

Mit wachsender Ungeduld sah Kusmin erneut auf seine Armbanduhr. Vor einer Stunde schon hatte er Vizeadmiral Susjenkows Adjutanten angerufen und sich aus Sankt Petersburg zurückgemeldet. Sofort war er zur Berichterstattung in die achte Etage befohlen worden.

Ein uraltes Prinzip aller Geheimdienste war es, brisante Themen niemals am Telefon zu besprechen, wenn es sich irgendwie vermeiden ließ. Und in diesem Falle stand die Brisanz völlig außer Frage. Doch auch wenn er seine Meldung gleich persönlich abgeben würde: Die Begeisterung des stellvertretenden Direktors, der auch die Operation *Razvedchik* leitete, würde sich in Grenzen halten, das war Kusmin peinlich bewusst.

Was aber hätte er noch tun können? Seit Monaten arbeitete er mit seinem Dezernat an dieser Operation, hatte so akribisch wie nie zuvor alle Maßnahmen geplant, seine Agenten in Deutschland persönlich eingewiesen, den Einsatz mehrfach durchgespielt, alle Hindernisse wieder und wieder erwogen, jedes kleinste Detail analysiert – und nun diese Katastrophe.

Niemals hätte er voraussehen können, was da passiert war!

Dennoch musste er jetzt auf der Hut sein. Vizeadmiral Susjenkow durfte keinen Augenblick lang auf den Gedanken verfallen, ihn, Kusmin, für die Pleite verantwortlich zu machen. Bauernopfer hatten eine lange Tradition in Russland, besonders in der Verwaltung, in Politik und Militär …

»Sie dürfen jetzt eintreten, *Polkovnik* Kusmin!«

Der Oberst fuhr aus seinen trüben Gedanken und sah den Adjutanten in der Tür stehen. Rasch trat er an ihm vorbei in den hell erleuchteten Raum, in dem der Vizeadmiral, ein großer fleischiger Mann mit einem breiten Gesicht und stechenden schwarzen Augen, in voller Uniform hinter dem Schreibtisch saß und ihn mit einer seiner gewaltigen Pranken ungeduldig heranwinkte.

»Ich musste Sie warten lassen, weil ich telefoniert habe«, erklärte der zweite Mann des militärischen Auslandsgeheimdienstes, und seine Miene verzog sich zu einem leutseligen Lächeln. Dass dies mit Freundlichkeit nicht das Mindeste zu tun hatte, wusste jeder im Hause, der Susjenkow kannte. »Und zwar mit dem Kreml. Man – Sie wissen von wem ich spreche – macht sich dort Sorgen. Große Sorgen. Also nehmen Sie Platz und legen Sie los!«

»Nicht gut, absolut nicht gut«, schnaubte der dicke Vizeadmiral zwanzig Minuten später und schüttelte unwillig seinen schweren Schädel. »Was meinen Sie: Spielt Justizrat Jegorow ein falsches Spiel? Ist er irgendwie in diese Schweinerei verwickelt?«

»Wüsste ich selbst allzu gern, Herr Admiral«, erwiderte der Oberst. »Beweise habe ich keine, aber ich traue dem Kerl nicht über den Weg, auch wenn es scheint, als würde er seine Befehle bisher befolgen. Deshalb habe ich ihn lieber kaltgestellt und die Leitung der Ermittlungen selbst übernommen, als ich in Sankt Petersburg ankam.«

»Was nichts daran geändert hat, dass wir nach wie vor im Dunkeln tappen. Sowohl was den Verbleib des Materials angeht – und das ist zweifellos die größte Katastrophe dieses Fehlschlags –, als auch die Identität der Leute, die den Erfolg unserer Operation zunichte gemacht haben.«

Kein leutseliges Lächeln stand Susjenkow mehr im Gesicht, stellte Kusmin besorgt fest und versuchte, seine Stimme nicht beben zu lassen. »Jegorow hat zwar weisungsgemäß einen Abschlussbericht der Sankt Petersburger Staatsanwaltschaft verfasst, in dem behauptet wird, das Überfallkommando sei aufgespürt und beim Versuch seiner Festnahme im Feuergefecht getötet worden …«

»Was nicht stimmt, wie wir wissen«, unterbrach ihn der Vizeadmiral unwirsch. »Als Maßnahme zur Irreführung mag dieser Bericht ja getaugt haben, aber der Kreml fragt mich, was eigentlich wirklich passiert ist. Die Operation *Razvedchik* war schließlich nicht irgendein Routineauftrag. Man will verdammt noch mal wissen, wer diese Leute sind und in wessen Auftrag sie gehandelt haben.«

»Sie sind wie vom Erdboden verschluckt!«, brach es aus Kusmin hervor. »Vier Tage lang, rund um die Uhr, haben wir mit allen verfügbaren Kräften nach diesen Piraten gesucht …«

»Den *angeblichen* Piraten!«, warf Susjenkow wütend ein.

Kusmin nickte beflissen. »Und die Suche geht natürlich weiter. Wie von Ihnen befohlen, Herr Admiral, ist neben der Marine, der Küstenwache und unseren SpezNaz-Truppen zu Land nun auch die Luftwaffe mit zwei Ka-50-Helikoptern vor Ort. Bisher leider ohne Ergebnisse. Auch die Infrarotkameras der Hubschrauber haben uns keine Hinweise auf das Versteck dieser … Verbrecher geliefert.«

»Und warum ist das so, was glauben Sie?«

»Ich denke ebenso wenig wie Sie, Herr Admiral, dass es sich bei den Gesuchten um irgendwelche Wegelagerer zur See handelt. Diese Leute hatten ein anderes Kaliber. Erstklassige Vorbereitung, beste Ausrüstung, hervorragende Ortskenntnisse und ganz erhebliche finanzielle Mittel – vor allem aber das, was die Amerikaner Insiderinformationen nennen. Das alles steckt dahinter.« Kusmin sah, dass er die volle Aufmerksamkeit des stellvertretenden Direktors hatte, und fuhr fort: »Bisher gibt es nur leider keine einzige Spur von ihnen, die wir auswerten könnten. Wir haben die Besatzung der Yacht natürlich intensiv befragt, aber auch das hat nicht viel gebracht. Das Überfallkommando hat Gesichtsmasken getragen. Mehr als vage Beschreibungen ihrer Größe und Körperbaus haben wir nicht. Und dass sie nicht auf Russisch miteinander geredet haben, sondern in einer anderen Sprache, die niemand kannte. Der Anführer soll gebrochenes Englisch mit irgendeinem angeblich harten Akzent gesprochen haben.«

»Und wonach riecht das alles, Ihrer Meinung nach?« Der mächtige Leib des Admirals schob sich nach vorn über die Tischplatte.

»Wenn Sie mich so fragen«, nahm Kusmin allen Mut zusammen, »nach unseren Feinden.«

Der dicke Mann schnaubte. »Nach welchen? Dieses Land hat viele Feinde.«

»Das ist mir klar. Ich meine aber weniger die Feinde Russlands draußen in der Welt, sondern eher ...« Er brach ab, als er sah, dass Susjenkow plötzlich die Lippen hart zusammenpresste und ihn aus seinen unergründlichen schwarzen Augen schweigend musterte.

Der Oberst hielt dem stechenden Blick ein paar Sekunden lang stand, dann fragte mit vorsichtig tastendem Klang in der Stimme: »Darf ich ein Vermutung äußern, Herr Admiral?«

»Wenn es eine fundierte ist – nur zu!«

»Ich glaube nicht, dass ein fremder Dienst hinter dem Überfall steckt, weder die CIA noch ein anderer.«

»Sondern?«

»Für mich riecht das alles nach Verrat.«

24

Clemens Venske stand in Gedanken versunken am Fenster seines Büros im Kieler Verfassungsschutzamt und beobachtete durch das Fernglas die einlaufende Klaipeda-Fähre, als das interne Telefon auf seinem Schreibtisch klingelte. Bevor er den Hörer abhob, sah er an der Nummer auf dem Display, dass der Referatsleiter IT-Geheimschutz bei ihm anrief.

»Moin, Clemens«, begrüßte ihn der Kollege. »Hör mal: Du hast doch bei der letzten Führungsrunde einen gewissen Malte Janssen erwähnt – im Zusammenhang mit den Krylow-Ermittlungen der *EG Drakon*, nicht wahr?«

»Stimmt. Was habt ihr mit dem zu tun?«

»Nichts. Aber wusstest du, dass sein Bruder der führende Kopf bei *German Defence Electronics* ist?«, fragte der Kollege.

»Bei *German* … was? Hilf mir mal auf die Sprünge!«

»Besser, ich komme zu dir rüber.«

Eine Minute später saß Rainer Holthoff vor ihm, einer der wenigen Kollegen im Hause, mit denen Venske ein fast freundschaftliches Verhältnis pflegte.

»*GDE* ist eine der Firmen, die wir überwachen, weil sie Staatsaufträge haben. Du weißt schon: Sicherheitsüberprüfungen, vor allem natürlich im Bereich Datenschutz – technisch und personell.«

Venske nickte.

»Das IT-System des Ladens unterliegt den Anforderungen

an den höchsten Geheimhaltungsschutz. Deshalb müssen sie auch sofort melden, wenn sie auf ein sicherheitsrelevantes Problem stoßen.«

»Ja, ja«, gab Venske zurück. »Du sagtest etwas von Malte Janssens Bruder …«

»Sei nicht so ungeduldig, zünd dir lieber einen deiner grässlichen Glimmstängel an«, empfahl Holthoff.

Venske ließ sich das nicht zweimal sagen, während er verblüfft zuhörte, was der Kollege zu sagen hatte.

»Heute Morgen ist die formelle Meldung über den Verdacht auf einen Spionagefall bei *German Defence Electronics* eingegangen – zuständigkeitshalber sowohl beim BKA in Wiesbaden als auch beim BND und bei uns. Jemand hat offenbar streng geheime Software für das *Scout*-Projekt auf einen externen Datenträger heruntergeladen. Man ist sich so gut wie sicher, dass niemand anders als Dr. Felix Janssen der Täter ist, also ausgerechnet der Projektleiter.«

»Ach du Scheiße!«, entfuhr es Venske. Er nahm einen tiefen Zug aus seiner Zigarette. »Was ist das denn für ein Projekt?«

»Entwicklung der Software für ein revolutionäres Passivradarsystem im Auftrag des Verteidigungsministeriums. *EADS* ist ebenfalls beteiligt. Mehr weiß ich darüber auch nicht.«

»Ich hatte keine Ahnung, dass Malte Janssens Bruder in der Rüstungsindustrie arbeitet. Die Familie des Mannes, der für Krylow die Yacht gebaut und nach Sankt Petersburg gesegelt hat, spielte keine Rolle für uns.« Venske fuhr sich unzufrieden durch seine dichten Haare. »Dachte ich bisher zumindest …«

»Wer weiß?«, sagte Holthoff gedehnt. »Es kommt nämlich noch dicker: Dr. Janssen ist heute nicht zum Dienst erschienen. Ein Hubschrauber, der ihn zu einer Erprobung auf See bringen sollte, musste ohne ihn abfliegen.« Holthoff wedelte den ätzenden Qualm beiseite, der ihm ins Gesicht stieg »Wahrscheinlich hat er gemerkt, dass er aufgeflogen ist, und ist untergetaucht.«

»Nicht zu fassen.«

»Natürlich muss alles erst noch gründlich untersucht werden. Zum Beispiel, was das für Daten sind, die er gestohlen hat. Ich dachte mir aber, es könnte dich interessieren, wen dieser Malte Janssen da zum Bruder hat.«

»Interessiert mich durchaus. Woher weißt du …?« Venske brach ab, weil nach einem kurzen Klopfen die Tür aufflog. Mit ein paar schnellen Schritten trat Saskia Taubert in den Raum. »Entschuldigung für den Überfall, meine Herren, aber …« Sie blickte Venskes Besucher an.

»Die Herrschaften kennen sich ja, oder?«, fragte Venske.

»Sicher. Gut, dass Sie auch hier sind, Herr Holthoff!«

»Der Kollege hat mir gerade mitgeteilt, dass Malte Janssen, der Mann also, den wir im Zusammenhang mit unseren Ermittlungen zu Krylow unlängst aufgesucht haben, einen Bruder in der Rüstungsindustrie hat«, sagte Venske. »Und der steht seit Neuestem unter Spionageverdacht.«

»Und ist nun tot«, gab die BND-Frau trocken zurück, zog einen Stuhl an den Schreibtisch heran und ließ sich darauf fallen. »Man hat mich gerade informiert, dass die Kriminalpolizei Kiel Dr. Felix Janssen tot in seiner Wohnung aufgefunden hat – ermordet, um genau zu sein. Mit einem Kopfschuss, nachdem jemand ihm vorher in beide Beine geschossen hatte.«

»Was? Das ist ja …« Venske drückte seine Kippe aus. »Wann ist das passiert?«

»Gestern am späten Abend wahrscheinlich, möglicherweise auch nach Mitternacht. Aber die Obduktion steht noch aus«, berichtete Taubert und gab den Sachstand der Ermittlungen weiter. »Die Wohnung des Opfers wurde gründlich durchsucht – vermutlich direkt nach der Tat«, schloss sie. »Wohlgemerkt: Nicht verwüstet, sondern planvoll und akribisch.«

»Aha«, kam es gedehnt von Holthoff.

»Ach ja: Das BKA hat die Leitung der Ermittlungen übernommen«, setzte Taubert hinzu. »Die Sache ist hochexplosiv. Nichts davon darf in die Öffentlichkeit kommen.«

Venske schnaufte verächtlich. »Hat noch nie funktioniert, und wird auch diesmal nicht klappen. Die investigative Presse ist hellwach hierzulande – Gott sei Dank!«

Das schien man beim BND anders zu sehen, jedenfalls fing Venske sich einen unfreundlichen Blick der Kollegin ein. Er zuckte mit den Schultern. »Sicher ist es sinnvoll, die Ermittlungen in so einem besonderen Fall von Störungen freizuhalten, aber dieser Mord schreit ja förmlich nach öffentlichem Interesse. Auf Dauer wird sich nicht verheimlichen lassen, dass das Opfer für eine sehr spezielle Firma tätig war. Der grausame Mord an einem mutmaßlichen Spion, auch noch im Zusammenhang mit einem hochgeheimen militärischen Projekt der Regierung – ein Traum für jeden engagierten Journalisten!«

»Man könnte meinen, Sie hätten nichts dagegen, wenn die Presse Wind von der Sache bekäme«, sagte Saskia Tauber pikiert.

»Wird sie auch, früher oder später. Ob uns das passt oder nicht. Aber lassen wir das.« Venske wechselte das Thema: »Die Wohnung, in der der Mann getötet wurde, liegt im zweiten Stockwerk, und das Türschloss war unbeschädigt, sagten Sie. Keine Einbruchspuren. Bemerkenswert, oder?«

»Die Kripo ist dran – noch gibt es dazu keine Erkenntnisse«, erwiderte Taubert.

»Das hört sich an, als hätte dieser Janssen seinen Mörder gekannt«, kam es von Holthoff.

»Was eher nicht für einen Auftragsmord spricht. Zum Beispiel, um den Spion unschädlich zu machen, nachdem er seinen Job erledigt hatte«, spekulierte die BND-Frau.

»Schüsse in beide Beine, bevor man ihn gezielt getötet hat – klingt das für Sie nicht nach einem Profi?«, fragte Venske versonnen. »Mir kommt das bekannt vor. Wir kennen doch gewisse Organisationen, bei denen so was zum operativen Geschäft gehört.«

»Wie der Mord an dem Georgier im Kleinen Tiergarten in Berlin unlängst«, sagte Holthoff.

»Zum Beispiel«, erwiderte Venske. »Weiß eigentlich Malte Janssen schon, dass sein Bruder tot ist?«

Taubert nickte und erzählte, was sie dazu von Kommissarin Schröder gehört hatte. »Die Kripo überprüft gerade sein Alibi.«

»Ist er etwa tatverdächtig?«, kam es ungläubig von Venske.

»Eher nicht, aber Sie wissen doch, dass die Polizei das trotzdem routinemäßig prüft.«

»Schon klar.« Nachdenklich rieb Venske sich das Kinn. »Wie auch immer: Das kann kein Zufall sein.«

»Können Sie sich etwas klarer äußern?«, hakte Taubert nach.

»Sie wissen genau, was ich meine«, gab Venske unwillig zurück. »Der Verdacht, dass Dr. Felix Janssen ein Spion ist, der anscheinend professionelle Mord an ihm, die Durchsuchung seiner Wohnung und die mysteriösen Umstände des Überfalls auf die *Weiße Möwe* sowie die Tatsache, dass Timur Krylow diese Yacht ausgerechnet auf der Werft hat bauen lassen, die von Felix' Bruder geleitet wird – das alles gehört irgendwie zusammen, oder etwa nicht?«

»Dann braucht ihr ja nur noch herauszufinden, wie«, sagte Rainer Holthoff trocken und stand auf. »Gut, dass das nicht mein Job ist. Ich fahre jetzt mit ein paar Spezialisten zu *German Defence Electronics.* Man wartet dort schon auf uns.« Damit verließ er den Raum.

»So, nun mal raus mit der Sprache«, forderte Saskia Taubert. »Habe ich Sie richtig verstanden? Sie sehen einen Zusammenhang zwischen diesem Mord und dem Überfall auf die Yacht?«

»Ich frage mich, warum Krylow sein Boot ausgerechnet bei *Janssen und Söhne Yachtbau* in Auftrag gegeben hat. Malte und Felix Janssen sind Brüder …«, Venske räusperte sich, »… *waren*, muss man jetzt ja sagen. Einer der beiden hat ein Schiff für Timur Krylow gebaut und nach Russland gesegelt, während der andere offenbar hochgeheime Daten gestohlen hat. Zufall?«

»Was wollen Sie damit sagen?«

»Ich kann mir vorstellen, welchen immensen Wert die gestohlenen Daten zum Beispiel für eine Organisation haben, die im illegalen internationalen Waffenhandel unterwegs ist.«

»Sie denken an *Drakon*?«

»Sie etwa nicht? Wir stoßen bei dieser Sache immer wieder auf Krylow, oder? Und Krylow ist *Drakon*.« Venske schlug mit der flachen Hand auf den Tisch. »Verdammt noch mal.«

»Was treibt Sie um?«

»Dass uns das entgangen ist! Ich meine, dass der Chef der Werft, auf der Krylow seinen Kahn hat bauen lassen, einen Bruder hat, der an einem hochgeheimen militärischen Projekt arbeitet.«

»Welchen Grund hätten wir gehabt, uns für die Verwandtschaft dieses Bootsbauers zu interessieren? Es hat ja auch keine Hinweise von unserem V-Mann bei *Drakon* gegeben, die uns veranlasst hätten, in diese Richtung zu ermitteln.«

»Stimmt«, erwiderte Venske. »Der erfährt aber keineswegs alles, wie wir wissen.«

»Okay«, stimmte die BND-Beamtin zu. »Was schlagen Sie jetzt vor?«

»Wir müssen uns so bald wie möglich auf den aktuellen Stand bringen lassen, was die Ermittlungen von Kripo und Bundeskriminalamt angeht. Vielleicht findet sich am Tatort ja ein Hinweis, der uns weiterbringt.«

»Dann setze ich also eine Besprechungsrunde mit allen Beteiligten an – am besten noch heute Abend.«

Venske nickte, stellte sich ans Fenster und zog seine Zigarettenschachtel hervor. Bevor er sich den Glimmstängel zwischen die Lippen steckte, fragte er hoffnungsvoll: »Es stört Sie doch nicht?«

»*Ihr* Büro.«

»Danke«, sagte Venske, zündete sich die Zigarette an und sog den Rauch tief ein.

»Ist es nicht schrecklich, Sklave dieser Sucht zu sein?«

Ein flüchtiges Grinsen huschte über Venskes Gesicht, aber eine Antwort gab er nicht, sondern nahm einen neuen Zug und blies den Rauch durch den offenen Fensterspalt hinaus.

»Was für einen Hinweis erhoffen Sie sich eigentlich?«, hakte Taubert nach.

»Einen, der uns hilft herauszufinden, warum Janssen diesen Geheimnisverrat begangen hat – und in wessen Auftrag«, erwiderte Venske. »Ob er zum Beispiel ein Überzeugungstäter war oder vielleicht erpresst wurde. Und wenn ja, von wem.«

»Sie haben es doch gehört: Die Kripo hat keinen Abschiedsbrief oder etwas in der Art gefunden. Der Täter hat die Wohnung gründlich durchsucht. Was tun wir, wenn sich keinerlei solche ›Hinweise‹ finden lassen?«

»Dann mache ich einen Ausflug nach Hamburg«, erwiderte Venske ungerührt.

Saskia Taubert zog die Augenbrauen hoch. »Sie reden schon wieder in Rätseln«, schnappte sie.

25

Oberst Kusmin saß in einem Raum im dritten Untergeschoss des mächtigen grauen Gebäudes am Moskauer Chodynkafeld. Hier unten befand sich die Operationszentrale der *Glawnoje Raswedywatelnoje Uprawlenije*, kurz GRU. Außer dem riesigen Saal voller modernster Technik gab es auf dieser Ebene abhörsichere Zimmer, in denen Besprechungen stattfanden, aber auch Befragungen und Verhöre.

Vor wenigen Minuten hatte man Kusmin in seinem Büro in der ›Neunten Verwaltung‹ der GRU angerufen. Aus Deutschland sei die verschlüsselte Eilmeldung eines Residenten eingetroffen, der Mann habe um sofortige Kontaktaufnahme gebeten.

Nun saß der Oberst mit einem Kopfhörer über den Ohren vor dem abhörsicheren Telefon, während seine quantenkryptografisch gesicherte Verbindung zu dem Mann mit dem Decknamen *Zigfrid* aufgebaut wurde.

»Was haben Sie mir zu sagen?«, fragte Kusmin sofort, als der Mann sich meldete, der die Operation *Razvedchik* in Deutschland leitete.

»Was die Lage hier betrifft: Sie war bedrohlich geworden, aber wir haben sie bereinigt.« Die Worte des Agenten kamen so klar an, als säße er direkt im Raum.

»Was heißt das genau?«

»Unsere Quelle wurde gestern Nacht ausgeschaltet.«

»War das unvermeidlich?«

»Ohne Zweifel. Der Mann war zu einem unkalkulierbaren Risiko geworden.«

»Aber wir hatten ihn doch völlig in der Hand!«

»Gewiss«, antwortete *Zigfrid*, »und das hat auch gereicht, um ihn gefügig zu machen, allerdings war er labil. Hat zunehmend die Nerven verloren, massenhaft Psychopharmaka geschluckt und sich auffällig benommen. Ich musste eingreifen, bevor er womöglich aus dem Ruder gelaufen wäre. Es bestand die Gefahr, dass er dem Druck nicht standhält und sich seinem Chef oder gar dem Bruder anvertraut.«

»Überzeugt mich nicht. Was wusste er denn, was uns hätte gefährlich werden können? Er hatte doch keine Ahnung, wer ihn erpresst hat, oder?«

»Natürlich nicht. Aber wenn er die Spionage gestanden hätte, wären die deutschen Dienste sehr schnell auf uns verfallen, oder?«

»Na und? Sollen sie doch, mehr als wilde Spekulation wäre das nicht gewesen.«

»Stimmt, aber die Lage hat sich mit dem Überfall auf die Yacht entscheidend geändert, meinen Sie nicht? Ich kann mir nicht vorstellen, dass man es in Moskau gern sähe, mit diesem Piratenakt in Verbindung gebracht zu werden, bei dem es einen Schwerverletzten und einen Toten gab. Für die westliche Presse wäre das ein gefundenes Fressen, schon wegen gewisser Vorfälle in letzter Zeit, zum Beispiel dem Attentat auf den Georgier in Berlin.«

Kusmin biss sich auf die Unterlippe. Der Mann hatte einen messerscharfen Verstand, stellte er wieder einmal fest.

»Wir haben zwar mit dem Überfall nichts zu tun, sind sogar selbst die Geschädigten«, fuhr *Zigfrid* fort. »Aber Ersteres würde uns niemand glauben, weil wir Letzteres aus einleuchtenden Gründen nicht sagen können.«

»Sie haben recht«, knurrte der Oberst.

»Übrigens haben wir sogar Glück gehabt«, sagte der Agent. »Janssens Zugriff auf die geheimen Datensätze scheint in seiner Firma entdeckt worden zu sein. Die haben dort wohl überaus findige IT-Spezialisten.«

»Wir wussten die ganze Zeit, dass diese Gefahr bestand, oder?«

»Ja, durchaus. Jede Manipulation hinterlässt eben Spuren im System.«

»Und woher haben Sie diese Information?«

»Von Janssen persönlich. Bevor er liquidiert wurde. Er wollte sich deswegen sogar selbst das Leben nehmen. Nicht auszudenken, was er alles erzählt hätte, wenn er vorher festgenommen worden wäre.«

»In Ordnung, Sie haben korrekt gehandelt«, rang sich Kusmin ab. »Dennoch missbillige ich ausdrücklich, dass Sie eine derart einschneidende Maßnahme wie diese Eliminierung nicht vorher mit mir abgesprochen haben!«

»Bei allem Respekt: Ich bin heilfroh, dass wir gerade noch rechtzeitig waren. Die Festnahme des Mannes stand unmittelbar bevor.«

»Nun gut«, sagte Kusmin widerwillig. »Haben Sie überprüft, dass in der Wohnung nichts gefunden wird, was mit uns in Verbindung gebracht werden könnte?«

»Selbstverständlich«, gab *Zigfrid* zurück, und seiner Stimme war anzuhören, dass er die Frage seines Vorgesetzten als Beleidigung empfand. »Und das belastende Material gegen ihn, also alles, was seinen angeblichen Mord an dem Holländer angeht, halten wir unter Verschluss. Die deutsche Polizei wird den Fall nie aufklären können.«

»Nicht unser Problem. Sagen Sie: Hat der Mann noch etwas erzählt, was für uns von Bedeutung sein könnte? Sie haben sich ja offenbar intensiv mit ihm beschäftigt, bevor er ausgeschaltet wurde. Ich denke, da haben Sie auch den angeblichen Piratenüberfall auf die Yacht angesprochen. Was, wenn *er* jemandem verraten hat, was er da auf dem Boot versteckt hatte?«

»Hat er nicht, da bin ich völlig sicher. Er wurde einer sehr strengen Befragung unterzogen.«

Oberst Kusmin kannte diesen Terminus natürlich, wusste genau, was er sich unter einer ›sehr strengen Befragung‹ vorzustellen hatte.

»Der Kerl war völlig am Ende. Ausgeschlossen, dass er Kontakt zu den Leuten hatte, die das Boot überfallen haben«, setzte *Zigfrid* hinzu. »Der wollte nur noch sterben.«

»Verdammt! Dann sind wir der Frage, woher diese Leute wussten, was sich auf der Yacht befand – und vor allem, wo genau – noch keinen Schritt näher gekommen.«

»Und wer ›diese Leute‹ eigentlich sind«, erlaubte sich der Agent hinzuzufügen. »Oder gibt es da neue Erkenntnisse?«

»Die gibt es nicht, verflucht noch mal«, rief der Oberst in das Mikrofon und spürte, dass ihm trotz der bestens funktionierenden Klimaanlage im Raum der Schweiß auf die Stirn trat. Gepresst setzte er hinzu: »Wir wissen gar nichts, um genau zu sein. Eine Katastrophe!«

Zigfrid sagte kein Wort dazu. Kusmin wusste, dass der Agent lange genug im Geheimdienst war, um sich ausmalen zu können, in welcher Lage sich sein Chef befand. Schließlich war ihm ebenfalls bekannt, wer die Operation *Razvedchik* angeordnet hatte.

Die nun endgültig zu einem Fehlschlag geworden war.

Es ging Kusmin nicht gut.

26

»Aber dann muss er dem Täter ja die Tür aufgemacht haben!«, rief Liah Hauser überrascht.

»Oder jemand hatte einen Schlüssel und konnte unbemerkt eindringen. Und genau das vermutet die Polizei. Angeblich spräche die Spurenlage dafür.«

»Wie soll ein Einbrecher denn an den Schlüssel zur Wohnung gekommen sein?«

»Das war kein Einbrecher«, erwiderte Malte, und seine Stimme klang flach. »Jedenfalls sagt das die Kripo.«

»Verstehe ich nicht.«

»Man ist sich sicher, dass der Mord nichts mit Einbruchsdiebstahl oder Raub zu tun hatte, sondern von einem Profi verübt wurde, der nur ein Ziel verfolgt hat: Felix umzubringen.«

Liah zuckte zusammen. »Das ist ja …«

»Und nach allem, womit ich heute konfrontiert wurde, bin ich derselben Meinung. So irre es klingt: Mein Bruder wurde von einem Auftragskiller getötet.«

Grabesstille herrschte im Raum, untermalt nur vom Ticken der alten Küchenuhr, die über dem Geschirrschrank an der Wand hing. Malte schaute, ohne wirklich etwas wahrzunehmen, aus dem Fenster hinüber zu dem schmalen hellen Strich in der Ferne, wo Land und Meer sich trafen.

Liah warf ihm einen scheuen Blick zu und fragte leise: »Wie kann ich dir helfen?«

Malte sah sie entgeistert an.

Sie machte ein hilflose Geste.

»Ich kann immer noch nicht glauben, was ich heute alles gehört habe«, sagte Malte, und seine Hand zitterte, als er zur Kanne griff und sich den restlichen Tee eingoss.

Am späten Nachmittag erst war er hergekommen. Seitdem saßen sie hier am Küchentisch. Während er stockend wiedergab, was er bei seinem Treffen mit Kommissarin Schröder und einem Beamten des Bundeskriminalamts in Felix' Wohnung erfahren hatte, versuchte er verzweifelt, Ordnung in seine Gedanken zu bringen.

Als er in Kiel aus dem Haus gekommen und in seinen Wagen gestiegen war, hatte er sich gefühlt, als müsste er jeden Moment verrückt werden. Was er in der Wohnung gesehen, was man ihm zum aktuellen Stand der Ermittlungen berichtet hatte, konnte er schlicht nicht verarbeiten. Noch jetzt jagten die Bilder und die vielen ungeheuerlichen Informationen wie kleine spitze Splitter durch seinen Schädel, als wollten sie ihn von innen aufschlitzen.

Von der Rückfahrt hatte er nichts in Erinnerung, außer dass er mit Liah telefoniert hatte, die ihn sofort einlud, nicht direkt zu sich nach Hause zu fahren, sondern vorher zu ihr zu kommen. Was ihn dazu getrieben hatte, sie anzurufen, hätte er nicht sagen können. Nur, dass es sich in diesem Moment ganz selbstverständlich angefühlt hatte.

Aber gerade eben, bei ihrer Frage, wie sie ihm helfen könne, hatte ihn plötzlich das schlechte Gewissen überfallen. Hatte sie nicht schwer genug an Karstens Tod zu tragen? War er verrückt, sie jetzt auch noch mit den schrecklichen Dingen zu belästigen, die er heute Nachmittag hatte erfahren müssen?

Als hätte sie seine Gedanken erraten, sagte Liah: »Ist schon gut, Malte. Rede einfach mit mir. Deshalb bist du doch hier.« Sie stand auf. »Hast du heute schon etwas gegessen?«

Malte schüttelte den Kopf. »Bin nicht dazu gekommen. Hab keinen Hunger.«

»Ach was, Unsinn. Ich mache uns mal ein paar Brote und koche frischen Tee. Sprich einfach weiter, ich höre dir zu.« Sie nahm die Kanne vom Tisch. »Was hat die Kripo denn sonst noch herausgefunden?«

Malte räusperte sich. »Unglaubliche Sachen, Liah, ganz unglaubliche.« Er atmete tief durch. »Dass Felix so etwas wie ein Spion war, zum Beispiel.«

»Wie bitte?«, kam es von Liah an der Küchenzeile. »Was sagst du da?«

Felix habe eine wichtige Rolle bei einem bedeutenden Rüstungsprojekt gespielt, erwiderte Malte. »Die Firma, in der er gearbeitet hat, ist führend in der Entwicklung von Halbleitertechnik für militärische Zwecke. Alles streng geheim, versteht sich.«

»Wusstest du das – ich meine, dass dein Bruder an so was gearbeitet hat?«

»Ich hatte keine Ahnung, womit genau er sich beruflich beschäftigte. Er war sehr verschlossen, was das anging.« Malte räusperte sich wieder und setzte hinzu: »Eigentlich war er überhaupt sehr verschwiegen. In allem. Und außerdem haben wir uns auch nicht sehr nahegestanden, mein Bruder und ich.«

»Hm. Und du sagst, er war ein Spion?«

»Spion ist vielleicht nicht das richtige Wort. Er hat hochgeheime Daten gestohlen, das steht inzwischen fest. Warum und für wen, wissen angeblich bisher weder die Polizei noch das BKA. Aber sie sind sich sicher, dass Felix ins Fadenkreuz ganz gefährlicher Leute geraten ist.«

»Und deshalb ermordet wurde?« Liah warf Malte einen zweifelnden Blick zu.

»Sieht danach aus.« Maltes Stuhl scharrte laut auf den Bodenfliesen, als er mit einem Ruck aufstand. Er trat ans Fenster und sagte mit bebender Stimme: »Aber das ist noch nicht alles.«

Die Ermittler seien sich sicher, dass Felix eigentlich vorgehabt hatte, Selbstmord zu verüben, fuhr er gepresst fort. Man habe zwar keinen Abschiedsbrief gefunden, aber massenweise Barbiturate. »Und andere lebensgefährliche Medikamente in einer Menge, die tödlich gewirkt hätte. Hatte Felix alles in seinem Schlafzimmer parat gelegt. Vorbereitet zur Einnahme, sagt die Kripo.«

Liah warf das Messer beiseite und ließ sich wieder auf ihren Stuhl fallen. »Mein Gott. Aber wieso hat man ihn denn erschossen, wenn er sich sowieso selbst umbringen wollte?«

»Das habe ich die Polizei auch gefragt. Der Mann vom BKA meint, dafür gäbe es wahrscheinlich mehrere Gründe. Die beiden Schüsse in die Beine deuten darauf hin, dass Felix zu irgendeiner Aussage gezwungen werden sollte. Der Mörder wollte etwas von ihm wissen, bevor er ihn tötete.« Malte merkte, dass seine Knie weich wurden, und er setzte sich auch. »Außerdem wollte man wohl auf Nummer sicher gehen.«

»Und wer ist ›man‹? Hat sich die Polizei auch dazu geäußert?«

Malte zuckte hilflos mit den Schultern. »Nicht konkret. Vielleicht diejenigen, für die Felix die Daten gestohlen hat. Er war aufgeflogen, seine Festnahme stand unmittelbar bevor. Vielleicht hätte er etwas aussagen können, was ihnen gefährlich geworden wäre.«

Liah stand auf und ging zurück zur Anrichte. »Es tut mir leid, dass du das alles …« Sie stockte, schluckte trocken und schwieg dann.

»Sein Computer und sein Smartphone sind verschwunden. Hat der Täter wohl mitgenommen.«

Liah nickte.

»Aber es gibt da eine Kommode …«

»Eine Kommode?«

»Felix war schwul, Liah. Die Kommode ist voll mit homoerotischen Videos, Fotos und Heften.«

»Ich bitte dich, Malte!«, erwiderte sie scharf. »Warum sagst du das mit einem so komischen Unterton? Spielt die sexuelle Orientierung deines Bruders denn irgendeine Rolle für dich?«

»Nein! Von mir aus kann jeder …« Er unterbrach sich und schlug die Hände vors Gesicht. »Ich schäme mich, Liah.«

»Du schämst dich, weil dein Bruder schwul war?«, fragte sie ungläubig.

Er nahm die Hände herunter und starrte sie an. »Natürlich nicht! Es ist nur …« Er senkte die Augen, verschränkte die Finger so hart ineinander, dass die Knöchel seiner Hände weiß wurden, und fixierte einen kleinen Teefleck auf dem Tischtuch, während er leise sagte: »Ich schäme mich dafür, dass ich nicht einmal das über Felix wusste. Dass ich ihn gar nicht kannte, meinen eigenen Bruder, dass er mich nie sonderlich interessiert hat – dafür schäme ich mich.«

Liah langte über den Tisch und legte ihre Hand auf seinen Arm. »Mach dich nicht verrückt, Malte. Ich denke, er hat Wert darauf gelegt, dass niemand von seiner Homosexualität erfährt. Warum sollte er bei dir eine Ausnahme machen?«

»Ich hätte es doch merken müssen, wenn ich mich nur ein bisschen mehr um ihn gekümmert hätte.«

»Und genau das wollte er auf keinen Fall, glaube ich. Er hat es vor aller Welt verborgen, warum auch immer. Hast du nicht gesagt, er hätte sogar eine Freundin gehabt? Und überhaupt: Was hätte es geändert, wenn du davon gewusst hättest?«

Malte presste die Zähne aufeinander. Eine vernünftige Antwort fiel ihm nicht ein, aber das klamme Gefühl, eine Mischung aus Trauer, Scham und Selbstvorwürfen, wollte ihn nicht verlassen.

Laut schallte der Anrufton seines Handys in das dumpfe Schweigen. Ärgerlich zog er das Gerät aus der Hemdtasche.

»Ach, Sie …«, sagte er gedehnt, als sich Clemens Venske meldete.

Er stehe auf dem Parkplatz der Werft, weil er ihn habe aufsuchen wollen, erklärte der Verfassungsschützer und fragte, wo er denn im Moment sei.

»Geht Sie zwar nichts an«, raunzte Malte, lenkte dann jedoch ein und beantwortete die Frage. »Für heute habe ich aber genug von Polizei und Geheimdiensten aller Art, das sage ich Ihnen gleich!«

Er habe von Maltes Termin in der Wohnung seines Bruders gehört, sagte Venske, und könne sich vorstellen, wie er sich jetzt fühle. »Dennoch wäre es gut, wenn ich Sie noch heute sprechen könnte – dauert auch nicht lang.«

Malte fasste einen spontanen Entschluss. »Wissen Sie was? Nach allem, was ich heute gehört und gesehen habe, werde ich den Verdacht nicht los, dass irgendeine Verbindung zwischen der Ermordung meines Bruders und dem Überfall auf die *Weiße Möwe* existiert. Fragen Sie mich nicht, welche, denn ich weiß es nicht. Aber eines weiß ich: Liah Hausers Mann ist Opfer dieses mysteriösen Zusammenhangs geworden, und sie hat alles Recht der Welt, zu erfahren, was eigentlich dahintersteckt.«

Venske antwortete nicht, atmete jedoch hörbar.

»Kommen Sie von mir aus her«, sagte Malte entschieden. »Aber wenn sie will, soll Liah Hauser hören, was Sie mit mir zu bereden haben.«

Nach einer Weile antwortete Venske ruhig: »Wie Sie wollen.«

Liah hatte die Platte mit den Schnittchen gerade auf den Tisch gestellt, als Venske eintraf.

»Nehmen Sie Platz«, sagte sie, nachdem Malte sie mit dem Verfassungsschützer bekannt gemacht hatte.

Venske bedankte sich und setzte sich an den Küchentisch. »Tut mir leid, wenn ich störe.«

»Sie werden Ihre Gründe haben.« Malte klang unterkühlt.

Dankend nahm Venske an, als Liah ihm Tee anbot. Ihre Aufforderung, auch bei den Broten zuzugreifen, lehnte er jedoch ab. »Sehr freundlich von Ihnen, aber ich habe unterwegs an einer Imbissbude angehalten und eine Bratwurst gegessen. Lassen Sie sich deswegen aber nicht von Ihrem Abendbrot abhalten.«

Malte spürte plötzlich, wie hungrig er war, nahm sich eine dick mit Mettwurst belegte Schnitte und biss herzhaft hinein. Kauend musterte er den Kobold vom Verfassungsschutz und fragte mit vollem Mund: »Was führt Sie also hierher?«

»Guten Appetit!«, wünschte Venske trocken. »Ich gehe davon aus, dass Sie einiges zu verarbeiten haben nach diesem Tag.«

Malte nickte. »Und ich bin mir keineswegs sicher, wirklich alles erfahren zu haben.«

»Wie meinen Sie das?«

»Na, die Polizei hat mich wohl von Liste der Verdächtigen gestrichen, nachdem sie Liah Hauser zu meinem Alibi befragt hat, aber ob man mir deswegen wirklich alles sagt, wage ich zu bezweifeln.«

Der Verfassungsschützer verzog sein Gesicht zu einem spöttischen Lächeln. »Da mögen Sie recht haben. Genau aus diesem Grund bin ich hier. Ich möchte mit Ihnen über mögliche Schlussfolgerungen reden, die man aus den bisher vorliegenden Fakten ziehen kann – oder sogar muss. Ich bin sicher, dass Sie sich darüber auch Ihre Gedanken machen, oder?« Er sah Liah an. »Möglicherweise sogar gemeinsam.«

»Blicken Sie eigentlich selbst noch durch?«, kam es von Liah. »Soweit ich weiß, ermitteln die Kripo und das Bundeskriminalamt in dem Fall. Außerdem ist noch der Verfassungsschutz im Boot, und Malte hat mir gesagt, dass sogar noch irgendein weiterer Geheimdienst in den Ermittlungen drinhängt.«

Venske warf einen raschen Blick auf Malte. »So, hat er das gesagt?«

»Angeblich darf er mir keine weiteren Auskünfte dazu geben, aber wenn es den Mord an meinem Mann betrifft ...« Sie ließ den Satz unvollendet und schaute den seltsamen Mann an ihrem Küchentisch herausfordernd an.

Venske nickte nur, lehnte sich in seinem Stuhl zurück und sagte: »Sie sprachen gerade von ›dem Fall‹, Frau Hauser. Die entscheidende Frage ist, was für ein Fall das eigentlich ist. Oder, anders formuliert: Gehört alles, was geschehen ist, zu ein und demselben Fall?«

»Woher sollen wir das wissen?«, fuhr Malte auf.

»Ich hege durchaus nicht die Hoffnung, dass ausgerechnet Sie das wissen«, wies ihn Venske kalt zurecht, wandte seinen

Blick von ihm ab und sah Liah an. »Um Ihre Frage zu beantworten: Es mag für Sie so aussehen, als wären hier zu viele Köche am Topf, aber die ermittelnden Behörden arbeiten eng zusammen – und das seit Monaten. Das BKA hat die Ermittlungen in der Mordsache Felix Janssen jetzt an sich gezogen, weil feststeht, dass er streng geheime Daten gestohlen hat. Der Verfassungsschutz und der Bundesnachrichtendienst wiederum sind in die Ermittlungen eingebunden, weil es konkrete Hinweise auf eine Verbindung zwischen den Vorfällen in Deutschland und denen in Russland gibt.«

»Heißt das, Sie wissen definitiv, dass der Mord an meinem Bruder etwas mit dem Überfall auf die *Weiße Möwe* zu tun hat?«, meldete sich Malte erregt zu Wort.

Venske gab keine Antwort. Beiläufig sagte er: »Sie haben Kommissarin Schröder von der Kieler Kripo erzählt, dass Sie Ihrem Bruder nicht besonders nahe standen.«

»Was wollen Sie damit sagen?«, rief Malte erbost. »Etwa, dass mir sein Tod deswegen gleichgültig wäre?«

»Nichts dergleichen habe ich gesagt«, erwiderte der Verfassungsschützer verärgert. »Ich erwähne es nur, weil Sie ja nicht einmal wussten, wie die Freundin Ihres Bruders mit Nachnamen heißt. Deshalb hat es eine Weile gedauert, bis die Kripo sie ausfindig machen konnte. Sie heißt Carina Hoffmann. Und sie sagt, sie habe ihn seit vierzehn Tagen nicht mehr gesehen. Das ließ sich auch anhand des Chats und der SMS nachvollziehen, die sie mit Ihrem Bruder ausgetauscht hat.«

»Aha«, erwiderte Malte verständnislos. »Und was soll uns das sagen?«

»Nun, als ich das hörte, kam mir eine Frage in den Sinn, die ich Ihnen einmal stellen sollte«, gab Venske zurück und fasste Malte fest ins Auge. »Sie lautet: Wann haben *Sie* eigentlich Ihren Bruder zum letzten Mal persönlich getroffen?«

Malte musste keine Sekunde lang überlegen. »Am Vorabend unseres Überführungstörns nach Sankt Petersburg. Er war für das Wochenende in seine Ferienwohnung gekommen und wollte sich unbedingt die *Weiße Möwe* ansehen. Schließlich ist sie das größte und luxuriöseste Boot, das jemals auf unserer Werft gebaut wurde.«

»Er war also auf der Yacht?«

»Wie hätte er sie sonst besichtigen können?« Maltes Geduldsfaden war kurz vor dem Zerreißen.

»Mit Ihnen zusammen?«

»Ja, verdammt. Was stellen Sie denn für seltsame Fragen?«

»Ruhig Blut«, mahnte Venske. »War er eine Zeit lang allein an Bord, ich meine: unbeobachtet?«

»Weiß ich nicht mehr, kann sein. Ja, vielleicht, aber wieso zum Teufel …?« Malte stockte, ihm wurde eiskalt und er starrte den Verfassungsschützer entsetzt an. »Sie meinen … Um Himmels willen, das … das ist doch …«, stammelte er.

Venske nickte bedächtig und sah Malte mit einem traurigen Blick an. »Was könnte Ihr Bruder an Bord gemacht haben? Hat er etwas manipuliert? Mir fällt da spontan dieser Koffer mit den Signalraketen ein. Ihnen etwa nicht?«

»Nein«, gab Malte entschieden zurück. »Mein Bruder mag da in eine fürchterliche Sache verstrickt gewesen sein, aber er hätte niemals etwas getan, was mich, das Boot und die ganze Besatzung in Gefahr gebracht hätte.«

»Vielleicht haben Sie recht«, lenkte der Verfassungsschützer ein. »Wir werden es wahrscheinlich sowieso nie erfahren.«

Malte massierte sich sein Gesicht. »Das ist alles ein bisschen viel, wenn Sie verstehen, was ich meine. Mit meinen Nerven steht es nicht mehr zum Besten.«

»Gibt es hier und jetzt noch etwas zu besprechen?«, schaltete sich Liah ein, und ihre Stimme hatte einen entschiedenen Ton, »oder lassen Sie uns endlich in Ruhe?«

Venske stand auf und deutete eine leichte Verbeugung an. »Ich habe Augen im Kopf. Glauben Sie mir: Das alles tut mir aufrichtig leid. Niemand ist grenzenlos belastbar.« Ein flüchtiges Lächeln flog über sein Gesicht. »Aber Sie werden das schaffen, gemeinsam.« Er wandte sich zum Gehen. »Danke für den Tee. Wir bleiben in Verbindung!«

»Das steht zu befürchten«, murmelte Malte und sah dem verwachsenen Kobold hinterher, als er den Raum verließ.

»Er tut nur, was er tun muss«, sagte Liah. »Und, ehrlich, ich finde ihn … ungewöhnlich einfühlsam. So hatte ich mir einen Agenten des Staatsschutzes nicht vorgestellt.«

»Der Begriff ›ungewöhnlich‹ trifft auf den Typen zumindest zu«, erwiderte Malte, rang sich ein müdes Lächeln ab und stand auf. »Ich bin fix und fertig. Muss dringend nach Hause und endlich mal schlafen.«

Was wohl ein frommer Wunsch bleiben würde nach allem, was er gerade erfahren hatte.

Liah schien ihn nicht gehört zu haben. Angestrengt schaute sie zum Fenster hinaus und sagte: »Vielleicht ist es ja noch gar nicht zu Ende.«

Er setzte sich wieder hin. Ihm war augenblicklich klar, was nun kommen würde – und er hatte sich nicht getäuscht.

»Was, wenn sie auch dich töten wollen?«

»Sie?«, versuchte er es und hörte selbst, wie lahm das klang.

»Ach, Malte, du weißt genau, wen ich meine: die Leute, die deinen Bruder gefoltert und ermordet haben. Du hast doch gehört, was Venske gesagt hat. Es gibt einen Zusammenhang zwischen all dem Schrecklichen, das passiert ist.

Die Spionage durch deinen Bruder, der Überfall auf die Yacht – das gehört doch zusammen. Und damit auch Karstens Tod.«

Malte nickte. Liah sprach nur das aus, was ihn umtrieb.

Welche feige Verniedlichung!, schoss es ihm durch den Kopf. Das richtige Wort hieß Angst. Eiskalt hatte sie ihn gepackt, als er dem Verfassungsschützer eben zugehört hatte.

»Das Ganze scheint ja ein Riesending zu sein«, fuhr Liah hartnäckig fort, »so was wie ein Spionagethriller, bei dem für die Beteiligten ungeheuer viel auf dem Spiel steht. Wer auch immer darin verwickelt ist – mächtige Leute sind das allemal. Was, wenn die meinen, dich auch mundtot machen zu müssen, weil du zu viel gesehen hast oder auch nur zu viel weißt?«

Malte senkte den Kopf und schwieg. Nach einer Weile murmelte er: »Ich habe das Gefühl, den Boden unter den Füßen zu verlieren.«

»Wir reden morgen weiter«, schlug Liah vor und stand auf. »Du solltest jetzt aber nicht allein sein, Malte. Bleib einfach hier. Ich sorge dafür, dass du ungestört schlafen kannst.«

27

Der im Norden Hamburgs gelegene Friedhof Ohlsdorf war mit fast vierhundert Hektar der größte Parkfriedhof der Welt. Die Hamburger sprachen von ihm gern als ›Letzter Hafen Ohlsdorf‹, doch wurde nur ein Teil des riesigen Geländes für Bestattungen genutzt und war mittlerweile zur letzten Ruhestätte für eineinhalb Millionen Menschen geworden. Der Park mit seinen alten Bäumen, den vielen Teichen und Bächen diente den Hamburgern auch als beliebtes Naherholungsgebiet, in dem man sich allerdings leicht verlaufen konnte, selbst wenn man einen Übersichtsplan bei sich hatte.

Clemens Venske war froh, dass es eine interaktive App gab, die man sich aufs Handy laden konnte. Er stand am Ende einer Holzbrücke und hatte die Auswahl zwischen drei Wegen, die in verschiedene Richtungen abgingen. Ein kurzer Blick auf das Smartphone genügte und das GPS zeigte ihm seinen Standort ebenso wie den Weg zum Ziel an.

»Praktisch, dieses moderne Zeug«, murmelte er und marschierte weiter. Laut Display lagen nur noch zweihundert Meter vor ihm.

Als Arina Schtscherbakowa ihm gesagt hatte, sie sollten sich am Grab der Maria Pochodj treffen, Grabstelle BP73, war er sich sicher gewesen, diesen Namen noch nie gehört zu haben. Im Internet hatte er nur gefunden, dass Pochodj eine junge russische Zwangsarbeiterin gewesen war, die im

Jahr 1944 hier begraben worden war. Sie war gerade mal einundzwanzig Jahre alt gewesen.

In diesem Bereich des Friedhofs war außer ihm niemand unterwegs, stellte er zufrieden fest. Wahrscheinlich gab es im Umkreis von Grabstelle BP73 keine der sogenannten Prominentengräber, die in großer Zahl Besucher aus der ganzen Welt anzogen.

Vielleicht war das der Grund dafür, dass Schtscherbakowa diese Stelle ausgewählt hatte, vermutete Venske, wenngleich er ahnte, dass auch die Nationalität und das Schicksal der verstorbenen Maria Pochodj irgendeine Rolle dabei spielten.

Er hatte Arina Andrejewna Schtscherbakowa kennengelernt, als er noch beim Bayerischen Verfassungsschutz in München gewesen war. Der war damals auf eine Terrorzelle aufmerksam geworden, die bis dahin zwar noch nicht öffentlich in Erscheinung getreten war, aber bereits im Untergrund an der Vorbereitung eines Anschlags arbeitete und dafür mit Hilfe dubioser Waffenhändler aufrüstete. Die Behörde hatte von einem V-Mann den Tipp erhalten, dass ein mutmaßliches Mitglied der Terrorzelle eine Garage im Münchener Stadtteil Neuperlach angemietet habe. Bei einer Razzia hatte man dort eine Menge Sprengmittel und Kriegswaffen gefunden, die allesamt aus Russland stammten, offensichtlich aus alten Militärbeständen.

Die Ermittlergruppe unter Führung des Bundeskriminalamts, der Venske als Vertreter des bayerischen Staatsschutzes angehörte, nahm Kontakt zur ›Hauptverwaltung zur Bekämpfung der Organisierten Kriminalität‹ in Moskau auf, eine ungewöhnliche Maßnahme, die nur selten getroffen wurde. Die Russen jedoch zeigten sich sofort an einer Zusammenarbeit interessiert, denn sie waren selbst hinter der mafiösen Organisation her, die irgendwo im Norden ihres riesigen Landes ein abgelegenes Depot überfallen, die Wachmannschaft brutal getötet und dort gelagertes ausgemustertes Militärgerät geraubt hatte, darunter auch Waffen, wie sie in der Neuperlacher Garage gefunden worden waren. Bisher hatten sie nur einige kleine Fische aus dem Umfeld der Mobster verhaften können, es gab aber Hinweise darauf, dass sich der führende Kopf nach Deutschland abgesetzt hatte.

Dem russischen Team, das kurz danach in München eingetroffen war, gehörte auch Arina Andrejewna Schtscherbakowa an, die sich als Angehörige der russischen Botschaft auswies, fließend und nahezu akzentfrei Deutsch sprach und als Sprachmittlerin fungierte. Tatsächlich aber war sie eine Agentin des SWR, des zivilen russischen Auslandsgeheimdienstes, wie Venske mithilfe des BND schnell herausfand. Keine Überraschung für ihn, denn es verstand sich von selbst, dass Russland an sämtlichen offiziellen Operationen im Ausland immer seine Sicherheitsorgane beteiligte.

Ebenso wie Schtscherbakowa wusste, dass Venske für den Verfassungsschutz arbeitete, war sie sich mit Sicherheit darüber klar, dass auch er ihre wahre Funktion kannte. Natürlich verloren sie kein Wort darüber, und schon gar nicht stand diese bizarre Situation einem kollegialen Umgang miteinander im Wege – der klassische Irrwitz des Geheimdienstalltags.

Tatsächlich gelang es dann sehr bald, den gesuchten Russen aufzuspüren und festzunehmen. Als der in den Vernehmungen beharrlich schwieg, trat Schtscherbakowa auf den Plan und konfrontierte den Mann mit all dem, was die Behörden in Russland bereits über ihn wussten. Da brach er endlich sein Schweigen und verhalf den deutschen Behörden so zum Durchbruch bei ihren Ermittlungen gegen die Terrorzelle.

Der Russe wurde später wegen des Handels mit Kriegswaffen und Unterstützung einer terroristischen Vereinigung zu fünf Jahren Gefängnis verurteilt und sollte nach Verbüßung seiner Freiheitsstrafe in sein Heimatland abgeschoben werden.

Venske war bald darauf zum Verfassungsschutz Schleswig-Holstein gewechselt, hielt jedoch den reichlich ungewöhnlichen Kontakt zu Schtscherbakowa aufrecht. Beide hatten sie Freude an ihren gelegentlichen Treffen, dennoch – oder gerade deshalb – bemühten sie sich dabei stets um fröhliche Unverbindlichkeit und vermieden alle Themen, die irgendwie mit ihrer Arbeit in Verbindung standen.

Wenige Monate nach seiner Versetzung erhielt Venske in Kiel einen Anruf der Russin. Sie erzählte ihm, sie sei nun auch in den Norden versetzt worden, und zwar als Pressereferentin ins Generalkonsulat der Russischen Föderation in Hamburg. Venske hatte ihr artig zur Beförderung gratuliert und das Telefon angelächelt. Seither hatten sie sich drei- oder viermal auf einen Kaffee getroffen.

Während er nun so zielstrebig über den Kiesweg des Friedhofs marschierte, dass es unter den Sohlen seiner großen Schuhe heftig knirschte, dachte Venske an die Treffen und schmunzelte. Ob seinerzeit als angebliche Mitarbeiterin der russischen Botschaft oder in ihrer neuen Funktion im Hamburger Generalkonsulat – Arina Schtscherbakowa war Geheimdienstagentin in Diensten der Russischen Föderation. Gleichgültig, was in ihrem Diplomatenpass stand, sie gehörte zum sogenannten nachrichtendienstlichen Gegner, wie das im Agentenkauderwelsch hieß. Doch genau das machte den

Umgang miteinander so reizvoll: Beiden war klar, dass sie sich niemals restlos vertrauen würden, aber sie waren sich menschlich sympathisch. Ob sie über ihre pikanten Kaffeekränzchen mit dem deutschen Staatsschutzbeamten an ihre Vorgesetzten berichtete, wusste Venske nicht. Überflüssig, ihr diese Frage zu stellen, denn er hätte den Wahrheitsgehalt der Antwort sowieso nicht überprüfen können.

Als sie etwa fünfzig Meter entfernt hinter einer mächtigen Linde hervortrat und ihm zuwinkte, hob er ebenfalls kurz die Hand und beschleunigte seine Schritte. Beim Näherkommen fiel ihm wieder einmal auf, dass Arina Schtscherbakowa auf den ersten Blick aussah wie eine gutmütige, etwas pummelige Hausfrau. Sie war nur wenig größer als er, aber von robustem Körperbau. Ihren Kopf zierte eine etwas altbacken anmutende Dauerwellenfrisur, sie trug einen hellen Trenchcoat, und eine voluminöse Handtasche baumelte an ihrem angewinkelten linken Arm.

»Ein ungewöhnlicher Ort, den Sie da ausgesucht haben, Arina Andrejewna«, sagte Venske, als sie sich die Hand gaben.

Schtscherbakowa grinste, aber ihre blaugrünen Augen blickten ihn wachsam an. »Nach allem, was Sie mir am Telefon gesagt haben, hielt ich es für sinnvoll, diesmal lieber nicht in eine Konditorei zu gehen, alter Freund.«

Venske nickte und schaute sich diskret um.

»Seien Sie unbesorgt, wir sind allein«, erklärte Schtscherbakowa. »Ich bin mit meinem Privatwagen gekommen.« Sie wies auf einen kleinen Pavillon mit einer Sitzbank, der ein Stück weiter am Weg stand. »Da drinnen können wir uns in Ruhe unterhalten.«

»Was hat es denn mit dieser Maria Pochodj auf sich?«, fragte Venske, während sie zu dem hölzernen Unterstand hinübergingen. »Wie ich Sie kenne, treffen wir uns bestimmt nicht zufällig an ihrem Grab.«

Gleichmütig antwortete Schtscherbakowa: »Es ist angenehm ruhig hier. Wer interessiert sich schon für eine tote Russin, die vor fast achtzig Jahren hier begraben wurde?«

»Ich«, sagte Venske.

»Sie wurde von Ihren Landsleuten ermordet.«

Venske nickte. »Das dachte ich mir.«

»Es kann nicht schaden, solche Erinnerungen wachzuhalten, was meinen Sie?«

»Keine Frage«, gab Venske zurück.

»Ich kann Ihnen gern bei Gelegenheit einmal von Maria Pochodj und ihrem Schicksal erzählen«, sagte Schtscherbakowa, als sie auf der Bank im Pavillon Platz nahmen. »Aber wenn ich Sie richtig verstanden habe, gibt es dringlichere Probleme.«

»Stimmt«, bestätigte Venske und zog die Zigarettenschachtel aus der Tasche. »Ich darf doch?«

»Nur wenn ich eine schnorren darf«, erwiderte die Russin und zog eine Zigarette aus der Packung, die Venske ihr hinhielt. Er gab ihr Feuer, und eine kurze Weile saßen sie schweigend nebeneinander und rauchten.

Schließlich sagte Venske: »Sie wissen ja, dass ich an Ermittlungen beteiligt bin, die sich um Timur Krylow drehen.«

»Ach, weiß ich das?«

Er lachte spöttisch auf. »Lassen Sie doch bitte diesen Unsinn, Arina Andrejewna. Wir haben nie darüber gesprochen, natürlich nicht, aber wir sollten uns gegenseitig nicht für dumm verkaufen.« Er nahm einen kräftigen Zug und blies den Rauch langsam aus. »Ich brauche Ihren Rat.«

»Legen Sie los.«

Venske hatte sich sehr genau überlegt, wie weit er gehen könnte, um die Hilfe zu bekommen, die er brauchte. Schließlich war er zu der Überzeugung gelangt, dass es vertretbar war, auch ein gewisses Risiko einzugehen, was die Offenlegung von Erkenntnissen der deutschen Nachrichtendienste zu Krylow betraf.

Leise sagte er: »Was ich Ihnen jetzt erzählen werde, kann mich den Job kosten und in den Knast bringen.«

»Ich werde Sie im Gefängnis besuchen und einen original russischen Zupfkuchen mitbringen«, erwiderte Schtscherbakowa. »Mit eingebackenem Sägeblatt, versteht sich.«

»Tröstlicher Gedanke, aber mir wär's lieber, wir äßen das Gebäck woanders.« Er zündete sich eine neue Zigarette am Stummel der alten an, trat diesen aus und sagte: »Nun gut, also hören Sie bitte zu!«

Ohne sichtbare Regung lauschte die Russin seinem Kurzvortrag, in dem sie erfuhr, welche Erkenntnisse die Ermittlungsgruppe aus BKA, BND und Verfassungsschutz zu der Organisation mit dem Decknamen *Drakon* und deren Aktivitäten im illegalen weltweiten Waffenhandel hatte.

»Es gibt für uns – und, wie ich weiß, auch für die CIA und den Mossad – keinerlei Zweifel, dass Timur Stepanowitsch Krylow der Kopf von *Drakon* ist«, schloss er. »Ich bin aber sicher, dass ich Ihnen damit nichts Neues sage, Arina Andrejewna.«

»Wenn Sie da so sicher sind, wieso erzählen Sie es mir dann?«, fragte sie, ohne eine Miene zu verziehen.

Venske hatte Mühe, seine Erleichterung zu verbergen, denn mit dieser Reaktion hatte sie ihn auf subtile Weise wissen lassen, dass sie über *Drakon* Bescheid wusste und – viel wichtiger – nicht vorhatte, ihn mit vorgetäuschtem Unwissen abzuwimmeln.

»Haben Sie Kenntnis von dem nächtlichen Überfall angeblicher Küstenpiraten auf Krylows Yacht *Belaya Chayka*, der unlängst in russischen Hoheitsgewässern stattgefunden hat?«, wagte er sich weiter vor.

»Selbst wenn ich davon wüsste – worauf wollen Sie hinaus?«

»Einen Augenblick, bitte. Erst muss ich Ihnen noch eine andere Geschichte erzählen. Und zwar die eines Wissenschaftlers, der maßgeblich an der Entwicklung von Software für ein geheimes deutsches Rüstungsprojekt beteiligt und – Überraschung! – der Bruder des Bootsbauers war, der Krylow die *Weiße Möwe* geliefert hat.«

»Ein geheimes deutsches Rüstungsprojekt also«, wiederholte die Russin. »Und um was handelt es sich dabei?«

Venske grinste. »Netter Versuch, meine Liebe. Darf ich fortfahren? Also: Ausgerechnet Krylows Boot wurde auf der Überführungsfahrt überfallen. Dabei wurde ein Besatzungsmitglied getötet, ein anderes schwer verwundet, und die russischen Behörden haben zu all dem einen Untersuchungsbericht verfasst, der, höflich gesprochen, fragwürdig ist.« Er sah, dass seine Zigarette schon wieder heruntergebrannt war, zog noch einmal daran, warf den Stummel auf den Boden und trat die Glut aus. »Ach ja, das war noch nicht alles. Als nämlich die Spionage des Wissenschaftlers aufflog und er kurz vor seiner Festnahme stand, wurde er von einem professionellen Killer in seiner Wohnung aufgesucht, gefoltert und dann erschossen.« Mit einem Ruck drehte er seinen großen Kopf herum und sah der Russin fest in die Augen. »Kommt Ihnen an dieser wilden Geschichte irgendetwas bekannt vor, liebe Freundin?«

»Sie hätten getrost noch den Inhalt des Berichts der zuständigen Sankt Petersburger Behörden erwähnen können. Es geht das Gerücht, dass die Piraten angeblich schnell entdeckt und – beim Versuch, sie festzunehmen – in einem Feuergefecht allesamt getötet wurden. Und dass man nichts von ihrer Beute gefunden hat«, erwiderte sie obenhin und begegnete seinem Blick ohne erkennbare Gemütsbewegung.

Ein vorsichtiges Lächeln stahl sich auf Venskes Gesicht. »Sie wissen sogar mehr, als ich dachte.«

»Sie meinen sicher, ich gebe mehr preis, als Sie zu hoffen wagten«, antwortete Schtscherbakowa trocken. »Aber Vorsicht: alles Gerüchte! Auch, dass der … Zwischenfall mit der *Belaya Chayka* gewisse Behörden meines Landes außerordentlich intensiv beschäftigen soll, warum auch immer. Die Wellen schlagen hoch. Sehr hoch und sehr weit, erzählt man sich.«

»Wollen Sie mir mehr dazu sagen?«

»Kann ich nicht. Ich habe keine Ahnung, was dahintersteckt.«

»Aha.« Venske konnte seine Enttäuschung nicht verbergen.

»Hören Sie, alter Freund, ich werde Ihnen etwas anderes sagen: Ich verabscheue Krylow. Er gehört zu den Leuten, die mein Heimatland ausplündern, die keinerlei Skrupel haben, sich auf Kosten der Menschen in Russland zu bereichern, rücksichtslos und profitgierig. Mit Korruption und brutaler Gewalt vermehren sie ihren sagenhaften Reichtum und verhindern damit den Aufbau eines halbwegs gerechten sozialen Gefüges in unserer Gesellschaft. Im Westen nennt man sie gern Oligarchen, ich nenne sie Schmarotzer. Die Kommunisten, die im Namen ihrer Ideologie das Land und seine Wirtschaft zugrunde gerichtet haben und mitsamt der glorreichen Sowjetunion untergegangen sind, verfolgten ursprünglich wenigstens die ehrenwerte Idee von einer besseren Welt, auch wenn das gründlich schief gegangen ist. Aber die milliardenschweren Hasardeure vom Schlag eines Krylow kennen nur eine Ideologie: nämlich sich selbst zu bereichern.« Ihr Atem ging schneller und ihr Gesicht hatte sich leicht gerötet. Herausfordernd sah sie Venske an. »*Chert*! Geben Sie mir bitte noch einen Sargnagel!«

Nachdem sie den ersten Zug gemacht hatte, fuhr sie düster fort: »Krylow ist eine der gewissenlosesten unter diesen Hyänen, aber er hat mächtige Freunde. Mehr werden Sie von mir dazu allerdings nicht hören.«

Venske war beeindruckt. Der Ausbruch, den er eben miterlebt hatte, war Beweis für ein Maß an Vertrauen, auf das er so nie zu hoffen gewagt hätte.

»Ich glaube«, tastete er sich vorsichtig vor, »dass Krylow irgendwie in die Spionageaffäre verwickelt ist. Möglicherweise hat er den Wissenschaftler zum Diebstahl der geheimen Daten veranlasst, mit welchen Mitteln auch immer.«

»Davon weiß ich nichts. Wie auch? Ich sitze hier in Hamburg und mache Pressearbeit im Konsulat.«

»Nun ja …«, sagte Venske gedehnt und erlaubte sich ein schmales Lächeln. »Ich denke, Sie haben ausgezeichnete Verbindungen aufbauen können in der langen Zeit Ihrer Arbeit für … gewisse einflussreiche Behörden Ihres Landes.«

»Sie erwarten darauf doch wohl keine Antwort, oder?«, gab die Russin gelassen zurück, fügte dann aber doch noch an: »Über die Konkurrenz zwischen den einschlägigen Diensten bei uns wissen Sie doch Bescheid, oder? Ich habe nur gehört, dass Krylow stinksauer sein soll. Er betrachtet es als persönlichen Affront, dass sein schönes Schiff überfallen wurde. Es heißt, der feine Herr mache den Behörden in Sankt Petersburg mächtig Dampf.«

»Was wirft er denen denn vor?«

»Er traut dem Abschlussbericht anscheinend auch nicht, soweit ich weiß. Sein Boot ist beschädigt worden, und niemand kann dafür zur Rechenschaft gezogen werden, weil angeblich alle tot sind.«

»Was Sie nicht glauben, wenn ich Sie richtig verstehe.«

»Ihre Interpretation. Ich kann mir kein Urteil erlauben. Wie gesagt: alles nur Gerüchte, die hinter vorgehaltener Hand kursieren. Ich habe keinen offiziellen Zugang zu dieser Sache, nicht den geringsten.«

Venske wiegte seinen Riesenschädel hin und her. »Gerüchte oder nicht – jedenfalls sehr undurchsichtig, das alles. Aus meiner Sicht gibt es da ein paar weitere Dinge, die mich nachdenklich stimmen.« Er schwieg einen Augenblick, dann sagte er: »Ich weiß Ihre Offenheit zu schätzen, Arina Andrejewna. Deshalb sollen Sie wissen: Ich vermute, dass sich die gestohlenen hochsensiblen und geheimen Daten an Bord der Yacht befanden und diese deshalb überfallen wurde.«

Sichtlich überrascht lehnte Schtscherbakowa sich vor und sah ihn mit einem langen, fragenden Blick an.

Venske verstand diesen Blick sofort. »Ich bin sicher, dass es ein paar Leute bei Ihnen gibt, die das längst wissen. Trotzdem können Sie mit dieser Information machen, was immer Sie für richtig halten.«

»Das ist anständig von Ihnen.«

»Nur fair«, erwiderte Venske. »Aber es bleibt die Frage, wer hinter dem Spionageauftrag steckt, wer den Wissenschaftler erpresst oder sonst wie veranlasst hat, die Daten zu stehlen, auf dem Boot zu verstecken und …«

»Er selbst hat das gemacht?«, hakte die Russin nach.

»Es gibt keine Beweise dafür, aber die Gelegenheit dazu hatte er, das habe ich herausgefunden. Eins ist wohl klar: Das Märchen von den Seeräubern – übrigens wahrscheinlich keine Russen –, die wie Marineinfanteristen ausgebildet waren, über ein erstklassiges Schnellboot, über hervorragende Ausrüstung und reichlich Waffen verfügten und damit die nächstbeste Yacht geentert haben, die vorbeifuhr, ist blanker Unsinn. Für mich steht fest, dass hier mehrere Akteure am Werk waren. Und die sind sich womöglich in die Quere gekommen.«

»Wie darf ich das verstehen?«

»Nun, diejenigen, die den Wissenschaftler dazu gebracht haben, die Daten für sie zu stehlen und auf der *Weißen Möwe* zu verstecken – *wenn* er das getan hat, was wir nun wohl nicht mehr erfahren werden –, haben sicher Vorkehrungen getroffen, dass sie sich nach Ankunft der Yacht in Sankt Petersburg unauffällig das Material von Bord hätten holen können. Doch genau das wurde durch den Überfall auf See vereitelt. Es handelt sich also bei den Initiatoren der Spionage ganz sicher nicht um diejenigen, auf deren Konto auch der fingierte Piratenüberfall geht. Da stecken andere Leute dahinter.«

»Und Sie wollen wissen, wer diese Leute sind, nicht wahr? Das ist der eigentliche Grund für unser Treffen.« Schtscherbakowa stand auf sah auf Venske hinunter. »Was die sogenannten Piraten betrifft: Soweit ich es beurteilen kann, weiß derzeit niemand, in wessen Auftrag sie die Yacht überfallen haben.«

»Hm«, machte Venske. Er fühlte sich auf einmal unbehaglich und erhob sich ebenfalls. »Noch ein Wort zu dem Rüstungsprojekt: Ob und wie Krylow da hineinpasst, weiß ich nicht, aber es haben sich Nachrichtendienste verschiedener Staaten lebhaft für die streng geheimen Entwicklungsarbeiten interessiert. Was glauben Sie, Arina Andrejewna: Wer von denen ist für diese Spionageaktion verantwortlich? Wer hat den Datendiebstahl in Auftrag gegeben?«

»Da hätte ich durchaus eine Vermutung, aber auch nicht mehr. Lieber Freund, niemand aus unserem Apparat käme auf die Idee, derart brisante Informationen ausgerechnet mit der Pressereferentin eines Generalkonsulats in Deutschland zu teilen.« Sie streckte ihre Hand aus. »Wir sollten uns jetzt aber verabschieden, sonst wird es zu … kompliziert.«

Venske drückte ihre Hand herzlich. »Ist mir klar, Sie haben recht.«

Schtscherbakowa sah ihm in die Augen. »Spielen Sie Schach?«

»Schlecht«, erwiderte Venske verwundert.

»Dachte ich mir. Denken Sie mal logisch: Warum wohl interessieren sich sogar hohe Regierungsstellen dermaßen für den Überfall auf ein privates Segelschiff, und warum herrscht so große Aufregung darüber?«

»Weil ihnen etwas abhandengekommen ist, was sie unbedingt wiederhaben wollen – und was auf Krylows Schiff war?«, versuchte es Venske vorsichtig.

Die Russin sah ihn nur ausdruckslos an.

Venske brannte noch eine Frage unter den Nägeln. »Sie sagten vorhin, die Wellen der Aufregung seien hoch und reichten weit. Was glauben Sie, wie weit wohl? Bis hinein in den Kreml?«

Bevor sie sich umwandte und ging, bedachte Schtscherbakowa ihn mit einem warnenden Blick. »Ich kann Sie nicht daran hindern, Spekulationen anzustellen, Clemens.«

28

»Hast du alle Sicherheitsmaßnahmen getroffen?«

»Was für eine Frage!«

»Wir müssen aufpassen, auch was dieses Telefonat angeht. Sie könnten dich auf dem Schirm haben.«

»Selbstverständlich ist die Verbindung abhörsicher. Und außerdem hegt niemand gegen mich den geringsten Verdacht.«

»Bist du wirklich so naiv? Wir beide kennen diesen Laden von innen. Er mag seit vielen Jahren einen anderen Namen tragen, aber seine Methoden sind dieselben wie früher, als er noch anders hieß. Du müsstest das am besten wissen, in der Position, die du mittlerweile erreicht hast.«

»Mach dir keine Sorgen. Dafür gibt es keinen Anlass.«

»Gut, wenn du meinst … Dann bring mich auf den neuesten Stand!«

»Die Suchtrupps sind fündig geworden.«

»Na endlich! Ich dachte schon, unser Täuschungsmanöver würde gar nicht mehr funktionieren. Wieso hat es so lange gedauert, bis sie auf den richtigen Ort gestoßen sind?«

»Sie mussten schließlich ein riesiges Gebiet absuchen. Haben die Aufklärung in konzentrischen Kreisen, ausgehend von der Newabucht, immer weiter und weiter ausgedehnt, bis sie oben bei den Birkeninseln ankamen. Ohne die Infrarotkameras der Hubschrauber wären sie auf den Bootsschuppen niemals aufmerksam geworden.«

»Und was für Schlüsse hat Kusmin aus dem gezogen, was seine Leute dort gefunden haben?«

»Die falschen natürlich.«

»Sehr gut, dafür haben wir den ganzen Aufwand ja getrieben. Aber noch mal: Was genau hat er dir gemeldet?«

»Das, was er melden sollte. Die Spuren, die im Bootshaus gelegt wurden, erscheinen absolut eindeutig und halten jeder Überprüfung stand.«

»Gute Arbeit also, die die Esten geleistet haben.«

»Na, ich bin überzeugt, du hast Ihnen präzise aufgetragen, was sie zu tun hatten. Kusmin hat mir von zwei chinesischen Zigarettenstummeln berichtet, die hinter dem Bootshaus gefunden wurden, eine Marke, die man bei uns nicht kaufen kann. Geniale Idee, genauso wie die wenigen anderen falschen Fährten, die sie dezent gelegt haben.«

»Vollprofis eben. Ist ja nicht das erste Mal, dass sie für die Organisation gearbeitet haben. Übrigens waren sie bereits vier Stunden nach dem Überfall in ihrem Versteck in Estland zurück.«

»Sind ja auch kaum einhundert Seemeilen – keine Strecke mit so einem Boot. Sie haben sich dabei offenbar immer außerhalb der Reichweite des Radars unserer Küstenwache gehalten, denn niemand hat sie beobachtet oder gar verfolgt, das habe ich überprüft.«

»Und jetzt sind sie untergetaucht. Jeder von denen geht wieder seinem üblichen, stinknormalen Alltagsleben nach.«

»Wie viel hast du ihnen bezahlt?«

»Hunderttausend.«

»Tatsächlich? Dollar?«

»Was sonst? Rubelchen hätten sie nicht genommen.«

»Viel.«

»Gute Leute sind teuer, du alter Geizkragen! Das ist gut

angelegtes Geld. Dank mal daran, was du bekommst – für einen einzigen Tipp!«

»Aber einen überaus wertvollen, das wirst du nicht abstreiten wollen. Außerdem riskiere ich damit alles, nicht zuletzt mein Leben. So gesehen, ist mein Honorar eher zu niedrig.«

»Es ist hoch genug. Und Hunderttausend für die Leute, die die Drecksarbeit gemacht haben, sind dagegen geradezu lächerlich wenig.«

»Apropos ›Drecksarbeit‹: Verdammte Sauerei, dass sie den Deutschen erschossen haben, ganz abgesehen von dem Schwerverletzten. Hat uns viel Ärger eingebracht.«

»Bedauerliche Panne. Einer der Esten ist durchgedreht, als der Deutsche ihn angegriffen hat.«

»Übel, aber nicht mehr zu ändern. Ist das Material mittlerweile in deinem Besitz?«

»Ja.«

»Und – hast du überprüft, dass sich niemand daran zu schaffen gemacht hat, auch die Esten nicht?«

»Der Datenträger ist äußerlich unbeschädigt und hat einen genialen Kopierschutz, wie du selbst am besten weißt. Schließlich haben deine Leute ihn entwickelt.«

»Stimmt. Den knackt keiner. Na gut, dann könntest du mich jetzt ja mal langsam ins Vertrauen ziehen. Ich meine, im Hinblick auf diejenigen, die uns das Ding abkaufen.«

»*Uns*? Bist du größenwahnsinnig geworden? *Mir* kauft man es ab. Du hast nichts damit zu tun. Sag mir lieber: Wie hat man im Kreml reagiert?«

»Erst fassungslos, dann wütend. Für morgen ist eine Krisensitzung angesetzt worden.«

»Kommt *er* etwa persönlich?«

»Nein, er muss zu einem Staatsbesuch ins Ausland. Der Sekretär wird ihn vertreten.«

»*Der* Sekretär? Du meinst …«

»… natürlich seinen Vertrauten im Sicherheitsrat, wen sonst? Ich habe vorhin mit ihm gesprochen.«

»Und? Lass dir nicht alles aus der Nase ziehen! Was hat er gesagt?«

»Er war eiskalt, wie immer. Und er ahnt, wer hinter dem Desaster steckt. ›Jemand muss die Operation *Razvedchik* verraten haben‹, war seine erste Reaktion.«

»Na, um darauf zu kommen, hätte er nicht seinen Doktor machen müssen. Das liegt ja auf der Hand.«

»Er vermutet das Leck bei unseren Leuten in Deutschland.«

»Was Besseres kann uns überhaupt nicht passieren – dir vor allem.«

»Er hat mich angewiesen, das mit Hochdruck zu überprüfen. Ich habe Kusmin befohlen, seinen verantwortlichen Residenten, einen Mann mit dem Decknamen *Zigfrid*, aus Deutschland herzubeordern.«

»Du kümmerst dich sicher darum, dass man ein paar hieb- und stichfeste Beweise gegen ihn finden wird?«

»Was sonst? Lass uns lieber mal über mein Geld reden. Ich brauche Sicherheit. In einem Jahr werde ich pensioniert, dann bin ich weg, das weißt du.«

»Du hast es mir oft genug gesagt.«

»Hör mal, du bist der Letzte, der mir daraus einen Vorwurf machen könnte. Was hast *du* denn gemacht, als man unsere Ideale zertrümmert und die Sowjetunion in den Untergang getrieben hat? Du bist aus dem Dienst ausgetreten und Kapitalist geworden, oder?«

»Wenn du es sagst. Wir waren jung damals, aber ich wusste dennoch, dass unsere alte Welt für immer untergegangen war.«

»Ich habe zu lange gebraucht, um das einzusehen. Stattdessen habe ich fast dreißig Jahre lang gegen den Verfall von allem gekämpft, was uns einmal wichtig war. Bis diese elenden Weichlinge kamen, die Defätisten, und zwar von innen, aus unseren eigenen Reihen! Jetzt bin ich müde, alter Freund. Es ist so sinnlos gewesen. Schau dir nur an, was sie Mütterchen Russland angetan haben.«

»Du bist verbittert.«

»Ich will versuchen, der Sowjetunion keine Träne mehr nachzuweinen, wenn ich vor meinem Haus in der Sonne sitze. Bald ist es so weit, ich kann es kaum erwarten. Also bitte: Sprechen wir über mein Geld!«

»Ist alles vorbereitet. Du speist doch gern im Hotel *Sovietsky*, diesem Retro-Laden mit viel Sowjet-Nostalgie auf der *Leningradsky Ave*, nicht wahr?«

»Stimmt. Das Essen im Restaurant ist gut und das Ambiente erinnert mich an die alten Zeiten.«

»Hast du morgen Zeit, dein Mittagessen dort einzunehmen?«

»Warum nicht? Irgendwo muss ich ja essen.«

»Dann geh zwischen zwölf und eins dort hin. Besorg dir vorher irgendwo die aktuelle Ausgabe des *Maksim*. Im Restaurant des *Sovietsky* wird ein Tisch für dich reserviert sein. Wenn du dich hinsetzt, legst du das Magazin auf den Tisch und bestellst Tee und eine Portion *Pelmeni*.«

»Die mag ich.«

»Ich auch. Mein Leibgericht. Der Kellner wird dir das Bestellte servieren und dich fragen, ob du während des Essens lesen willst. Das verneinst du, und er wird dich bitten, so lange einen Blick in den *Maksim* werfen zu dürfen. Du gibst ihm das Heft und erhältst es zurück, wenn du deine Mahlzeit beendet hast. Nach dem Bezahlen nimmst du die Zeitschrift wieder an dich und verlässt damit das Lokal.«

»Klingt mächtig nach einem Geheimdienstfilm.«

»Einer, in dem du der Hauptdarsteller bist, nur besser bezahlt als der teuerste Hollywood-Star! Im Heft wirst du einen eingeklebten Umschlag finden und darin alle Details, die Nummer und das Passwort für dein neues Konto in Panama City. Auf dem Kontoauszug siehst du, dass ich die vereinbarte Summe bereits eingezahlt habe. Ich wünsche dir viel Glück!«

»Ach, Glück … Großes Wort. Vielleicht wenigstens noch ein paar Jahre Ruhe, mehr will ich gar nicht.«

29

Kein Albtraum!, war das erste, was Malte Janssen durch den Kopf schoss, als er erwachte. Er schlug die Augen auf, blinzelte und brauchte ein paar Sekunden, um sich klar zu werden, wo er war.

Er lag unter einer karierten Wolldecke auf der breiten Couch im Wohnzimmer der Hausers, ein bequemes Kissen unter dem Kopf. Die ersten Strahlen der Morgensonne fielen durch das Fenster herein und beleuchteten den bunten Flickenteppich, der auf den Holzdielen lag.

Er sah auf seine Armbanduhr. Kurz nach halb sechs. Zu früh zum Aufstehen, aber etwa die Zeit, zu der er in den vergangenen Monaten regelmäßig erwachte, mit rasendem Herzschlag und kaltem Schweiß im Gesicht.

Weil gegen Morgen der Traum kam. Seit vielen Monaten nun schon.

Er drehte sich auf den Rücken und schloss die Augen. Diesmal war da kein Traum gewesen, oder? Jedenfalls hatte er keine Erinnerung daran. Obwohl er auch heute zur gewohnten Zeit aus dem Schlaf hochgefahren war, nur eben ohne den ewig gleichen Film im Kopf. Und ohne den Schweiß.

Keine Bilder, kein Lärm. Nicht einmal Reginas Schreie, die ihn jedes Mal weckten.

Wie war das möglich?

Inzwischen hatte man seinen besten Freund und nun auch seinen Bruder erschossen, aber er träumte gar nichts mehr. Und das, obwohl ihn Liahs Frage ›Was, wenn sie auch dich töten wollen?‹ noch gequält hatte, als er längst schon auf dem Sofa gelegen und den erlösenden Schlaf herbeigesehnt hatte. Irgendwann hatte der Körper dann wohl sein Recht gefordert, und er war doch eingeschlafen.

Wenn die Psychotherapeutin recht damit hatte, dass das Unterbewusstsein ihn im Traum mit seinen Schuldgefühlen konfrontierte – wie war es dann mit der Angst, die ihn seit Felix' Ermordung im Griff hatte? Warum löste die keine Albträume bei ihm aus?

Sonderbar.

Unvermittelt fröstelte er. Es war ihm kalt unter der dicken Decke, eiskalt.

Zum ersten Mal wünschte er sich, mit Karin Hambach reden zu können, jetzt sofort. Vielleicht wüsste sie eine Antwort, vielleicht war das ja ein bekanntes Phänomen in der Psychologie: Je mehr Tote, desto weniger Albträume.

Abartiger Gedanke.

Hastig warf er die Decke zurück und sprang auf, wollte sofort nach Hause, sehnte sich nach einer heißen Dusche und frischer Wäsche.

Im Haus war es still. Wahrscheinlich war Liah noch nicht wach. Warum auch – zu dieser Uhrzeit!

Er war froh, in ihr Angebot eingewilligt zu haben, hier zu übernachten. Abgesehen davon, dass er die Einsamkeit in seiner Wohnung fürchtete, war es ihr sicher auch recht, nicht allein im Haus zu sein. Wahrscheinlich war es schlimm genug für sie, sich neben die leere Hälfte in das Ehebett zu legen.

Gesagt hatte sie das natürlich nicht.

Sachte zog er die Haustür hinter sich zu und ging über den Hof zu seinem Wagen. Ein Blick hinauf zu der Gaube im Reetdach zeigte ihm, dass die Vorhänge im Schlafzimmer zugezogen waren.

Gut. Er konnte nur hoffen, dass Liah noch schlief.

Auf der kurzen Fahrt hinüber zum Werftgelände, an dessen Rand das Haus der Janssens stand, zerbrach er sich wieder den Kopf über seinen Albtraum.

Der plötzlich fort war.

Eine Erklärung wollte ihm partout nicht einfallen.

Kurz nach acht Uhr betrat er die Werfthalle und begrüßte die Leute, die gerade ihre Arbeit aufnahmen.

Zwei Boote standen derzeit hier drinnen, ein Neubau auf einem 42-Fuß-Rumpf aus polnischer Produktion und eine betagte *Swan* von 1978, die vom Kiel bis zum Mast komplett erneuert wurde. Mit solchen sogenannten Refits hatte sich die Werft einen guten Namen gemacht. Sie waren inzwischen ein wichtiges Standbein der Firma.

Eine halbe Stunde später saß er in seinem Büro vor dem Monitor und versuchte, sich auf eine Kostenrechnung zu konzentrieren. Dabei handelte es sich um die *Inclusion*, ein bedeutend kleineres Segelboot als die *Weiße Möwe*, aber ebenfalls eines, das die ganze Fachkompetenz der Werft erforderte. Zudem hing Malte mit viel Herzblut daran. Auftraggeber war der gemeinnützige Verein ›Segeln mit Handicap‹, der eine Fahrtenyacht geordert hatte, auf der auch Menschen mit Behinderungen aktiv zur See fahren konnten, und zwar auf längeren Törns. Eine echte Herausforderung, die nahezu alle Bedienelemente des Bootes betraf, aber auch besondere Lösungen für die Inneneinrichtung und das Leben an Bord verlangte.

Zudem eine kostspielige Sache, die dadurch nicht einfacher geworden war, dass ein fest eingeplanter Sponsor dem Verein vor ein paar Tagen eine Absage erteilt hatte. Seither rechnete Malte hin und her und kam doch stets zum selben Ergebnis: Das Projekt war so nicht zu realisieren. Etwa achtzigtausend Euro fehlten.

Verdammt, wie konnte man das …

Plötzlich stutzte er, griff zur Maus und klickte die Seite mit den animierten Bildern des fertigen Bootes an.

Was wäre denn, wenn da am Rumpf *Janssen & Söhne Yachtbau* stünde, wenn also *seine* Firma für den ausgefallenen Sponsor einspringen würde? Das Krylow-Geschäft hatte so viel Geld ins Haus gespült, dass für dieses Jahr eine erschreckend hohe Steuerzahlung auf sie zukam. Warum nicht einen Teil davon in die *Inclusion* investieren? War das nicht die beste Werbung für eine Yachtwerft, die man sich überhaupt vorstellen konnte?

Und er konnte damit auch noch einen großartigen Verein unterstützen, statt ans Finanzamt zu zahlen!

Allemal eine Überlegung wert, fand Malte und fuhr irritiert hoch, als er plötzlich ein Räuspern hörte, gefolgt von einem lauten »Moin«.

Erst jetzt bemerkte er den Briefträger, der unbemerkt durch die stets offene Tür getreten war und schon fast vor seinem Schreibtisch stand.

»Tut mir leid, wenn ich Sie gestört habe, Herr Janssen«, sagte der Mann etwas verlegen und wedelte mit einem Din-A-5-Umschlag. »Man hat mir gesagt, ich soll hiermit direkt zu Ihnen gehen.«

»Alles gut, ich war nur … Warum haben Sie den nicht beim Empfang abgegeben?«

»Er ist an Sie adressiert – mit dem ausdrücklichen Zusatz

›persönlich‹. Aber ohne Absenderangabe. Und leider auch ohne Briefmarke.«

»Geben Sie mal her«, sagte Malte und sah sich den Umschlag an. Handschriftlich stand da sein Name und die Adresse. Sonst nichts.

»Irgendwie sieht das Ding komisch aus«, fand der Postbote. »Wenn Sie die Annahme nicht verweigern wollen, müsste ich allerdings Nachporto von Ihnen kassieren.«

Malte überlief es eiskalt. Die Schrift kam ihm bekannt vor. »Ich nehme den Brief an«, brachte er mit belegter Stimme heraus, zog sein Portemonnaie aus der Tasche und zahlte die geforderte Summe.

Als er wieder allein war, starrte er minutenlang wie gebannt auf den Umschlag.

Felix' Schrift.

Wahrscheinlich hätte er sie gar nicht erkannt, wäre er nicht gezwungen gewesen, sich in der Kieler Wohnung mit dem Nachlass seines Bruders zu beschäftigen. Felix hatte viel Handschriftliches hinterlassen, eine Menge Zettel und Notizen.

Aber warum hatte er keine Briefmarke aufgeklebt? Absicht, um die Zustellung zu verzögern, oder einfach nur Vergesslichkeit? Und was mochte Felix ihm zu sagen haben?

Wollte er das eigentlich wirklich wissen?

»Nun hab ich schon mal das Porto bezahlt …«, stieß er trotzig hervor und nahm den Brieföffner vom Tisch.

Einige Minuten später legte er das letzte Blatt aus der Hand, lehnte sich zurück und starrte schwer atmend an die Decke.

Nicht viel von dem, was Felix da schrieb, konnte ihn jetzt noch überraschen, und doch traf ihn dieser Abschiedsbrief wie ein Faustschlag in den Magen.

Mit zitternden Fingern griff er zum Telefon.

30

Es ist 20:35 Uhr, als die cremeweiße *Gulfstream G650* vor einen Hangar abseits des Privatjet-Terminals auf dem Amsterdamer Flughafen Schiphol rollt und die beiden Rolls-Royce-Triebwerke abgestellt werden. Noch während das ohrenbetäubende Heulen der Düsen abklingt, geht die Kabinentür auf und eine automatische Gangway entfaltet sich. Bevor sie den Boden berührt, kommt ein großer Wagen aus dem Dunkel herangefahren und hält an. Der Chauffeur bleibt hinter dem Lenkrad des über fünfeinhalb Meter langen schwarzen Ungetüms sitzen. Auf der Beifahrerseite steigt ein bulliger mittelgroßer Mann aus, sieht sich auf dem Rollfeld um, öffnet dann die rechte hintere Tür des gepanzerten Mercedes-Maybach S 600 Guard und nimmt daneben Aufstellung.

Gefolgt von zwei Bodyguards, kommt ein schlanker, etwa sechzigjähriger Mann mit vollem grauen Haar und auffallend hellblauen Augen die Gangway herab, eilt zum Wagen und setzt sich in den Fonds. Zwei der Bodyguards steigen ebenfalls ein, der dritte bleibt neben der Gangway stehen und beobachtet die Abfahrt seines Chefs.

Kurz darauf biegt der Maybach schon auf die A4 ab und reiht sich in den starken Verkehr in Richtung der Stadt ein. Von hier sind es nur noch zwölf Kilometer bis zum Zentrum, wo das Waldorf Astoria Hotel mitten im Amsterdamer Grachtengürtel direkt an der Herengracht liegt.

»Wann kommt das Boot?«, fragt der Grauhaarige.

»Um 23:00 Uhr legt es vor dem Hotel an«, antwortet der Mann auf dem Beifahrersitz, ohne sich umzudrehen. »Sie haben also noch reichlich Zeit, sich in Ihrer Suite frisch zu machen.«

»Frisch bin ich«, kommt es scharf zurück. »Was ich wissen will: Sind die Vorbereitungen getroffen, damit alles reibungslos abläuft? Haben Sie das noch einmal genau überprüft?«

Der Mann neben dem Fahrer scheint keinen Zweifel zu haben, was sein Chef mit ›alles‹ meint. Prompt antwortet er: »Das Boot kann nicht mit uns in Verbindung gebracht werden, dafür ist gesorgt, und der Skipper hält das Ganze für das Privatvergnügen eines reichen Mannes. Individuelle Grachtenfahrten sind in Amsterdam völlig normal, und das Schiffspersonal wird Sie nicht zu Gesicht bekommen.«

»Gut. Haben Sie unseren Gast über den zeitlichen Ablauf und die Örtlichkeiten informiert?«

»Selbstverständlich. Allerdings …«

»Was? Reden Sie!«

»Wir haben nun einmal keinen Einfluss darauf, dass Ihre Geschäftspartner sich exakt an die Abmachungen halten.«

Der Mann im Fond lächelt milde. »Das werden sie gewiss, seien Sie unbesorgt.«

»Bei allem Respekt«, kommt es vom Beifahrersitz, »es kann immer etwas dazwischen kommen. Zum Beispiel, wenn ein Flug sich verspätet oder …«

»Vergessen Sie's! Die Transportmittel dieser Leute sind immer pünktlich.« Der Herr im Fonds rekelt sich auf dem handschuhweichen Leder seines üppig gepolsterten Sessels, blickt entspannt durch das getönte Panzerglas nach draußen auf die bunten Lichter und genießt das geräuschlose Dahingleiten der mehr als vier Tonnen schweren Limousine auf den Straßen der Millionenstadt. Er lächelt sanft. »Man wird dafür sorgen, dass nichts dazwischen kommt, darauf können Sie wetten.«

Die Barkasse legt gerade an, als der groß gewachsene Herr aus dem prächtigen Foyer des Waldorf Astoria heraustritt, in dem er eine Suite bezogen hat, die zweitausend Euro pro Nacht kostet. Die Luxusherberge, ein Gebäudekomplex, dessen hell erleuchtete Fassade sich über sieben Hausnummern in allerbester Lage an der Herengracht erstreckt, ist gerade von Grund auf stilvoll renoviert worden und gehört zu den Spitzenhotels in Europa.

»Einen Augenblick, bitte«, sagt sein Leibwächter, der sich dicht neben ihm hält. »Das Boot muss erst festmachen, dann verschwindet die Crew nach vorn, und Sie können unbeobachtet an Bord und achtern in den Salon gehen.«

Kurz darauf überqueren sie mit ein paar Schritten die Straße und steigen auf das Ausflugsboot, eines von Hunderten, wie sie rund um die Uhr durch Amsterdams Grachten schippern. Dort werden sie von dem zweiten Bodyguard in Empfang genommen und in den hinteren Teil des Fahrgastraumes geleitet, wo die Sitzreihen entfernt worden sind. Stattdessen stehen sich dort nun auf einem Orientteppich, der zweifellos nicht zur Standardausstattung des Schiffchens gehört, zwei braune Ledersessel an einem niedrigen Mahagonitisch gegenüber.

Die Beleuchtung ist abgeschaltet, nur eine kleine Lampe mit einem gelb getönten Stoffschirm auf dem Tisch spendet ein wenig Licht. Vor die Fenster und unter das Glasdach sind im hinteren Teil Vorhänge gezogen, die jegliche Sicht ins Innere verhindern.

Während der grauhaarige Mann noch anerkennend nickt,

hört er Schritte und Stimmen an Deck, die Maschine wird gestartet, und das Boot legt ab. Er tritt an eine Anrichte neben den Sesseln, nimmt mit der Zange zwei Eiswürfel aus der Kühlbox, tut sie in ein Glas, füllt es mit Mineralwasser auf und wirft eine Zitronenscheibe hinein.

»Gute Arbeit«, sagt er zu seinen Leuten und nickt. »Sehr gute sogar.«

Er setzt sich in den Sessel am Fenster und zieht die Gardine ein kleines Stück zurück. Durch den Spalt blickt er auf die warmen Lichter in den Fenstern der Häuser, die gemächlich am Ufer der Gracht vorbeiziehen, schiebt die schneeweiße Manschette unter dem Ärmel seines Maßanzugs hoch und wirft einen Blick auf die *Patek Philippe Grand Complications* an seinem Handgelenk. »Elf Minuten, richtig?« Ohne die Antwort abzuwarten, setzt er hinzu: »Ich brauche jetzt meine Tasche, dann können Sie hinausgehen.«

Als er allein ist, legt er den flachen lederbezogenen Aktenkoffer auf den Tisch, öffnet die Zahlenschlösser und nimmt zwei Dokumente heraus. Kurz überfliegt er beide und legt sie wieder zurück. Nachdem er die Clips der Verkleidung im Deckel gelöst hat, greift er in das Fach dahinter, zieht ein flaches dunkles Kästchen heraus und lässt es in die rechte Tasche seines Sakkos gleiten.

Entspannt nimmt er wieder sein Glas zur Hand, nippt ein paar Mal an dem kühlen Wasser, lehnt sich im Sessel zurück und schaut durch den Spalt im Vorhang nach draußen.

Die Barkasse fährt auf der Herengracht nach Osten, biegt nach ein paar Minuten rechts in die breite Amstel und dreht kurz darauf links in die Nieuwe Prinsengracht hinein. Hier liegen auf beiden Seiten am Ufer Wohnschiffe vertäut, von denen die meisten offenbar bewohnt werden, wie die warmen Lichter in den Fenstern und Bullaugen zeigen.

Vor der breiten Brücke, über die die mehrspurige Weesperstraat führt, dreht das Boot – ein kniffliges Manöver in der schmalen Gracht – und legt dann sachte an einem Plattbodenschiff mit hochgeklappten hölzernen Seitenschwertern am Nordufer an.

Bis auf das fahle Licht der Straßenlaternen, das durch die Kronen der Bäume oben am Ufer hindurchschimmert, herrscht hier Dunkelheit. Das lang gestreckte Plattbodenschiff selbst ist unbeleuchtet.

Der Lichtstrahl einer Taschenlampe blitzt auf. Schritte an Deck, gedämpfte Stimmen, nur ein paar Worte. Einer der Bodyguards öffnet dem Besucher die Salontür und schließt sie sofort wieder hinter ihm, nachdem er eingetreten ist.

»Sie sind pünktlich – wie nicht anders zu erwarten«, sagt der elegante Mann, ohne sich zu erheben, und macht eine einladende Bewegung zu dem zweiten Sessel hin. »Nehmen Sie bitte Platz. Es ist alles vorbereitet, wie Sie gleich feststellen werden.« Er zieht ein Smartphone hervor, legt es auf den Tisch und zeigt darauf. »Sobald ich die Bestätigung zugesandt bekomme, dass Sie Ihre Verpflichtungen erfüllt haben, können Sie wieder von Bord gehen.«

Der Besucher, der eine verspiegelte Sonnenbrille trägt und den Schal bis ins Gesicht hochgezogen hat, setzt sich und holt sein Mobiltelefon aus der Manteltasche. »Ich gebe einen Code ein, wenn ich das von Ihnen erhalten habe, was Sie uns liefern wollen. Fünf Minuten später wird Ihr Geld auf dem gewünschten Konto eingehen.«

»Dessen bin ich mir sicher«, sagt der schlanke Mann im Anzug und nickt verbindlich. »Sie haben aber sicher nichts dagegen, dass ich das dennoch kurz überprüfen werde.«

»Nein, natürlich nicht.« Der Besucher lehnt sich vor.

»Also dann – wo ist das Material? Ich möchte so schnell wie möglich wieder von hier verschwinden.«

»Das ist ganz in meinem Sinne«, erwidert sein Gegenüber und greift in die Tasche seines Jacketts.

»Eine anregende Grachtenfahrt«, feixt der groß gewachsene Herr im Maßanzug aufgeräumt, als er eine halbe Stunde später, begleitet von einem seiner Leibwächter, ins Hotel zurückkehrt. »Und außerordentlich erfolgreich.«

Zielstrebig eilt er auf die Fahrstühle zu. »Ich werde mir mein Abendessen im Zimmer servieren lassen. Wenn Sie und Vladi die Sicherheit dort noch einmal überprüft haben, können Sie Feierabend machen.« Er klopft dem bulligen Mann auf die Schulter. »Sehr gute Arbeit heute! Ach, bitte benachrichtigen Sie noch die Piloten, dass wir morgen erst um zehn Uhr wieder nach Hause fliegen. Ich muss endlich einmal richtig ausschlafen.«

Als er später allein in den luxuriös ausgestatteten Räumen seiner Suite am Tisch sitzt, sich ein butterzartes Chateaubriand auf der Zunge zergehen lässt und eine Flasche 2010er *Château Petrus* dazu genießt, überfällt ihn ein wohliger Schauer. Er ist sehr mit sich zufrieden.

Lange, zähe Verhandlungen hat er führen müssen – und überaus gefährliche dazu –, bis es zu diesem Termin heute gekommen ist. Nun aber darf er sich freuen, denn seit einer Stunde ist er um einhundertfünfzig Millionen Dollar reicher.

Das brisanteste Geschäft seines Lebens war auch das bisher lukrativste.

31

Den ganzen Vormittag verbrachte Clemens Venske bei seiner Tochter, war so früh zu Hause losgefahren, dass er rechtzeitig im Pflegeheim war, um mit ihr frühstücken zu können.

Er machte das häufig. Das war ein klarer Vorteil seiner Dienststellung: Er konnte sich die Arbeitszeit weitgehend selbst einteilen. Natürlich sorgte er dafür, immer erreichbar zu sein, aber wenn er wieder einmal bis in die Nacht hinein gearbeitet hatte, nahm er sich die Freiheit, am nächsten Tag erst mittags im Amt zu erscheinen. So konnte er nicht nur am Sonntag, sondern auch ein- bis zweimal in der Woche mit Barbara zusammen sein.

Nach dem gemeinsamen Frühstück – wenn er mit Barbara am Tisch saß, übernahm Venske natürlich auch die Aufgabe, sie zu füttern und ihr zu trinken zu geben – machten sie einen Ausflug an den Strand. Kein weiter Weg. Schon aus den Fenstern im Frühstücksraum sah man den breiten hellgelben Sand mit den markanten Pfahlbauten in der Ferne. Dennoch kam Venske bei diesem Marsch regelmäßig ziemlich aus der Puste. So lange er den Rollstuhl über die befestigten Wege schieben konnte, ging es gut, aber die letzten Meter auf weichem Sand, um dahin zu gelangen, wo die Wellen ausliefen, waren jedes Mal ein Kraftakt.

Venske wollte dennoch nicht darauf verzichten, bildete

sich ein, Barbara hätte Spaß daran, dem Meer so nah wie möglich zu sein.

Und würde doch nie erfahren, ob das stimmte.

Besorgt sah er seiner Tochter ins Gesicht, das schmal zwischen der Wollmütze und dem breiten Schal hervorlugte. Heute schien zwar die Sonne, aber es ging ein scharfer auflandiger Wind, und Venske sah, dass ihre Nase lief.

»Ist dir kalt, mein Liebling?«, fragte er, ohne eine Antwort zu erwarten, und holte ein Tempotaschentuch heraus. Barbaras Mund stand stets leicht offen, denn sie lächelte immer.

»Also nein, ich habe vergessen, dir Handschuhe anzuziehen!« Behutsam löste er ihre kalten Finger von der Armlehne und hielt sie mit seinen beiden riesigen Händen umschlossen. Traurig sah er sie an, und ein Stich fuhr ihm durchs Herz. Wäre da noch Leben in den Augen gewesen, jener unvergessliche mutwillige, kraftsprühende Blick – er hätte geglaubt, direkt in das Gesicht seiner Frau zu schauen …

»Was meinst du, sollen wir lieber wieder zurückfahren?«, fragte er.

Natürlich erhielt er keine Antwort. Aber daran hatte er sich in all den Jahren gewöhnt. Dennoch sprach er viel mit Barbara, empfand diese Monologe überhaupt nicht als ungewöhnlich. Oft dachte er sich ihre Antworten einfach, ließ sie in seinem Geist sogar Fragen stellen, die er dann ganz selbstverständlich laut beantwortete.

Schnaufend schob er den Rollstuhl zurück auf den Weg und bis zu einer Holzbank. Dort setzte er sich hin und rauchte eine Zigarette, wobei er peinlich darauf achtete, dass der Qualm vom Wind nach hinten fortgeblasen wurde. Schließlich nahm er wieder ihre Hände und wärmte sie mit seinen.

Lange saßen sie so nebeneinander, er sah abwechselnd

seine Tochter an und aufs Wasser hinaus, hielt ihre schmalen Finger fest und erzählte zum tausendsten Mal das Märchen.

Immer wenn er mit heller verstellter Stimme die Worte »Ach, wie gut, dass niemand weiß, dass ich Rumpelstilzchen heiß« ausrief, sah er seine Tochter an und achtete auf irgendeine Reaktion von ihr. Vielleicht ein Blinzeln, ein Zucken der Augenbrauen – so etwas.

Nichts dergleichen. Barbara lächelte.

Er erwartete nichts anderes. Längst nicht mehr.

Sie machten sich auf den Rückweg, er kaufte unterwegs ein Eis, hielt es ihr an den Mund, und sie leckte es gierig bis auf den Stiel ab.

»Vanille mit Schokoglasur«, sagte Venske und wischte ihr den Mund und das Kinn ab. »Gut, was?«

Barbara lächelte.

Er wollte gerade in den Wagen steigen, als sein Handy lautstark einen Anruf verkündete.

»Felix hat mir einen Brief geschickt, so was wie einen Abschiedsbrief«, stieß Malte Janssen hervor, kaum dass Venske sich gemeldet hatte. Er berichtete von dem unfrankierten Umschlag und den handbeschriebenen Seiten, die er darin gefunden hatte.

»Ihr Bruder wurde ermordet, Herr Janssen, das steht fest«, sagte Venske. »Warum soll er da drei Tage zuvor einen solchen Brief verfasst haben?«

»Weil er Selbstmord begehen wollte, wie wir bereits vermutet haben – nach dem, was man an Medikamenten in seiner Wohnung gefunden hat.«

»Sie haben recht. Und was …«

»Er wollte Suizid begehen, das schreibt er glasklar. Er hatte alle Vorbereitungen dafür getroffen. Es ist bloß nicht mehr dazu gekommen, weil man ihn vorher umgebracht hat.«

»Für diesen Brief wird sich die Kripo interessieren«, erwiderte Venske. »Wollen Sie mir sagen, was drinsteht?«

»Warum sonst rufe ich Sie wohl an?«

Venske ließ sich durch den aggressiven Ton nicht aus der Ruhe bringen. Er spürte, dass der Mann aufgewühlt war. »Ich dachte, es könnte Ihnen unangenehm sein, ich meine: zu privat vielleicht, zu emotional.«

»Sie werden das doch sowieso lesen, ist ja wohl so etwas wie ein Beweisstück, oder?«

»Stimmt.«

»Und Emotionen kommen ohnehin kaum vor, das kann ich Ihnen versichern.«

Das klang bitter, stellte Venske fest.

»Liest sich wie eine wissenschaftliche Abhandlung. Kühl, präzise, chronologisch und ...« Malte stockte. »Ach, verflucht, das ist kein Abschiedsbrief, wie man ihn erwarten würde. Mein Bruder hat eine verdammte Dokumentation verfasst. Klar und kalt.«

Venske hörte schweigend dem heftigen Atmen am anderen Ende zu.

»Man hat ihn erpresst, schreibt er«, kam es nach einer Weile in dumpfem Ton von Malte. »Das hatten Sie ja schon vermutet, oder?«

»Ja. Womit wurde er denn unter Druck gesetzt?«

»Das können Sie sich nicht vorstellen!«

»Das kann ich tatsächlich nicht. Also was sagt er dazu?«

»Er hat einen jungen Mann ermordet, den er in einer Kneipe aufgegabelt hatte. In Hamburg. Sie sind in ein Hotel gefahren, und da soll es passiert sein. Angeblich fehlt ihm daran jede Erinnerung, aber die Beweise seien eindeutig.«

»Grundgütiger!«, entfuhr es Venske. »Beweise? Was denn für Beweise?«

»Fingerabdrücke und DNA-Spuren von Felix auf der Tatwaffe zum Beispiel.«

»Welche Tatwaffe?«

»Ein Messer. Er habe Fotos davon gesehen, schreibt er. Das angetrocknete Blut auf der Klinge sei deutlich zu sehen gewesen.«

»Mehr sogenannte Beweise gab es nicht?«

»Doch, hier steht auch noch was von Fotos, die Felix als Täter überführen würden. Aber das können Sie ja alles selbst lesen.«

»Ich werde gleich mal bei der Polizei in Hamburg nachfragen, was sie dort von diesem angeblichen Mord wissen«, sagte Venske.

»Tun Sie das. Aber das ändert auch nichts mehr.«

»Wie meinen Sie das?«

»Felix war sich sicher, dass er wegen Mordes angeklagt wird, wenn alles ans Licht kommt. Das allein zählt doch.«

»Nein, Herr Janssen. Das mag ihn zu dem gebracht haben, was er getan hat, aber es zählt sehr wohl, ob es auch wirklich stimmt. Oder wollen Sie das etwa nicht wissen?«

»Ach, was hilft das noch? Felix hat seine Lage als aussichtslos betrachtet«, kam es matt zurück, und Venske hörte Papier rascheln. »Er schreibt: ›Ich hatte die Wahl, entweder als Mörder verurteilt zu werden oder Geheimnisverrat zu begehen und zum Spion zu werden. Ich habe Letzteres vorgezogen. Es bestand die Chance, damit durchzukommen. Meine Entlarvung steht jetzt jedoch unmittelbar bevor.‹« Wieder ein leises Rascheln.

»Sagt er irgendetwas über die Leute, die ihn erpresst haben?«

»Nur, dass er nicht weiß, wer sie sind. Er listet detailliert mit Zeit und Ort alles auf, was er getan hat, also wie er die Daten gestohlen hat und ... na ja, und so weiter, aber er sagt auch, dass er keine Ahnung hatte, für wen er das getan hat. Moment mal ...«, Rascheln, »ich lese es Ihnen vor: ›Ich bin überzeugt‹, schreibt er, ›dass ein ausländischer Geheimdienst hinter der Sache steckt. Bei *GDE* haben wir seit Längerem schon Hackerangriffe und Ausspähversuche verschiedenen Ursprungs festgestellt und an die Sicherheitsbehörden gemeldet. Der Mann, der plötzlich in meiner Wohnung saß, als ich nach Hause kam – er hatte einen Schlüssel, woher auch immer –, sprach aber akzentfreies Deutsch.‹«

»Hm«, machte Venske nachdenklich. »Das mit dem Schlüssel erklärt möglicherweise, warum nach dem Mord keine Einbruchspuren an der Tür gefunden wurden. Zumindest dann, wenn Ihr Bruder von demselben Mann getötet wurde, der ihn vorher schon aufgesucht und erpresst hatte.« Er räusperte sich. »Sagen Sie: Was meinten Sie eben mit ›und so weiter‹?«

»Wie bitte?«

»Sie sagten gerade, Ihr Bruder habe alle Details zu seinen Aktionen im Zusammenhang mit der Spionage genau beschrieben. Und dann kam ein ›und so weiter‹. Was heißt das?«

Schweigen.

»Ich vermute, da steht, dass er den Stick an jenem Abend an Bord der *Weißen Möwe* im Signalmittelkoffer versteckt hat, als er kurzzeitig allein unter Deck war, richtig?«

Er wartete eine gefühlte Ewigkeit, bis Malte Janssen gepresst sagte: »Ja, das steht da, verdammt noch mal! Das hat er tatsächlich getan! Und das kann ich ihm nicht verzeihen. Er hat mich zum ahnungslosen Kurier der gestohlenen

Daten gemacht. Hat uns alle ins Messer laufen lassen, die ganze Besatzung.«

»Er hatte wohl keine Wahl«, versuchte Venske es vorsichtig. »Jedenfalls aus seiner Sicht. Wie und von wem der Koffer in Sankt Petersburg von Bord geholt werden sollte, hat man ihm todsicher nicht gesagt. Und dass die Yacht vorher überfallen werden würde, konnte er erst recht nicht wissen. Auch für seine Auftraggeber war das eine böse Überraschung, darauf können Sie wetten.«

»Mag sein, aber er hat mich betrogen«, sagte Malte, und Venske hörte so etwas wie Verzweiflung in der Stimme des jüngeren Mannes. »Wir haben uns den Kopf zerbrochen, wieso diese Gangster die Signalraketen mitgenommen haben, dabei ging es nur um den Datenträger, den mein eigener Bruder in den Koffer gesteckt hat. Das war der wahre Grund für den Überfall auf die *Weiße Möwe*! Alles andere, das Geld, das sie geraubt haben, ihr ganzes Piratengehabe – alles nur Scharade!«

»So sieht es jetzt aus«, bestätigte Venske.

»Damit ist Felix schuld an Karsten Hausers Tod.«

»Meinen Sie nicht, dass eher derjenige schuldig ist, der ihn erschossen hat?«, wagte Venske einzuwenden. »Ihr Bruder ist jetzt auch tot, Herr Janssen.«

»Besser so!«

32

Vizeadmiral Susjenkow war sehr stolz auf seinen neuen Dienstwagen, einen schwarzen E-Klasse-Mercedes aus heimischer Produktion. Erst vor zwei Monaten hatte der stellvertretende Chef der GRU das Auto erhalten, eines der ersten, die im nagelneuen Mercedes-Benz-Werk Moscovia im Industriepark Esipovo, nur etwa vierzig Kilometer nordwestlich von Moskau, vom Band gelaufen waren.

Doch die morgendliche Fahrt konnte Oleg Iwanowitsch Susjenkow heute nicht genießen. Während sein Chauffeur den Wagen aus der Metropole heraus lenkte, starrte der Vizeadmiral im Fonds angespannt aus der getönten Seitenscheibe und nagte an seinen Fingerknöcheln.

Was stand ihm wohl gleich bevor?

Die GRU war keineswegs zum ersten Mal ins Fadenkreuz des Kreml geraten, aber es passte Susjenkow überhaupt nicht, dass *er* diesmal seinen Kopf dafür hinhalten musste. Er war schließlich nur der zweite Mann des militärischen Geheimdienstes – ein Amt, das ihm geradezu auf den Leib geschneidert war. Da der Stellvertreter für das operative Geschäft des Dienstes zuständig war, während der Direktor sich um die Politik kümmerte, hatte er sich bisher meistens aus den Konflikten mit anderen Diensten und dem Kreml heraushalten können. Doch der Chef weilte schon seit zwei Monaten auf der Krim und erholte sich von einem Schlaganfall.

Susjenkow sah, dass sie gerade die Kljasma überquerten, einen Fluss, der an dieser Stelle ein Teil des Moskau-Wolga-Kanals war.

Vor einer Stunde war er in der Tiefgarage unter dem großen grauen Haus am Chodynkafeld in den Wagen gestiegen. Der Fahrer hatte sich mühsam durch den dichten Verkehr stadtauswärts gequält, bis er auf die A-104 Richtung Norden abbiegen und endlich Gas geben konnte. Nun hatten sie freie Fahrt, der Sechszylinder des Mercedes schnurrte wohlig, und in flottem Tempo ging es bis zur Autobahnausfahrt bei Lyskovo. Dort verließen sie die A-104 und erreichten auf einer schmalen Landstraße wenig später Marfino.

Idyllisch inmitten von kleinen Wäldchen und grünen Wiesen unweit eines Sees gelegen, stand hier, von einem großen Park umgeben, ein Herrenhaus aus dem 18. Jahrhundert. Seit Jahrzehnten diente das Kulturdenkmal den russischen Streitkräften als Militärsanatorium, manchmal allerdings auch anderen Zwecken.

Der Prachtbau im Stil russischer Pseudogotik wurde gern als Treffpunkt für brisante Gespräche und geheime Konferenzen genutzt. Nicht selten kamen hier, unbeobachtet von der Öffentlichkeit, wichtige Leute zusammen, die unter sich bleiben wollten.

Wie auch heute.

Diesmal war es jedoch nur ein kleiner Kreis, der in den abhörsicheren Konferenzraum im Seitenflügel befohlen worden war, wenn auch ein überaus bemerkenswerter.

Als Susjenkow aus seinem Auto stieg, sah er weitere Limousinen unterschiedlicher Größe auf dem Parkplatz stehen, der von einer Mauer vor neugierigen Blicken geschützt wurde.

Verdammt, er war offenbar der Letzte. Er warf einen

Blick auf seine Armbanduhr. Er hatte sich verspätet, hatte den dichten Verkehr in der Stadt unterschätzt.

Aus einem der Wagen stieg Oberst Kusmin aus und trat schnellen Schrittes auf seinen Vorgesetzten zu. »Guten Morgen, Herr Admiral«, schnarrte der Offizier in militärischem Ton und nahm Haltung an. »Ich melde mich wie befohlen zur Stelle.«

»Gut, Kusmin, gut. Die anderen sind wohl schon da?«

»Sind soeben ins Gebäude gegangen.«

»Na, dann haben wir ja noch nichts verpasst. Kommen Sie, gehen wir rein und machen wir das Beste draus. Könnte ein ziemlich heftiges Tänzchen werden, darauf dürfen Sie wetten.«

»Jawohl, Herr Admiral!«

»Und halten Sie sich genau an den Text, den Sie mir vorgelegt haben! Mit meinen Änderungen und Streichungen! Da sitzen ein paar Leute im Raum, die nicht alles erfahren müssen, was wir wissen.«

Oberst Kusmin hatte seinen Vortrag beendet, und für kurze Zeit trat ein Schweigen ein, das Vizeadmiral Susjenkow brach. »Sollten Sie Fragen an den Oberst haben, stellen Sie ihm diese bitte jetzt. Er wird uns danach allein lassen.«

»Wenn ich alles richtig verstanden habe, haben nun die Chinesen die Daten – und sind mit ihnen spurlos verschwunden«, sagte der Leiter des SWR – der zivilen Auslandsspionage – und legte seine hohe Stirn in sorgenvolle Falten.

»Sieht ganz danach aus«, erwiderte Kusmin. »Aber es ist und bleibt nur eine Annahme, wenngleich eine nahe liegende. Alle Indizien sprechen jedenfalls dafür.«

»Nun, wir werden es bald genau wissen«, erwiderte mit einem süffisanten Lächeln der Direktor des mächtigen

FSB und sah Susjenkow, der ihm gegenübersaß, über den Rand seiner Stahlbrille an. »Dann nämlich, wenn die neuen Radargeräte der Gelben zum ersten Mal auf den Fotos unserer Aufklärer auftauchen.«

»Sie meinen sicherlich die *militärische* Aufklärung«, schnappte der Vizeadmiral. »Ich bin nicht sicher, ob Sie davon wirklich etwas verstehen, *dorogoy tovarishch*.«

»Man kann nur hoffen, dass die GRU wenigstens erkennt, was sie vor sich hat, wenn es so weit sein wird«, konterte der ›verehrte Kamerad‹ höhnisch. »Obwohl es dann sowieso zu spät sein wird.«

Ein scharfes Klatschen erklang, als der Mann, der mit einigem Abstand von den anderen an der Stirnseite saß, mit der flachen Hand auf die Tischplatte schlug. Mit stechendem Blick gingen seine Augen einmal durch die Runde. »Das genügt, meine Herren! Hat jemand von Ihnen noch eine Frage an Oberst Kusmin?«

Niemand meldete sich.

»Nun denn! Wir werden die weiteren Schritte intern erörtern. Danke, Oberst Kusmin.«

Eine unmissverständliche Geste zum Ausgang, Kusmin stand auf, nahm Haltung an, machte eine militärische Ehrenbezeugung und trat ab.

Kaum hatte sich die Tür hinter ihm geschlossen, fixierte der Mann am Kopfende Vizeadmiral Susjenkow und sagte: »Was wir bisher von Ihrer Behörde erfahren haben – und das schließt Kusmins heutige Einlassungen ein –, befriedigt uns nicht, Oleg Iwanowitsch!«

Niemand im Raum hielt die Worte ›wir‹ und ›uns‹, die da gerade gefallen waren, für einen Pluralis Majestatis. Jeder wusste sehr genau, für wen der Sekretär des Sicherheitsrates der Russischen Föderation mitsprach, wenn er ›wir‹ und ›uns‹

sagte. Er war einer der Mächtigsten im Lande und ein enger Vertrauter des Präsidenten. Wie fast immer, trug er auch heute einen dunklen zivilen Anzug und eine dezente Streifenkrawatte, was zu dem fast siebzigjährigen Doktor der Philosophie, der er erstaunlicherweise war, gut passen mochte. Dennoch wusste jeder am Tisch, dass er als Armeegeneral einen der höchsten militärischen Ränge im Lande bekleidete.

Tapfer trotzte Susjenkow dem Blick, senkte seine Augen keinen Millimeter. Zu lange kannte er diesen Trick, hatte ihn oft schon erlebt.

Der Sekretär war ein gefährlicher, stahlharter Mann, und Susjenkow hatte Respekt vor ihm, aber keine Angst. Der schreckenerregende Philosoph war einer aus der alten Garde, ein Wegbegleiter sozusagen, der als Nachfolger Wladimir Putins lange Jahre den Inlandsgeheimdienst FSB geleitet hatte.

Man kannte sich.

Nach einer gefühlten Ewigkeit, in der die Stille dick und lähmend im Raum stand, richtete der Sekretär seine Augen auf eines der Dokumente auf dem Tisch und fragte, ohne jemanden anzusehen: »Was, wenn die Spuren gefälscht wurden, wenn wir also nur denken sollen, dass es die Chinesen waren?«

»Das ist mir auch schon durch den Kopf gegangen«, bemerkte der SWR-Chef eilfertig.

»Wer sollte sonst dahinter stecken?«, fuhr ihn Susjenkow an. »Haben Sie eine Idee?«

»Woher soll ich das wissen? Ist ja bloß eine Überlegung.«

»Eine höchst abenteuerliche allerdings«, erwiderte der Vizeadmiral unwirsch. »Darüber könnten wir stundenlang spekulieren, denn jeder, wirklich *jeder* Staat hätte Interesse an der neuen Tarnkappentechnologie, das steht fest. Wenn es nicht die Chinesen waren – obwohl alles auf sie hindeutet –, könnten es alle anderen auch gewesen sein, die sich auf diesem Spielfeld tummeln. Jedenfalls jeder, der die Möglichkeiten zu solch einer spektakulären Aktion hat. Und natürlich das Geld.«

»Geld … hm, da sagen Sie was …«, kam es nachdenklich vom Sekretär des Sicherheitsrates. »Es muss Unsummen gekostet haben, die Operation *Razvedchik* auszuspähen und zu vereiteln, nicht wahr?«

»Zweifellos«, erwiderte der Vizeadmiral. »Aber mir fallen einige ein, die damit keine Probleme hätten.«

»Interessant«, erwiderte der Sekretär. »Denken Sie dabei vielleicht gar an nicht staatliche Organisationen? Also, ohne Namen nennen zu wollen, zum Beispiel an Firmen – durchaus auch russische –, die im Rüstungshandel tätig sind? Und zwar illegal?«

»Ich habe von solchen gehört«, antwortete Susjenkow obenhin, »aber wir haben nun einmal konkrete Indizien dafür, dass der *Zhong Chan Er Bu* dahinter steckt, der militärische Geheimdienst der Chinesen.«

»Lassen wir das für den Moment«, sagte der Sekretär. »Eine ganz andere Frage ist mindestens ebenso wichtig: Wer hat die Operation *Razvedchik* verraten – an die Chinesen oder an wen auch immer? Was wir dazu von Oberst Kusmin gehört haben, war mir zu vage.«

»Sehr richtig«, bekräftigte der FSB-Direktor. »Woher wussten die Gelben, dass der Datenträger an Bord dieses Segelbootes war? Wer hat ihnen das gesteckt? Wenn die undichte Stelle nicht in Deutschland ist, dann vielleicht hier!«

»Womöglich in der GRU in Moskau? Wollen Sie das etwa sagen?« Susjenkow bekam einen hochroten Kopf. »Das ist ja wohl …«

»Nur die Ruhe, meine Herren«, fuhr der Sekretär mit schneidender Stimme dazwischen. »Sie haben ja von Kusmin gehört, dass die Untersuchungen auf Hochtouren laufen. Wie ist da der aktuelle Sachstand, Oleg Iwanowitsch?«

Der Vizeadmiral antwortete rasch: »Unser Agent, der die Operation in Deutschland geleitet hat – ein Mann mit dem Decknamen *Zigfrid* –, ist inzwischen zurückbeordert worden. Sobald er eintrifft, wird er entsprechend befragt werden. Wenn er etwas mit dieser Schweinerei zu tun hat oder es woanders in unserer Struktur in Deutschland ein Leck gibt, werden wir es herausfinden, das steht fest.«

»Das wollen wir hoffen«, erwiderte der Sekretär nachdrücklich und richtete seinen unangenehmen Blick wieder auf Susjenkow. »Anderes Thema: Warum habt ihr eigentlich ausgerechnet dieses Boot ausgesucht, ich meine, ein Boot, das Timur Stepanowitsch Krylow gehört?«

»Eine bessere Tarnung wäre kaum denkbar gewesen«, erwiderte der Vizeadmiral, dem natürlich bewusst war, dass der Sekretär mit dieser gefährlichen Frage durchaus kein ›anderes Thema‹ anschnitt. »Die *Belaya Chayka* segelte geradewegs nach Sankt Petersburg – die völlig unverdächtige Überführungsfahrt eines privaten Sportbootes, das gerade auf einer deutschen Werft gebaut worden war. Und, wie Sie eben gehört haben, war unsere Zielperson bei *German Defence Electronics* der Bruder des Werftchefs. Er konnte sich frei auf dem Gelände bewegen und das Material an Bord verstecken, ohne Aufsehen zu erregen.«

»Mag alles richtig sein, aber Krylow hat sich beschwert, dass man sein Eigentum für geheimdienstliche Zwecke genutzt hat, ohne ihn darüber zu informieren.«

»Er hat sich *beschwert*?«, fragte Susjenkow mit unbewegter

Miene nach. »Bei wem denn? Und woher weiß er überhaupt von irgendwelchen ›geheimdienstlichen Zwecken‹?«

»Stellen Sie sich nicht dumm, Oleg Iwanowitsch!«, wies ihn der Sekretär zurecht. »Sie wissen genau, dass er mit dem Präsidenten befreundet ist. Seine Yacht ist stark beschädigt worden und ...«

Dramatisch schlug der Vizeadmiral mit seiner Riesenfaust auf den Tisch. »Das ist die Höhe! Als ob wir etwas dafür könnten, dass sein verdammtes Boot überfallen wurde! *Wir* sind die Geschädigten, *Russland* hat einen gewaltigen Schaden erlitten – und er lamentiert wegen ein paar Löchern in seinem Kahn. Krylow sollte sich lieber nicht so weit aus dem Fenster lehnen!«

»Wie meinen Sie das, wenn ich fragen darf?«, meldete sich gefährlich leise der Chef des Inlandgeheimdienstes.

»Das wissen Sie genau! Gerade Sie! Ihr Laden begleitet ihn doch seit Jahren wohlwollend bei seinen diversen Geschäften.« Schwer atmend saß Susjenkow da, frostiges Schweigen um sich herum. »Ist doch wahr«, schob er matt nach.

Langsam ließ der Sekretär seinen Blick über die Gesichter in der Runde gehen, heftete seine Augen schließlich auf den roten Kopf des Vizeadmirals und sagte ruhig: »Je älter Sie werden, desto cholerischer werden Ihre Auftritte. Gefährlich so was, alter Freund, das sollten Sie bedenken.«

Susjenkow zuckte zusammen. »Ich bin über das Ziel hinausgeschossen, aber in der Sache ...« Er ließ den Rest lieber ungesagt.

Der Sekretär ging nicht darauf ein. »Meine Herren«, sagte er, »machen wir weiter. Ich denke, es gibt noch einiges zu klären.«

»Durchaus«, erklärte der FSB-Direktor und sah Susjenkow herausfordernd an. »Die Operation *Razvedchik* ist auf ganzer

Linie gescheitert, das steht ja nun wohl endgültig fest. Ein schwerer Schlag. Was bleibt, ist die Suche nach den Schuldigen. Wer hat die Aktion an die Chinesen verraten?« Er räusperte sich kurz. »Von Kusmin haben wir gehört, dass dieser Dr. Janssen eliminiert wurde. Warum eigentlich? Gibt es Hinweise, dass er hinter dem Verrat steckt?«

»Unsinn!«, rief Susjenkow. Jetzt war die Chance gekommen, auf die er gewartet hatte. »Den Mann hatten wir völlig im Griff. Aber wir mussten handeln, denn seine Verhaftung stand unmittelbar bevor. Den IT-Spezialisten in seiner Firma waren verdächtige Spuren aufgefallen, die das Herunterladen der Daten im System hinterlassen hatte. Und sie konnten diese Spuren direkt bis zu Janssen zurückverfolgen.«

»Das wird noch gewaltige Wellen schlagen, fürchte ich«, schaltete sich der Sekretär wieder ein. »Ein deutscher Wissenschaftler, der hochgeheime Daten gestohlen hat, wird erschossen aufgefunden. Man kann sich denken, was das für Spekulationen auslöst.«

»Damit ist zu rechnen«, räumte Susjenkow ein. »Aber mehr als genau das, was Sie gerade sagten, wissen sie in Deutschland nicht – und werden mehr auch nicht finden. Es gibt keine Verbindung zu uns, keine Spuren, keine Dokumente, keine Zeugen, nichts dergleichen.«

»Werden wir denn überhaupt jemals klären können, wer die Operation verraten hat?«, rief der Leiter des zivilen Auslandsgeheimdienstes erregt.

»Davon gehe ich aus«, erwiderte der Vizeadmiral und hob seine fleischigen Pranken in die Höhe. »Ich habe angeordnet, dass wir jeden Stein umdrehen, um den Verräter zu finden.«

»Ich muss Ihnen wohl nicht sagen, dass man im Kreml nichts anderes von Ihnen erwartet, oder?«, sagte der Sekretär scharf. »Und deshalb bekommen Sie dafür ab sofort sogar Unterstützung.«

»Unterstützung?«, schnappte Susjenkow überrascht. »Von wem denn?«

»Der Präsident hat den Leiter seines Schutzdienstes beauftragt, Ihnen ein paar fähige Köpfe zur Seite zu stellen, Oleg Iwanowitsch. Ihm liegt, wie gesagt, außerordentlich viel daran, dieses Desaster lückenlos aufzuklären.«

Vizeadmiral Susjenkow hatte es die Sprache verschlagen. Fassungslos starrte er den Sekretär an, und jäh stieg blanke Panik in ihm auf.

Er wusste – wie jeder andere im Raum –, was das bedeutete: Der Präsident entzog ihm das Vertrauen und übertrug dem FSO die Verantwortung, seinem persönlichen Sicherheitsdienst, der allein ihm unterstand.

Plötzlich wurde Susjenkow bewusst, dass der Kragen seines Uniformhemdes zu eng war. Seine Hand fuhr an den Krawattenknoten und lockerte ihn.

33

Achteraus ein schnurgerader weißer Strich im blaugrünen Wasser, Fock und Großsegel gerefft und stramm dichtgeholt, das Deck an Backbord vom schäumenden Fahrwasser besprüht, schoss das Boot bei sieben Beaufort auf Am-Wind-Kurs voran.

Malte Janssen brauchte die Pinne kaum zu bewegen, stur hielt die *Jason* ihren Kurs.

»Sauber getrimmt!«, lobte er sich selbst und schaute auf die Logge: beachtliche achteinhalb Knoten.

Verstohlen drehte er den Kopf zur Seite. Neben ihm auf der Luvkante saß Liah, eine Hand griffbereit neben der Großschot-Winsch, und schaute prüfend hoch auf die Trimmfäden im Segel.

»Zufrieden?«, rief Malte ihr zu.

Sie nickte und hob den Daumen.

Liah. Immer noch lächelte sie selten.

Immerhin stammte aber der Vorschlag von ihr, die *Jason* endlich wieder aus der Halle zu holen, aufzuriggen und zu Wasser zu lassen. Sie hatte ihn regelrecht dazu überreden müssen, gestand er sich ein.

Zu viele Erinnerungen. Bilder und Gerüche und Töne.

Die *Jason* war Regina, mit jeder Planke.

Malte brauchte nicht einmal die Augen zu schließen, um ihr ansteckendes Lachen zu hören, sie zu sehen, wie sie windzerzaust bei den Feierabendregatten an der Pinne saß.

Sie war es auch gewesen, die damals den betagten Schärenkreuzer bei einem Törn nach Schweden in einem winzigen Hafen entdeckt hatte, wo er aufgebockt an Land vor sich hingegammelt hatte. Beide hatten sie sich sofort in die zeitlos eleganten Linien verguckt, die alte Schönheit spontan gekauft und nach Hause geholt.

»Wozu hast du eine eigene Werft, wenn nicht für genau dieses Boot?«, hatte Regina ihn damals angestachelt und ihr Lachen gelacht.

In jeder freien Stunde hatte er mit Regina an dem alten Boot gewerkelt, monatelang, nachdem die Fachleute der Werft zunächst den Rumpf und das stehende Gut repariert und viele Teile erneuert hatten.

Vom Frühjahr bis spät in den Herbst hinein waren sie dann mit der *Jason* auf dem Wasser gewesen – im Urlaub, an den Wochenenden und auch während der Woche, wenn der Wind sie auf See lockte.

Die besten Jahre ihres Lebens.

Nur zwei.

Nach Reginas Tod hatte Malte sich nicht mehr um das Boot gekümmert, es einfach nicht beachtet, versucht, es zu vergessen. Es stand aufgebockt in der hintersten Ecke einer alten Halle, die er nicht mehr betrat.

Vor etwa drei Wochen beim Tee mit Liah am Küchentisch – wieder einmal spät nachts –, hatte sie plötzlich in die Stille hinein gefragt: ›Was ist eigentlich mit der *Jason*? Hast du sie verkauft?‹

Malte war zusammengezuckt und hatte den Blick gesenkt. ›Nein, natürlich nicht.‹

Sie hatte einige Zeit verstreichen lassen und nach einer Weile leise gesagt: ›Es könnte dir gut tun, glaube ich.‹

Auf seiner Fahrt nach Hause hatte er über diesen Satz

nachgedacht. Vielleicht war das tatsächlich keine schlechte Idee. Es könnte aber auch ihr gut tun. Liah und Karsten waren früher gern und oft mit der *Jason* gesegelt.

Und was ihn selbst betraf – womöglich brachten der alte Schärenkreuzer, die See und der Wind mehr zustande als all die psychotherapeutischen Sitzungen. Segeln hatte ihm schon immer gut getan. Vielleicht würde er auf den Törns mit der *Jason* sogar ein wenig von der Angst – ›*Was, wenn sie auch dich töten wollen?*‹ – loswerden, die ständig an ihm nagte. Seit jenem Tag, an dem Felix ermordet worden war, ließ sie ihn nie ganz los. Viel zu oft erschrak er bei einem lauten Geräusch in der Nähe, das er nicht sofort einordnen konnte, und abends musste er sich beherrschen, nicht das ganze Haus zu durchsuchen, bevor er schlafen ging.

Einen Versuch war es wert, hatte er schließlich befunden. Seine Antwort war allerdings knapp ausgefallen, als er Liah am nächsten Morgen anrief: ›Okay, ich hol sie wieder raus. Aber nur, wenn du mitsegelst.‹

Schon ein paar Tage später hatten sie am Werftsteg die Leinen gelöst und waren mit der frisch herausgeputzten *Jason* auf einen kurzen Abendtörn gegangen.

Malte blickte nach vorn. Hinter dem rasch näher kommenden Küstenstrich sank langsam die Sonne und hob den massigen Werftkran vor ihrem rötlichen Licht deutlich als Landmarke heraus.

»Auf diesem Kurs können wir direkt in den Hafen hineinsegeln«, sagte Liah, die Maltes Blick gefolgt war.

Malte nickte. »Passt.« Ein Frösteln überfiel ihn. Der kalte Herbstwind machte sich unangenehm bemerkbar.

»Ich hätte mir einen Pullover drunterziehen sollen«, sagte er laut.

»Empfiehlt sich jetzt, Ende Oktober«, erwiderte sie lapidar. »Hab mich schon gewundert, dass du angezogen bist wie im Hochsommer.«

»Wahrscheinlich weigere ich mich zu akzeptieren, dass die schöne Jahreszeit wieder einmal vorbei ist.«

»Ein paar gute Tage kommen schon noch.«

Liahs Worte klangen trotzig. Fast hörte es sich für Malte so an, als meinte sie damit nicht nur Segeltage. Er warf ihr einen prüfenden Blick zu, aber sie starrte konzentriert nach vorn.

Die Sonne ging schon unter, als sie die *Jason* längsseits am Werftkai von *Janssen & Söhne Yachtbau* festmachten, direkt hinter der über vierzig Jahre alten *Swan*, die gestern nach ihrem kompletten Refit wieder ins Wasser gekommen war. Wie neu glänzte ihr dunkelblauer schnittiger Rumpf, und die edlen Beschläge funkelten auf dem frischen Teakdeck im Licht der Kaibeleuchtung.

»Gut sieht sie aus«, sagte Liah und nickte anerkennend. »Hat den Eigner sicher eine Stange Geld gekostet.«

»Worauf du dich verlassen kannst«, gab Malte zurück. »Wir müssen ja ein bisschen was verdienen. So ein Auftrag wie der von Krylow kommt nicht jeden Tag rein.«

Krylow.

Der jetzt in einem russischen Straflager saß, irgendwo in den Weiten des größten Landes der Welt.

Gerade erst hatten die Medien über den Prozess gegen den russischen Milliardär berichtet, der die meiste Zeit unter Ausschluss der Öffentlichkeit stattfand. Nach einer sensationell kurzen Verhandlungsdauer von drei Tagen war Krylow zu fünfzehn Jahren Lagerhaft wegen planmäßigen Betrugs und Steuerhinterziehung verurteilt worden.

Malte fragte sich, was das zu bedeuten hatte. Die Presse schien über genauere Informationen auch nicht zu verfügen. Nichts brachte sie von dem, was er, Malte, damals von den beiden Geheimdienstleuten über den Oligarchen und seine Verbindungen zu der geheimnisvollen Organisation namens *Drakon* erfahren hatte. Nur in einigen wenigen Zeitungen stand zu lesen, Krylow sei ein alter Freund und Weggefährte des russischen Präsidenten, bei diesem jedoch urplötzlich in Ungnade gefallen. Den Grund dafür schienen aber auch die investigativen Journalisten der einschlägigen Nachrichtenredaktionen nicht zu kennen.

Und wieso eigentlich eine Verurteilung wegen Betrugs und Steuerhinterziehung?

Seltsam. Was mochte hinter all dem stecken?

Unwillkürlich erschien ihm immer die *Weiße Möwe* vor Augen, wenn er an Krylow dachte. Als wäre es gestern gewesen, sah er den eleganten Mann, ein Glas Champagner in der Hand, stolz auf dem Teakdeck seines teuren Spielzeugs stehen und zu seinen illustren Gästen sprechen. Und unweigerlich kamen dann immer auch andere Bilder, andere Geräusche: die schwarz gekleideten Piraten, die Schüsse, der tödlich getroffene Karsten, die aufbrüllenden Außenbordmotoren, als *Zodiac* in der Nacht verschwand.

Um Uwe Schramm, den schwer verletzten Hydraulik-Spezialisten, stand es nicht gut. Erst vorgestern hatte Malte die Nachricht erhalten, dass man den jungen Mann endlich nach Deutschland hatte bringen können. Fast ein Vierteljahr lang hatte er in Sankt Petersburg im Krankenhaus gelegen, war erst vor Kurzem aus dem künstlichen Koma geholt worden. Nun lag er im Uniklinikum in Kiel, wo Malte ihn besucht hatte. Auch Uwes Eltern waren dort gewesen.

Ob der Patient aber seine Besucher erkannte, war nicht

festzustellen gewesen. Regungslos hatte er im Bett gelegen und keinerlei Reaktion gezeigt, wenn er angesprochen wurde, während seine Augen starr auf einen Punkt an der Decke gerichtet waren. Der Arzt war zwar zuversichtlich, dass sich der Zustand noch verbessern würde, hatte aber jede Hoffnung zerstreut, dass Uwe jemals wieder ein normales Leben würde führen können.

Ein Grauen.

Wieder stieg die ganze hilflose Wut in Malte auf, während er, in seine Gedanken versunken, die Vorspring der *Jason* auf dem Poller belegte.

Würden Liah und er heute endlich erfahren, warum das alles passiert war?

Sein prüfender Blick ging vom Bug bis zum Heck des schönen Schärenkreuzers. Alle Leinen waren nun fest, und das Boot lag sicher. Er blickte auf seine Armbanduhr. »Wir sind spät dran. Venske wird schon warten.«

»Ich bin nicht sicher, ob ich wirklich mitkommen soll. Womöglich darf er mir gar nicht alles sagen.«

»Das würde ich nicht akzeptieren«, erwiderte Malte entschieden. »Wenn diese Geheimdienstler etwas herausgefunden haben, was Licht ins Dunkel bringt, hast auch du ein Recht darauf, es zu erfahren. Besonders du!«

Liah machte eine wegwerfende Handbewegung. »Selbst wenn das stimmt – Karsten wird davon nicht wieder lebendig. Und dein Bruder auch nicht.«

Malte fiel nichts Kluges ein, was er darauf erwidern könnte, also sagte er nur: »Wie auch immer – bringen wir es hinter uns.«

Sie gingen auf dem Kai an der Werfthalle vorbei und hinüber zum Bürogebäude. Schon von Weitem erkannte Malte den grauen Opel Insignia des Verfassungsschützers.

Der Wagen stand auf dem Parkplatz, und vor der Eingangstür patrouillierte der Kobold gemächlich auf und ab, zog immer wieder an einer Zigarette und stieß Qualmwolken in die kühle Abendluft.

»Entschuldigung, wir haben uns verspätet«, rief Malte ihm zu.

»Ach, Frau Hauser ist ebenfalls da«, antwortete Venske und zog die Augenbrauen hoch.

»Haben Sie etwas dagegen?«, fragte Malte herausfordernd.

»Und wenn?«, fragte der Kobold.

»Dann können Sie gleich wieder nach Kiel zurückfahren!«, blaffte Malte. »Ich bin diesen ganzen Mist so leid!«

»Ach ja? Welchen Mist meinen Sie genau?«, hakte Venske aufreizend gelassen nach.

»Die verdammte Geheimniskrämerei. Nichts hören wir über diejenigen, die Liah Hausers Mann getötet und meinen Mitarbeiter zum Pflegefall geprügelt haben. Und was den Mörder meines Bruders betrifft: Bis heute hat man mir nicht gesagt, wer er war und in wessen Auftrag er das getan hat.«

»Was glauben Sie wohl, warum ich hier bin?«, fragte der Verfassungsschützer.

»Wollen wir das wirklich alles hier vor der Tür besprechen?«, schaltete sich Liah ein. »Mir ist kalt.«

Malte atmete ein paarmal tief durch und fixierte Venske. »Wir können gern reingehen. Aber nur, wenn Sie offen mit uns reden!« Er schloss die Tür auf und schaltete das Licht im Flur ein.

»Ich werde Ihnen Ihre Fragen beantworten. Vielleicht nicht alle, aber die wichtigsten«, sagte Venske und begann, die Treppe hinaufzusteigen. »Auch wir ›Geheimniskrämer‹ sind nicht allwissend. Ich hoffe, Sie wissen zu schätzen, dass ich mich damit ziemlich weit aus dem Fenster lehne. Aber was soll's – die Frühpensionierung hat bestimmt auch ihre Reize.«

34

Clemens Venske führte die Kaffeetasse an den Mund und trank den Rest aus. Angewidert schluckte er das kalte Gebräu herunter, setzte die Tasse wieder ab und griff zur Thermoskanne, die auf dem Tisch stand. Während er heißen Kaffee nachfüllte, stellte er bei einem Blick auf die Uhr an der Wand erstaunt fest, dass er jetzt schon fast eine halbe Stunde hier saß und redete, ohne bisher an eine Zigarette gedacht zu haben.

»Sagen Sie, Herr Janssen …«, begann er gedehnt, sah dabei aber Liah Hauser hoffnungsvoll an, »als wir das letzte Mal hier saßen, gab es einen Aschenbecher. Oder stört es Sie sehr, wenn ich mir eine anstecke?«

»Von mir aus«, erwiderte Liah.

»Wollen Sie auch eine?«, fragte Venske und bot beiden die aufgeklappte Schachtel an. Doch sie lehnten dankend ab.

Als Venskes Glimmstängel brannte, sagte Malte: »Es kommt mir alles so … unwirklich vor, was Sie uns gerade erzählt haben. Als wäre ich in einem falschen Film gelandet.«

Der Kobold nickte. »Verstehe ich. Ist ja auch nicht Ihre Welt. Und meine wahrscheinlich auch nicht mehr allzu lange.«

»Wie meinen Sie das?«, hakte Liah nach.

»Ich bin ihrer müde«, sagte Venske schlicht und fuhr sich mit der Riesenhand durch seine wilde Mähne. »Aber das soll

Sie nicht interessieren.« Er nahm einen tiefen Zug, streifte die Asche in den alten Kristallbecher und richtete sich auf. »Haben Sie noch Fragen?«

»Oh ja«, erwiderte Malte. »Viele sogar. Zum Beispiel zu meinem Bruder. Sie sagten ja, dass die Kriminalpolizei in Hamburg bis heute nicht weiß, wer diesen jungen Niederländer ermordet hat. Also auch nicht, ob es Felix war, richtig?«

Venske nickte. »Das Opfer war in einer Tiefgarage am Stadtrand abgelegt worden. Es war schnell klar, dass der Auffindeort nicht der Tatort war. Dass der junge Mann mit Ihrem Bruder in dessen Hotelzimmer gegangen war – übrigens ein Hotel, das etwa acht Kilometer entfernt liegt –, wusste die Kripo natürlich nicht. Das hat man erst durch den Abschiedsbrief Ihres Bruders erfahren. Aber auch die Recherche im Hotel hat nichts ergeben. Die Tatwaffe, höchstwahrscheinlich ein Messer, wurde nirgends gefunden.«

»Kein Wunder«, sagte Malte trocken. »Das halten ja Felix' Mörder unter Verschluss.«

»Und auch sonst gab es keine verwertbaren Spuren, nicht in der Tiefgarage und nicht im Hotelzimmer. Nach dem, was in dem Brief stand, ist anzunehmen, dass die Erpresser tatsächlich alle Beweismittel beseitigt und an sich genommen haben.« Venske machte eine Pause und fügte dann hinzu: »Ob es aber tatsächlich welche gab, und wenn, ob die Spuren echt oder gefälscht waren …« Er drückte die Zigarette aus. »Ob Ihr Bruder also wirklich der Täter war – wir wissen es nicht. Ich fürchte, Gewissheit werden Sie zu dieser Frage nie erhalten.« Während er das sagte, hielt er seinen Blick aufmerksam auf Malte gerichtet.

Der sah ihn aber gar nicht an, sondern starrte auf irgendeinen Punkt an der Decke. Erst nach einer Weile senkte er langsam seinen Kopf, als kostete ihn das Überwindung, und sagte zu Liah: »Fällt dir auch auf, dass wir nach diesem Gespräch kaum klüger sein werden als vorher?«

»Was hast du erwartet, Malte?«, gab sie zurück. »Dass du ausgerechnet vom Geheimdienst die Wahrheit zu hören bekommst? Obwohl …« Sie hob ratlos die Hände. »Kann sein, dass er hier tatsächlich auch nicht mehr weiß, als er uns sagt.«

»›Er hier‹ dankt verbindlichst«, meinte Venske spröde.

Malte ging auf das Geplänkel nicht ein. »Die Kripo hat mir von den tödlichen Medikamenten erzählt, die sie in Felix' Wohnung gefunden hat. Aber sonst hüllt man sich in Schweigen, vor allem, was die Frage nach dem oder den Mördern angeht. Haben Sie dazu etwas Neues erfahren? Waren das tatsächlich dieselben Leute, die ihn auch erpresst haben?«

»Die Projektile hatten Kaliber 9 mal 19 Millimeter, eine gängige Munition, die viele große Pistolen haben. Sonst haben sich keinerlei Spuren gefunden, keine Fingerabdrücke, keine zuordenbare DNA, selbst die drei Patronenhülsen wurden wieder eingesammelt und mitgenommen. Alles weist auf Profis hin. Wir können sicher davon ausgehen, dass man Ihren Bruder liquidiert hat, nachdem er seine Aufgabe erfüllt hatte, aber auch das werden wir nie beweisen können.«

»Sie haben uns doch erzählt, dass der russische Geheimdienst hinter all dem steckt, oder etwa nicht?«, rief Malte aus.

»Hinter der Erpressung Ihres Bruders, ja. Und auch hinter dem Plan, das geheime Material – also den USB-Stick, den ihr Bruder auf der Yacht versteckt hat –, auf diesem Weg nach Sankt Petersburg zu schaffen.«

»Und dieselben Leute haben Felix auch ermordet?«

»Das ist zumindest sehr wahrscheinlich. Beweise wird

es dafür, wie gesagt, aber nie geben.« Venske räusperte sich. »Und all diese Information haben Sie nicht von mir, versteht sich. Ich sage das nur für den unwahrscheinlichen Fall, dass Sie vorhaben, sich nicht an Ihr Versprechen zu halten, Vertraulichkeit zu wahren.«

»Geschenkt. Ich stehe zu meinem Wort. Sagen Sie uns lieber: Gibt es neue Erkenntnisse zu dem Überfall auf die Yacht?« Spöttisch fügte Malte hinzu: »Ich frage selbstverständlich ganz inoffiziell.«

»Einen Moment mal«, rief Liah dazwischen. »Erst möchte ich sicherstellen, dass ich alles richtig verstanden habe, was wir bisher gehört haben.« Sie wandte sich direkt an den Verfassungsschützer. »Ein russischer Agent hat also meinen Mann erschossen?«

»Das habe ich nicht gesagt, Frau Hauser. Und das glaube ich auch nicht«, antwortete Venske geduldig.

Natürlich würden diese beiden Leute ebenso wenig alles erfahren, was ihm Arina Andrejewna Schtscherbakowa gestern erst erzählt hatte, wie sie überhaupt jemals von seinem Kontakt zu der Russin wissen würden. Er hatte die Informationen der angeblichen Pressereferentin im Generalkonsulat der Russischen Föderation in Hamburg stark gefiltert weitergegeben, hatte gerade so viel gesagt, wie er vertreten konnte. Und auch das stets mit dem Vorbehalt, es seien nur Vermutungen, aber keine sicheren Erkenntnisse. Offenbar hatte er sich dabei etwas zu kryptisch ausgedrückt, stellte er nun fest.

Vorsichtig fragte er: »Wie wahrscheinlich ist es, dass der Überfall im Auftrag irgendeiner russischen Behörde, zum Beispiel eines Geheimdiensts, begangen wurde?«

»Äußerst unwahrscheinlich. Sie werden sich kaum selbst ihren wertvollen Stick geklaut haben«, erwiderte Malte.

»Klingt logisch.«

»Nun sagen Sie endlich, wer tatsächlich dahinter steckt«, rief Liah verärgert aus. Sie lehnte sich in ihrem Sessel vor und musterte den Verfassungsschützer mit funkelnden Augen. »Dieser ganze Spionagemist, die Geheimdienstspielchen, die Sie und Ihresgleichen treiben, sind mir völlig egal. Das einzige, was mich wirklich an dieser Sache interessiert, ist, wer meinen Mann getötet hat!«

»Mehr, als dass es jemand aus dem Überfallkommando war, werden wir wohl nie erfahren, Frau Hauser.«

»Und wer hat diesen Jemand, diesen Mörder beauftragt?«

»Ich habe Ihnen schon gesagt, dass man zunächst glaubte, die Leute hätten im Auftrag der … äh … eines bestimmten fremden Staates gehandelt, der sich auf diese Weise in den Besitz des geheimen Materials gebracht hat.«

»Welches Staates denn?«, hakte Malte nach, doch Venske ließ sich nicht aus der Ruhe bringen.

»Kein Kommentar. Spielt aber auch keine Rolle, denn es stimmte sowieso nicht.«

»Aha«, kam es trocken von Liah. »Die übliche Geheimniskrämerei.«

Venske fasste einen spontanen Entschluss. Er würde später vermutlich reichlich Gelegenheit haben, ihn zu bereuen. »Sie haben von dem Prozess gegen Timur Krylow gehört?«

Überrascht fragte Malte zurück: »Wie sollten wir nicht? War ja gerade in den Nachrichten. Aber was hat das …?«

»Haben Sie auch zur Kenntnis genommen, wessen er angeklagt war und schließlich verurteilt wurde?«

»Irgendwelche illegalen Finanztransaktionen«, antwortete Liah. »Und Steuerbetrug.«

»Erstaunlich, dass Sie das Thema gerade im Zusammenhang mit dem Überfall ansprechen«, sagte Malte mit neuer

Aufmerksamkeit. »Das alles kam mir nämlich die ganze Zeit schon seltsam vor – sowohl der Prozess selbst und die Anklagepunkte als auch die Eile, mit der er durchgezogen wurde. Und dann noch zum größten Teil nicht öffentlich.«

Schlauer Bursche, freute sich Venske, sagte aber nichts.

»Als Sie mit der Dame vom BND hier aufgekreuzt sind, haben Sie doch davon gesprochen, dass Krylow ein alter Freund des russischen Präsidenten sei, nicht wahr?«

»Genau. Das ist auch kein Geheimnis. Man konnte es im Zusammenhang mit dem Prozess in manchen Zeitungen lesen. Aber was wollen Sie damit sagen?«

»Finden Sie nicht, dass das mehr als sonderbar ist? Dieser Prozess, diese Anklage – das ist vollkommen absurd! Der Präsident wird doch sicher gewusst haben, was sein Freund all die Jahre getrieben hat, oder? Die Presse stellt Vermutungen darüber an, dass Krylow ganz plötzlich beim Kreml in Ungnade gefallen sei. Dafür wird es doch sicher einen Grund geben.«

Venske nickte. »Weiter!«

»Man könnte auf die Idee kommen«, fuhr Malte aufgeregt fort, »dass es etwas mit Krylows Geschäften zu tun hat. Vielleicht ist er dem Präsidenten damit auf die Füße getreten.«

»Durchaus möglich.«

»Und das alles ausgerechnet jetzt, als diese Sache mit der gescheiterten Spionageaktion passiert ist – und zwar gescheitert ausgerechnet auf Krylows Schiff! Das kann doch kein Zufall sein!«

»Und welche Schlussfolgerungen ziehen Sie daraus?« Janssen war ganz dicht dran. Nur musste er es selbst sagen.

»Krylow ist – oder war – eine große Nummer im illegalen Waffenhandel, haben Sie gesagt. Was, wenn er von dem

USB-Stick gewusst hat? Was, wenn …?« Er brach ab und sah den Verfassungsschützer entgeistert an. »Ach, du Scheiße!«

Ganz offensichtlich hatte er in diesem Moment verstanden.

›Verzeihen Sie mir, Arina Andrejewna‹, dachte Venske. Laut sagte er: »Was, wenn was?«

»Was, wenn er …«, Malte rang um Fassung, »wenn er sein eigenes Boot hat überfallen lassen, um diesen Scheißstick zu bekommen? Was, wenn der russische Geheimdienst das herausgefunden hat? Vielleicht gab es da irgendwo eine undichte Stelle.«

»Abenteuerliche Mutmaßungen«, sagte Venske vergnügt. »Machen Sie ruhig weiter!«

»Dann musste der Präsident sich natürlich von ihm lossagen. Sich so weit wie möglich von ihm distanzieren. Und sie konnten den Mann auch nicht für das vor Gericht stellen, was er wirklich getan hat. Dann wäre ja die ganze verdammte Geheimdienstaktion herausgekommen, vielleicht sogar eine Verstrickung der Regierung in Krylows Waffengeschäfte. Also haben sie eine andere Anklage konstruiert, um ihn loszuwerden. Und das in kürzester Zeit.«

Schwer atmend saß Malte da und Liah starrte ihn fassungslos an.

»Wenn das stimmt«, presste sie hervor, »dann hat Krylow Karsten auf dem Gewissen.«

»Falls der überhaupt eines hat«, erwiderte Malte matt.

Bedrückendes Schweigen hing im Raum.

Nach einer gefühlten Ewigkeit meldete sich Liah wieder, und ihre Stimme klang erschöpft: »Wer dieser Killer auch war – Karsten hat sich ihm entgegengestellt, wie er es immer getan hat, wenn er rohe Gewalt erlebt hat. Ich bin …« Sie brach ab, holte Luft und sagte mit trotziger Stimme: »Ich bin stolz auf ihn.« Sie griff nach ihrer Umhängetasche und stand auf. »Mir reicht es. Ich gehe an die frische Luft.« Mit raschen Schritten verließ sie den Raum.

»Bemerkenswerte Frau«, sagte Venske, bekam aber keine Reaktion.

Stattdessen fragte Malte fordernd: »Und? Habe ich denn recht mit dem, was ich gesagt habe?«

Venske zuckte mit den Schultern. »Wer weiß? Sie erwarten sicher nicht ernsthaft eine Bestätigung Ihrer Spekulationen von mir.«

Malte murmelte: »Aber wenn es stimmt ...« Er schüttelte den Kopf. »Unfassbar, das alles.«

Venske sagte nichts.

»Wem hat Krylow denn nun diesen verdammten USB-Stick verkauft, für den mein Bruder und mein bester Freund sterben mussten? Welchem Staat oder welcher Organisation?«

»Das wüsste ich auch gern«, gab Venske zurück. »Ich kann es nur vermuten.«

»Und? Was vermuten Sie?«

»Das werde ich Ihnen nicht auf die Nase binden. Sie sind klug genug, Ihre Schlüsse allein zu ziehen. Überlegen Sie einfach, welche Geschäfte – und vor allem mit welchen Kunden – der Herrscher im Kreml seinem alten Freund unter keinen Umständen durchgehen lassen darf. Und welche Länder nach mehr Einfluss auf die Weltpolitik streben und daher ein Interesse an Rüstungsspionage haben.« Venske stand auf. Höchste Zeit, sich zu verabschieden.

Er mochte zwar alt geworden sein und längst nicht mehr hart genug für diesen Job, wie er sich eingestand – dennoch durfte er den Vertrauensbruch gegenüber der Schtscherbakowa nicht noch weiter treiben. Mehr konnte er einfach nicht sagen.

Schließlich wussten bisher nicht einmal alle Geheimdienste davon, dass Vizeadmiral Oleg Susjenkow, der stellvertretende Direktor des russischen militärischen Auslandsgeheimdienstes, vor zwei Tagen plötzlich und unerwartet einem Herzinfarkt erlegen war. Er war gerade vor einem Lokal mitten in Moskau aus seinem Dienstwagen ausgestiegen, als ihn ein Unbekannter anrempelte, der danach unerkannt in der Menge untertauchen konnte. Susjenkow war aufs Pflaster gestürzt und hatte seine letzten Atemzüge getan.

Und das alles ausgerechnet an dem Tag, an dem Timur Stepanowitsch Krylow in einem schwer bewachten Gefangenentransporter saß, auf dem Weg in ein Straflager irgendwo im sibirischen Nirgendwo.

Wo er allerdings nie ankam.

Viel mehr hatte Arina Schtscherbakowa über diesen unerhörten Vorgang auch nicht gewusst. Nur, dass es wohl eine Panne gegeben hatte, infolge derer der gepanzerte Transporter in den Graben gefahren war. Als der Schaden endlich behoben war und der schwere Wagen wieder auf die Straße gezogen worden war, hatte man festgestellt, dass der Häftling nicht mehr an Bord war.

›Das ist doch nur vorstellbar, wenn die Flucht geplant wurde und die Wachmannschaft in sie eingebunden war‹, hatte Venske zu Schtscherbakowa gesagt.

›Denken Sie, was Sie wollen, Clemens‹, war ihre Antwort gewesen. ›Noch glauben die Leute, Krylow säße im Lager. Aber die Zeiten haben sich geändert. Man kann längst nicht mehr alles so unter dem Deckel halten wie früher. Irgendwann kommt diese Flucht ans Licht. Mal sehen, was dann passiert.‹

Venske musste unwillkürlich lächeln, als er an die Worte der Russin dachte. Vielleicht wäre es doch voreilig, die *EG*

Drakon, die Geheimdienstkommission zur Aufdeckung von Krylows Geschäften, schon aufzulösen …

Er trat aus der Tür hinaus auf den Parkplatz, der im Halbdunkel lag, beleuchtet durch ein paar Laternen. In Gedanken versunken, zündete er sich eine Zigarette an und schlenderte gemächlich hinüber zu seinem Wagen.

Epilog

Sanft rollen die Wellen heran, brechen in brodelndem Schaum draußen auf dem Riff und spülen das Wasser des Südpazifik in die kleine Lagune, wo es auf dem Sand des Strandes ausläuft.

Die Hosenbeine bis in die Kniekehlen hochgerollt, einen Hut mit breiter Krempe auf dem Kopf, steht ein groß gewachsener Mann mit nackten Füßen im flachen klaren Wasser, sieht kleine bunte Fische um seine Füße herumschwimmen, hebt seinen Blick, schaut versonnen hinaus aufs Meer.

Lange steht er da, saugt mit seinen Augen die unglaublichen Farben auf, das Dunkelblau des Ozeans, das schillernde Türkis der Lagune, das blendend helle Ocker des Sandes, die sattgrünen Blätter der Palmen, die sich im stetigen warmen Wind wiegen.

Nach einer Weile dreht er sich um und geht den Strand hinauf zum Haus, das auf einer Anhöhe liegt, umstanden von Kokospalmen.

Es gibt nur dieses eine Anwesen auf der kleinen Insel. Der Mann, den man drüben in Papeete, der Hauptstadt Französisch-Polynesiens, als John P. Hellinger kennt, wohnt allein darin. Seine Frau hat er in der alten Heimat zurückgelassen.

Unmöglich, sie in sein neues Leben einzubeziehen.

Weder weiß sie, wie er heißt, noch wo er sich aufhält.

Und erkennen würde sie ihn auch nicht mehr nach den sechs kosmetischen Gesichtsoperationen, die er hinter sich hat.

Ein paar hundert Meter weiter, auf der anderen Seite des Hügels, stehen ein paar kleine Gebäude. Dort wohnen Hellingers Angestellte mit ihren Familien. Der Gärtner, die Köchin, der Butler und einige andere. Eines dieser Häuser dient dem Piloten des Wasserflugzeugs als Unterkunft, wenn er auf der Insel ist.

Was heute nicht der Fall ist, wie Hellinger mit einem Blick auf den Steg feststellt, an dem die Dornier *Seastar* sonst immer festgemacht wird. Der Pilot ist unterwegs, um auf Tahiti frischen Nachschub für Küche und Keller einzukaufen.

Und natürlich, um Huhana zurückzubringen, die Hellinger die letzten paar Nächte versüßt hat. In zwei, drei Wochen wird er sicher wieder nach Papeete mitfliegen, um sich eine neue junge Polynesierin zu suchen, mit der er eine Zeit lang das Bett teilen möchte.

Diese Frauen sind einfach fantastisch – in jeder Hinsicht.

Die lustvollen Gedanken, die ihn augenblicklich überfallen, werden durch ein Rascheln gestört, das aus dem Oleanderbusch neben dem Sandweg kommt. Hellinger bleibt stehen und beobachtet eine große giftgrüne Eidechse, die gemächlich seinen Weg kreuzt. Mit ihrem schuppigen Schwanz – dreimal so lang wie ihr Körper –, den abgewinkelten Beinen und dem spitzen Reptilienkopf sehen diese Tiere aus wie kleine Drachen, fällt ihm wieder einmal auf.

»Drakon«, murmelt er gedankenvoll auf Russisch, und ein Lächeln spielt um seinen Mund, als er, tief in Erinnerungen versunken, das Haus erreicht.

»Darf ich Ihnen einen Drink servieren, Sir?«, fragt der junge Polynesier, der gerade dabei ist, die Terrasse zu fegen.

»Bitte eine Karaffe Limonade mit Eis, Fangatua«, erwidert Hellinger. »Vielleicht ein kleines Glas Wodka dazu.«

Zwei Minuten später sitzt der schlanke Mann unter dem Sonnenschirm am Tisch. Den Hut hat er abgenommen, bändigt mit der Hand sein volles eisgraues Haar, greift nach der Karaffe und gießt sich ein.

»Bring mir bitte das Neueste aus aller Welt«, sagt er scherzhaft zu dem jungen Mann.

Der lächelt pflichtschuldig, geht ins Haus, legt kurz darauf einen kleinen Stapel gefalteter Zeitungen auf den Tisch, verbeugt sich und verschwindet diskret.

Der Mann, in dessen Pass der Name Hellinger steht, nimmt die *New York Times* vom Stapel und schaut auf das Datum.

Die Ausgabe ist fast eine Woche alt.

Von ›Neuestem aus aller Welt‹ kann also keine Rede sein, aber das ist der Preis, den man zahlen muss, wenn man in der Abgeschiedenheit einer kleinen Südseeinsel lebt, die von keinem Schiff angelaufen wird. Nachschub kommt nur alle paar Tage, wenn der Pilot nach Tahiti fliegt. Hellinger liest dann nach und nach täglich die englischsprachige Weltpresse, bis wieder ein neuer Schub eintrifft.

Natürlich hat er hier auch eine leistungsfähige SAT-Anlage fürs Fernsehen und kann darüber im Internet surfen und telefonieren, aber seine lieb gewonnene Routine, täglich die Zeitungen zu studieren, hat er auch an diesem Ort nie ganz aufgeben wollen.

Auf Seite drei angekommen, stutzt er plötzlich, setzt das beschlagene Glas ab und starrt verblüfft auf die Schlagzeile über einem einspaltigen Artikel. Gespannt lehnt er sich vor und liest:

US-Militär erzielt Durchbruch bei Passivradar

Nach jahrelanger aufwendiger und kostspieliger Entwicklungsarbeit wurden jetzt die Erprobungen für ein bahnbrechendes neues Passivradarsystem namens *Overview* erfolgreich beendet, teilt das Pentagon mit. »Die US-Streitkräfte verfügen mit *Overview* über ein überlegenes Instrument zur frühzeitigen Erfassung aller Kampfflugzeuge und Kriegsschiffe, selbst wenn diese mit der modernsten *Stealth*-Technik ausgestattet sind«, erklärte der Leiter des Entwicklungsprogramms, General Curd H. Masterson, auf einer Pressekonferenz in Washington, DC.

Die Veröffentlichung dieses von Fachleuten als revolutionär eingestuften militärischen Coups führte allerdings dem Vernehmen nach zu Verstimmungen mit dem deutschen NATO-Partner. Details wurden nicht bekannt, jedoch gingen bisher alle Militärspezialisten davon aus, dass die Bundesrepublik Deutschland unter der Bezeichnung *Scout* ein eigenes, völlig neues Passivradarsystem für die NATO entwickelt.

Wie es den Vereinigten Staaten gelungen ist, ihr *Overview* vor dem deutschen *Scout* zu präsentieren, ist Experten ein Rätsel. Aus gewöhnlich gut unterrichteten Kreisen verlautet, es gäbe Hinweise auf einen Fall von Spionage in der deutschen Rüstungsindustrie. Fragen zu diesem Thema wollten jedoch weder das Pentagon noch das deutsche Verteidigungsministerium in Berlin beantworten. (*UPI*)

Und daran wird sich auch nichts ändern, denkt der Mann unter dem Sonnenschirm, lächelt mild und nimmt einen tiefen Schluck aus seinem Kristallglas.

Fast bedauert er für einen Augenblick, dass er keine Geschäfte mehr machen kann. Dieses war sein lukrativstes.

Allerdings auch sein letztes.

Der dumme Vizeadmiral hat es versaut. Im Kreml wäre sonst niemand auf die Idee gekommen, gewisse Deals genauer unter die Lupe zu nehmen. Vor allem diesen letzten nicht.

»Was soll's«, murmelt der Mann, steht auf und lässt seine Augen über die paradiesische Welt gehen, in der er seit drei Jahren lebt.

Er hat gut vorgesorgt. Sein Leben hier mag manchmal etwas einsam sein, aber es fehlt ihm an nichts. Hier wird er friedlich alt werden können, ohne dass sich irgendjemand um ihn schert.

Es geht eben nichts über gute Freunde, denkt er. Freunde natürlich, die er sich trickreich und nachhaltig verpflichtet hat – andere kennt er gar nicht. Nur solche Freundschaften halten schwere Krisen aus.

Aus den Augenwinkeln bemerkt er einen winzigen hellen Punkt auf dem Meer, direkt unter dem Horizont. Rasch greift er zum Fernglas, das immer auf dem Beistelltisch bereitliegt, richtet die Linsen auf den kleinen Flecken und sieht eine elegante weiße Yacht, die dort mit halbem Wind unter Vollzeug auf dem tiefblauen Ozean entlangzieht.

Sofort kommt ihm die *Belaya Chayka* in den Sinn, die wundervolle *Weiße Möwe*, die er in Sankt Petersburg zurücklassen musste. Was mag aus seinem Lieblingsspielzeug geworden sein?

Er kann niemanden mehr fragen. Jeder Kontakt nach Russland ist ihm untersagt. Und er weiß genau, dass er sich streng daran halten muss.

»Entschuldigung, Sir«, hört er Fangatua von der Tür her. »Die Köchin sagt, das Essen sei fertig zum Servieren.«

»Danke. Was gibt es denn heute?«

»Etwas Russisches, glaube ich. Die Köchin hat einen komischen Namen genannt, aber …« Der Polynesier zuckt bedauernd mit den Schultern.

Der Mann lacht laut auf. »Hat sie *Pelmeni* gesagt?«

Fangatua nickt eifrig. »So hat es sich angehört.«

»Ich komme.« Sein Lieblingsessen, schon immer.

Auch der Vizeadmiral mochte *Pelmeni* gern, schießt ihm plötzlich durch den Kopf, und er grinst.

Randnotiz

Diese Geschichte ist frei erfunden. Etwaige Ähnlichkeiten mit lebenden oder verstorbenen Personen wären rein zufällig und unbeabsichtigt.

Realität hingegen ist der ständige Kampf der Geheimdienste, der in der Welt tobt, und in dem jeder von ihnen nur ein einziges Ziel verfolgt: für den eigenen Staat mit allen Mitteln, oft genug auch illegalen, wenn nicht gar verbrecherischen, einen Vorteil zu erringen. Die romantische Vorstellung, es gäbe ›gute‹ und ›böse‹ Geheimdienste, ist absurd. Ob russische GRU, wie in diesem Buch, ob israelischer Mossad, deutscher BND, britischer MI6 oder amerikanische CIA – in ihren jeweiligen Aufbau- und Kommandostrukturen unterscheiden sie sich teilweise markant, weniger jedoch in der Art ihres Vorgehens.

Keineswegs geht es den Geheimdiensten immer nur um Informationsbeschaffung, also klassische nachrichtendienstliche Tätigkeiten. Nicht selten sind sie auch im Auftrag ihrer jeweiligen Regierungen verdeckt, aber aktiv, an der sogenannten hybriden Kriegsführung in den Konfliktzonen dieser Welt beteiligt.

Dieses Buch allerdings ist nichts als ein Roman, für den ich einige der durchaus bekannten geheimdienstlichen Aktionen der jüngeren Vergangenheit aufgegriffen, mit beträchtlicher erzählerischer Freiheit verändert und in einen neuen Kontext gestellt habe – mit dem einzigen Ziel, eine spannende Geschichte zu erzählen.

Dank

Mit diesem Roman kann ich endlich wieder einen politischen Thriller vorlegen, meinen dritten.

Die letzten Jahre der Arbeit an vier Sachbüchern und vor allem an meinen bisher sechs Küstenkrimis haben mir viel Freude bereitet. Mit großer Dankbarkeit denke ich an die vielen Lesungen überall im Land, auf denen ich wenigstens einen kleinen Teil meiner stetig wachsenden Leserschaft – manche davon sogar ausgemachte Fans der Helene-Christ-Krimireihe – habe treffen dürfen.

Dennoch hatte ich immer den Wunsch, nach »Die Narben der Hölle« und »Das Erbe der Wölfin« wieder einmal einen Spannungsroman der anderen Art zu schreiben. Mit dem vorliegenden Buch ist mir das nun hoffentlich gelungen – acht Jahre nach den ersten beiden.

Dass dies möglich wurde, ist vor allem meiner fantastischen Agentin Conny Heindl, Geschäftsführerin der Literaturagentur Gerald Drews in Augsburg, zuzuschreiben. Wie jeder aufmerksame Beobachter des belletristischen Buchmarkts sehen kann, liegen aktuelle politische Romane derzeit ziemlich weit abseits des Mainstreams. Es ist daher eine wahre Sisyphusaufgabe für Literaturagenten, einen renommierten Verlag für solche Bücher zu begeistern. Umso mehr freue ich mich, mit diesem Roman bei PIPER eine neue schriftstellerische Heimat gefunden zu haben. Danke, liebe Conny!

Bei der Arbeit an diesem Roman stand mir – schon zum zweiten Mal – die fabelhafte Christiane Geldmacher mit ihrem untrüglichen stilistischen Gespür als Lektorin zur Seite. Ich bin ihr sehr dankbar für ihre Geduld mit mir und für die vielen gescheiten Verbesserungsvorschläge, die dem Buch zugutegekommen sind.

Mein besonderer Dank gilt natürlich wieder meiner Familie, vor allem meiner Frau Kirsten – meine Liebe und mein Glück seit über vierzig Jahren –, meinen Kindern und auch meinen Freunden. Ihrer aller Geduld mit den absonderlichen Lebens- und Arbeitsgewohnheiten eines Autors ist bemerkenswert. Ohne den Zuspruch und die Unterstützung dieser Menschen wäre auch dieses Buch nicht möglich gewesen.

Bleibt mir nur, mich bei meinen Leserinnen und Lesern von Herzen zu bedanken. Es wäre meine größte Freude, wenn ich Ihnen und euch auch mit diesem Roman ein paar Stunden spannenden Lesevergnügens bereiten konnte.

Vielleicht sehen wir uns ja einmal bei einer meiner Lesungen? Ich würde mich sehr freuen. Bis bald also!

H. Dieter Neumann
Sommer 2020

Immer alle Lesungen des Autors aktuell auf
www.hdieterneumann.de